巧讀岳飛傳

（清）錢彩◆原著 高欣◆改寫

余秋雨 推薦

經典著作優秀改寫，全白話無障礙讀本，
內含精美手繪插圖，人物、典故、成語、知識點隨文注釋，
是一本適合青少年閱讀的國學入門書。

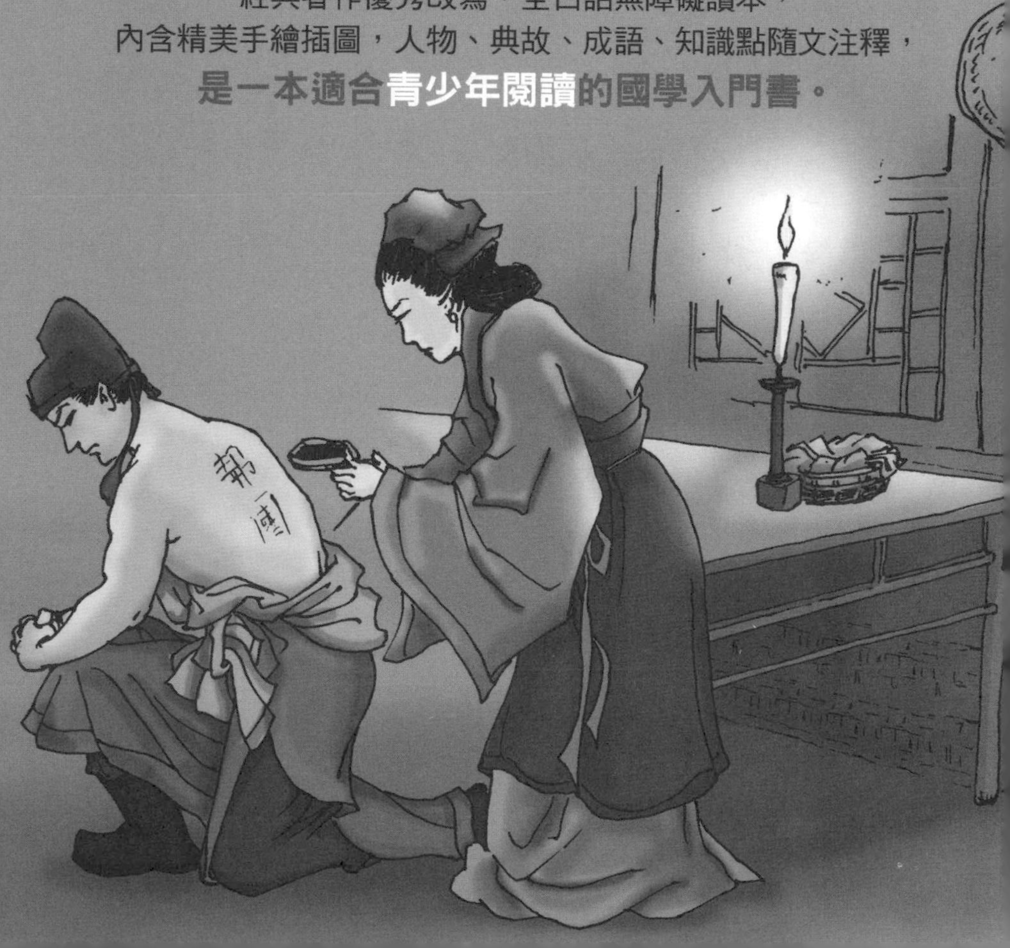

我们也许逃不过这样的荒诞：阅读极其泛滥又极其荒凉，文化极其壅塞又极其贫乏。

这里倒有一条安静的自救小路：趁年轻，放松心情读一点经过选择的经典。

余秋雨

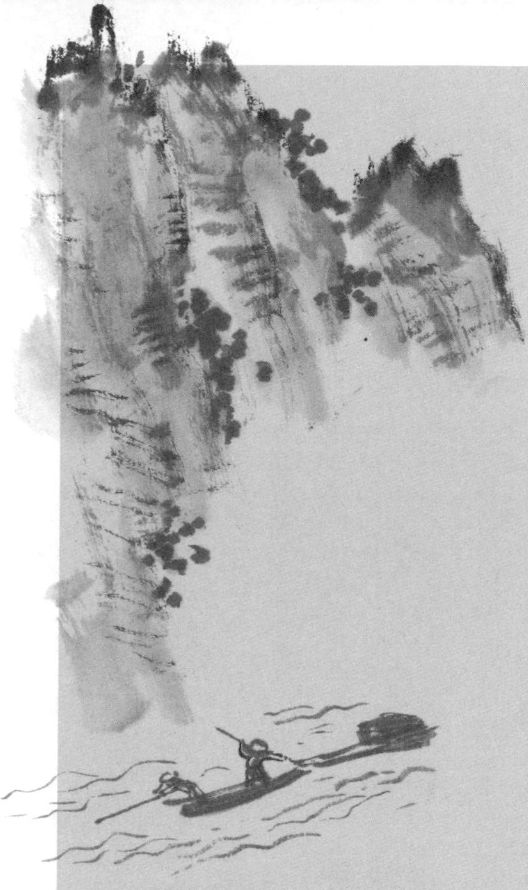

目錄

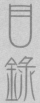

經典

梅子涵

成年人文化多，知道得多，上下五千年，心裡著急，恨不得把一切有價值的書都搬來給小小的孩子看。

成年人關懷多，責任多，總想著未來幾千年的事，恨不得小小的孩子們都能閱讀著幾千年的經典，讓未來因為他們的經典記憶風平浪靜、盛世不斷，給人類一個經久的大指望。

我們要說，這簡直是一個經典的好心腸、好意願，唯有稱頌。

可是一部《資治通鑑》，如何能讓青少年閱讀？即使是《紅樓夢》，那裡面也是有多少敘述和細節，是不能讓孩子有興致的，孩子總是孩子，他們不能深，只能淺，恰是他們的可愛；他們不能沉湎厚度，而只可薄薄地一口氣讀完，也恰是他們蹦蹦跳跳的生命的優點，絕不是缺點！

這樣，那好心腸、好意願便又生出了好靈感、好方式，把很長的故事變短，很繁複的敘述變簡單，很滔滔的教誨變乾脆，很不明白的哲學變明白，於是一本很厚很重的書就變薄變輕了。是的，它們已經不是原來的那一本那一部，不是原來的偉岸和高大，但是它們讓孩子們靠近了，捧得起來了，沒讀幾句已經願意讀完了。於是，一種原本是成年後正襟危坐讀的書，還在小時候沒有學會把玩耍的手洗得乾乾淨淨的時候，已經讀將起來，知道了大概，知道了有這樣的經典和高山，留在他們的記憶裡當個「存目」，等他們長大了以後再去正襟危坐地讀，探到深度，走到高度，弄出一個變本加厲的新亮度來，當成教授和專家。而如果，長大了，實在忙得不可開交，養家糊口，建設世界，沒有機會和情境再閱讀，那麼那小時候的閱讀和記憶也已經為他的生命塗過了顏色，再簡單的經典味道總還是經典的味道，你說，一個人在童年時讀過經典改寫本，還會是一種羞恥嗎？還會沒有經典的痕跡留給了一生嗎？

所以經典縮寫本改寫本的誕生，的確也是一個經典。

它也許不是在中國發明，但是中國人也想到這樣做，是對一種經典做法的經典繼承。經典著作的優秀改寫，在世界文化先進、關懷兒童閱讀的國家，是一個不停止的現代做法，是一個很成熟的出版方式，今天的世界說起這件事，已經絕不只是舉英國蘭姆姐弟的莎士比亞戲劇的例子了，而是非常多，極為豐盛。

所以，我們也可以很信任地讓我們的孩子們來欣賞中國的這一套「新經典」，給他們一個簡易走近經典的機會；而出版者，也不要一勞永逸，可以邊出版邊修訂，等到第五版第十版時簡直沒有缺點，於是這個品種和你的出版，也成長得沒有缺點。那時，這一切也就真的經典了。連同我在前面寫下的這些叫做「序言」的文字。
為孩子做事，為人生做事，是應該經典的。

導讀

　　岳飛在中國是家喻戶曉的英雄人物，可謂孺婦皆知。他是南宋初期著名的愛國將領、民族英雄，他堅決抵抗金國入侵，精忠報國，卻遭奸人陷害含冤而死。無論是生前還是死後，岳飛都深受人們敬重。在他去世後不久，關於他的故事便在民間流傳，形式多種多樣，有戲曲也有小說。清初錢彩、金豐兩人將這些故事整理彙編，寫成《精忠演義說本岳王全傳》，簡稱《說岳全傳》，成為「說岳」系列小說中成就最高的一部，深受人們喜愛，流傳最廣。

　　關於該書作者錢彩和金豐，人們知之甚少，只知道錢彩是浙江仁和縣人，即今天杭州人；金豐是廣西永福縣人。有人猜測這兩人應該是生活在社會底層的知識份子，所以沒什麼名聲。也有人說兩人的祖上曾經在明朝做官深受明朝皇恩沐浴，因此痛恨清朝統治，借編寫《說岳全傳》醜化女真人形象來表達對清朝統治的厭惡。滿族是女真人的後裔，當初努爾哈赤立國時國號便是大金，後來才改為清。也正是因為對女真人的醜化，乾隆年間《說岳全傳》一度成為禁書。

《說岳全傳》是明清白話小說中的精品。其故事情節跌宕起伏、懸念迭出、充滿傳奇色彩。該書塑造的人物性格飽滿、有血有肉、富有感染力。全部情節和人物以岳飛為主幹，枝葉茂密，形成一個豐富有序的整體。從語言風格上看，《說岳全傳》帶有較明顯的說書人口氣，通俗、簡潔、明快，可讀性很強。

在思想傾向上，《說岳全傳》具有一定的局限性。作者把民族矛盾歸結為神秘的宿怨，把岳飛與金兀朮的矛盾處理成大鵬鳥與赤鬚龍的冤冤相報；作品還虛構了一個大快人心的結局，違背了真實的歷史，讓讀者在虛幻中獲得滿足。

讀者面前這部《岳飛傳》是以《說岳全傳》為底本精縮而成。一方面我們保持了這部名著的大致面貌，一方面做了適當刪減。之所以改名為《岳飛傳》是為了更朗朗上口。

第一回　岳飛降生

北宋末年，由於政治腐敗，統治者窮奢極欲大肆搜刮民脂民膏❶，再加上官僚機構不斷擴大，北宋王朝逐漸走向衰落。當時各地不斷爆發民變，遼、金兩個少數民族政權也對宋朝虎視眈眈❷。可即便如此，統治者卻依然過著奢侈腐敗的生活，朝廷裡奸臣當道，忠良之臣不是被殘害就是被迫隱居。北宋王朝已經危如累卵。

不久後，由女真族建立起來的大金政權擊敗了大遼政權，統治了北方地區。大金政權所統治的地區不利於農業生產，因此大金的統治者便對富裕的中原地區野心勃勃，多次派士兵進入北宋境內搶奪北宋百姓的糧食和物資。積貧積弱❸的北宋王朝根本無力保證百姓的人身

❶【民脂民膏】比喻百姓用血汗換來的財物。脂、膏：脂肪。

❷【虎視眈眈】像老虎那樣惡狠狠地盯著。形容懷著惡意，乘機掠奪。眈（ㄉㄢ）眈：注視的樣子。

❸【積貧積弱】形容非常貧窮、衰弱。

和財產安全。這個時候，北宋百姓都渴望有一位英雄人物能挺身而出，帶領士兵保衛自己的國家。

就在這樣的時代背景下，岳飛出生了。

宋徽宗崇寧二年（一一〇三年），岳飛出生在相州湯陰縣（今屬河南）永和鄉的一座農家莊院裡。岳飛的父親叫岳和，本是一個生意人，在外漂泊多年，賺了一些錢後就帶著對家鄉的眷戀返回故里，購置了幾畝田地，建了一座小莊院，過起了悠閒的生活。岳和平時為人善良忠厚，樂善好施，經常幫助遇到困難的鄉親，有極好的口碑。不過他也有他的煩心事。他已經五十多歲了，一直想要一個兒子卻始終未能如願。直到這一天岳飛呱呱墜地[4]，他才了卻了一樁心事。

正當岳和為此高興的時候，突然聽到僕人報告有一位道士前來拜訪。岳和猶豫了一下才請那位道士進來。看到道士鬚髮皆白但面色紅潤，岳和便覺得這個道士很不一般。他連忙把道士請進客廳裡恭恭敬敬地行禮，並十分客氣地說：「師父，方才無意怠慢，只是我的妻子剛剛產下一子，我擔心會玷污了您的聖體，所以才沒有馬上讓僕人請您進來。」

道士也十分客氣地還禮道：「您做善事雖然沒有被人看到，但老天自會知曉。請問員外怎麼稱呼？」

岳和答道：「我叫岳和，世代居住在本縣。由於我有幾畝田產，所以人們都把這裡稱為岳家莊。不知道法師您怎麼稱呼，在哪裡修行？」

道士說：「我法號希夷，平時雲遊四海，居無定所。今天我來到這裡正趕上員外您喜得貴子，看來我和這個孩子十分有緣啊！不知道您是否能把他抱出來讓我看一下？」

岳和回答說：「請師父稍待片刻，我進去與夫人商量一下。」

岳和的妻子姚氏聽說此事後，思考了一下便答應了。

過了一會兒，丫鬟抱著剛剛出生的孩子來到了客廳。希夷道長走上來仔細地端詳了一下孩子，便不由自主地說：「這個孩子長得好啊！不知道員外給他取名字沒有？」

岳和笑著答道：「孩子剛剛出生不久，還沒有來得及給他取名字呢！」

希夷道長說：「既然如此，那就讓我給他取一個名字，您看怎麼樣？」

岳和回答說：「那再好不過了。」

希夷道長說：「我看您的兒子相貌不凡，一表人才，日後定會成就一番大業，遠舉高飛[5]，鵬程萬里，我看不如就叫他『岳飛』，字『鵬舉』吧！」

岳和聽後非常高興，便設宴款待了希夷道長。姚氏聽說這個名字後也很高興。

---

[4]【呱呱墜地】形容嬰兒剛剛出生，或者新事物出現。呱呱：小孩兒的啼哭聲。

[5]【遠舉高飛】飛得高且遠，比喻前途一片光明。舉：飛。

岳和老年得子自然十分開心。他打算在孩子滿月時大擺酒席，邀請親戚和朋友來慶賀。可是在岳飛滿月的前幾天瓢潑大雨不期而至，而且下了很久，河水氾濫，把莊稼都給淹了。莊上百姓都心急如焚，只能待在家裡祈禱暴雨早些結束。

連日的大雨沖淡了岳和老年得子的喜悅。他抱著岳飛憂慮地對妻子姚氏說：「夫人，這雨沒完沒了地下了好幾天了，看這樣子好像一時半會兒還不會停。我擔心如果再這樣繼續下，那麼用不了半天河裡的水就會沖破河堤了。去年鬧旱災，我們一家人吃盡了苦頭，而今年又要鬧水災，這日子可怎麼過啊！」

姚氏勸解道：「老爺您不必太擔心，不過在洪水到來之前，我們應該做好準備。現在就麻煩老爺先把屋裡的貴重物品收拾一下吧！還有您最好先做好準備，以防備河堤決口。」

「我們沒有什麼貴重物品要收拾的。如果洪水真的來了，最要緊的是保住性命。剛才我想了一下，前些天我為了給鵬舉擺滿月酒買了兩個大酒缸，如果真的發洪水，我們可以躲到酒缸裡保命。」

就在此時，巨大的響聲突然傳來，岳和跑到門口一看，只見洪水洶湧地漫過來，大半個村子瞬間就被洪水給淹沒了，哭喊聲和呼救聲不斷傳來。洪水已經沖破了河堤。

岳和家的房子地勢相對高一些，洪水暫時還沒有湧過來。岳和知道危險馬上就會來臨，忙用被子把小岳飛裹起來，拉著夫人來到後院，把岳飛母子放進一個大酒缸裡，而他則鑽進另外一個大酒缸裡。不一會兒，洪水就湧了進來，剎那間就把莊院給淹沒了。湍急的洪流沖著兩個大酒缸向遠方漂去。

起初，坐在大酒缸裡的岳和還使盡力氣緊緊拉住岳飛母子所在的那個酒缸，不過很快他就沒有力氣了。幾個浪拍打過來，他就不得不放開了手。隨後兩個大酒缸被洪水沖向了不同的方向。

姚氏抱著小岳飛不斷地呼喊著丈夫。可是無論怎麼呼喊也沒有看到丈夫的身影，聽不到丈夫的回答。她的身體本來就十分虛弱，又遭受失去丈夫的打擊，所以就暈了過去。洪水把裝著岳飛母子的大酒缸一直向前沖去，過了不知道多長時間，姚氏終於醒了過來。她看了看懷裡的小岳飛，見他安然無恙，才放下心來。

後來她才知道自己和孩子被洪水沖到了河北大名府[6]內黃縣麒麟村。一個叫王明的老員外看到他們母子十分可憐，就把他們接到家裡悉心[7]照料，還派僕人去湯陰縣打聽岳和的消息。

---

❻【大名府】大名歷史悠久，文化燦爛，曾三次爲都。春秋時代屬衛國，名「五鹿」，是歷史上著名的「五鹿城」；戰國時期屬魏國；秦朝爲東郡；漢朝爲冀州魏郡；唐德宗建中三年（七八二年）改稱大名府；宋仁宗慶曆二年（一〇四二年）建陪都，史稱「北京」。

❼【悉心】周到細緻。

王家的僕人打聽了很久也沒有打聽到任何音訊。姚氏想到丈夫很可能在洪水中喪生了，傷心地好幾次都哭得暈了過去。王員外和王夫人不停地勸說她，才終於使她恢復了平靜。

此後，姚氏與王夫人成為了無話不談的好姐妹。聽說王夫人一直沒有孩子，姚氏就勸王夫人嘗試一下自己使用過的偏方。王夫人試過之後，沒多久果然懷孕了，第二年就生下了一個兒子。王員外夫婦非常高興，為兒子取名為王貴，對姚氏千恩萬謝，並認為姚氏母子的到來為家裡帶來了福氣，所以對姚氏母子更好了。

後來姚氏逐漸從喪夫之痛中振作過來，將年幼的岳飛撫養成人成為了她唯一的心願。

第二回　拜師學藝

轉眼七年時間過去，岳飛已經七歲，王員外的兒子王貴也已經六歲了。王員外覺得兩個孩子已經到了讀書識字的年紀，便重金聘請了一位學識淵博的先生來家裡教兩個孩子。

王員外所在的村子裡還有一位張員外和一位湯員外。他們都是王員外的好朋友，也都像王員外一樣老來得子，所以對孩子十分嬌慣。他們的孩子與王貴差不多大，因此也把孩子送到王員外家裡讀書。

在這四個孩子裡，岳飛年齡最大，也最懂事，他能夠聽從先生的教誨用心讀書，而其他三個孩子都非常頑皮，不但沒有心思讀書，還整天練拳練棒，根本不聽先生的話。先生實在氣不過就批評了他們幾句，他們非但不聽還戲弄起先生來，差點兒將先生的鬍子拔光。先生氣急敗壞❶，想狠狠地懲罰他們一頓，可是轉念一想，他們都是家裡的獨子，父母極其寵

❶【氣急敗壞】形容人非常生氣的樣子。

愛，如果自己責罰他們，他們的父母一定不會善罷甘休[2]，於是只好打消了這個念頭。可是他又實在氣憤，便離開了王員外家。

此後，王員外又接連找來好幾位先生，但都因為這三個孩子太過頑皮不服從管教而離開。王員外一點兒辦法都沒有，就沒有再請教書先生。

過了沒多久，王員外覺得岳飛已經長大了，繼續住在自己家裡很不方便，就對姚氏說：「夫人，您的孩子現在已經長大了，我覺得不方便繼續住在這裡。我家門外有幾間空屋子，那裡面日常生活用具一應俱全，夫人您就帶著孩子去那邊住吧！」

姚氏回答說：「當初是員外和夫人救了我們母子，還對我們母子悉心照料，你們的大恩大德我們一時無法報答。現在又勞員外費心，我感到十分過意不去。我們母子搬到外面去住對大家都有好處。」

於是岳飛母子便搬到了王員外為他們準備的房子。姚氏每天做一些針線活兒來補貼家用。一天她對岳飛說：「孩子，你今年已經七歲了，不能再整天玩耍。我已經給你準備了砍柴刀和竹筐，你明天就帶著它們山上砍柴去吧！」岳飛雖然年紀不大卻非常懂事。他馬上回答說：「孩兒明天就上山去砍柴，請母親放心。」

第二天，姚氏一大早就起床為岳飛準備了早飯，叫岳飛起來吃。之後她又看著岳飛瘦小的身軀背著竹筐走出家門，這時她感到一陣心酸，眼淚忍不住流了下來。她想道：「如果我丈夫沒有死，那他肯定不會讓孩子去砍柴，他一定會請一位先生來教孩子讀書。」一想到這裡，她就更傷心了。

岳飛雖然很想砍很多柴回去讓母親高興，但他畢竟還太小，根本不知道怎樣砍柴。他在山上轉了很久也沒有看到一根柴火。正當為此而苦惱時，他突然聽到有人在喊他。他轉過頭來，發現喊他的是鄰居家的兩個孩子。那兩個孩子正在山上玩，看到岳飛後就叫岳飛陪他們一起玩。可是岳飛一心想砍柴，沒有理會他們。

那兩個孩子看到岳飛不理他們就非常生氣，跑到岳飛身邊揮拳向岳飛打去。岳飛十分冷靜地躲過了他們的拳頭，之後用力推那兩個孩子，將他們推倒在地，然後就走開了。

那兩個孩子不敢去追岳飛，就跑到岳飛家裡向姚氏告狀，說岳飛打了他們。姚氏說了幾句好話，把他們打發走了。

岳飛擺脫那兩個孩子的糾纏後，就去山後撿乾枯的樹枝。當樹枝裝滿竹筐時，天也快黑了。於是他背著一筐枯樹枝慢慢地返回家中。他剛放下竹筐，就聽到母親在屋裡喊自己。他來到母親屋裡，卻看到母親一臉嚴肅。

姚氏問他為什麼要打鄰居家的孩子，他就把白天發生的事情詳細地講給母親聽。姚氏認

---

❷【善罷甘休】指盡早解決糾紛，化解彼此的矛盾。善：好好地；甘：情願，樂意；罷、休：停止。

為岳飛並沒有錯，也就沒有責備他。不過這件事讓她意識到，不能再讓岳飛去砍柴了，否則不知道會發生什麼事。

姚氏語重心長❸地對岳飛說：「孩子，你明天不用再出去砍柴了。我去向王員外借幾本書，教你讀書識字吧！」

岳飛回答說：「孩兒聽從母親的吩咐。」

第二天，姚氏便開始親自教岳飛讀書。岳飛天資聰慧再加上肯用功，所以學得非常快，沒過多久就可以閱讀文章了。一天，姚氏突然對他說：「孩子，看來我得多幹些活了，有了銀子才能給你買紙和筆。你應該學習寫字了。」

岳飛想了一下，說：「母親，我覺得根本不用買紙和筆，我有上天所賜的紙和筆。」說著，他就拿起簸箕向河邊跑去。過了一會兒，只見他端著滿滿一簸箕河沙回來了。他還折了幾根楊柳枝做成筆的模樣。做完這些事情後，他來到母親身邊說：「這個紙筆不需要花錢去買。」

姚氏很高興，就把沙子鋪到桌子上，手拿柳條教岳飛寫字。從此之後，岳飛每天都在家裡安心地跟隨母親讀書寫字。

後來，岳飛突然聽到隔壁又來了一位先生在給王貴等三人講課，他便經常站在凳子上聽講。原來那位先生名叫周侗（ㄊㄨㄥˊ），是一位文武雙全的學者，他與王員外是好朋友，受王員外所託專門來教王貴等三個孩子。他來後很快就把王貴等三人收拾得服服帖帖❹，使他們不敢放肆。

有一天，周侗外出辦事，臨走前對王貴等三個孩子說：「我給你們每人出一個題目，你們根據題目各寫一篇文章，等我回來檢查。」

岳飛看到周侗出門後，他就向隔壁走去。

王貴看到岳飛後，對他的同伴說：「湯懷、張顯，老師留下題目讓我們每人寫一篇文章，可是我們根本沒有寫文章的心情，不如讓岳飛代我們寫，你們覺得如何？」

湯懷和張顯早就想出去玩耍了，於是齊聲答道：「這個主意不錯。」

岳飛說：「這樣恐怕不好吧？我擔心我做的文章無法讓先生滿意。」

王貴等人說：「我不管，這件事就麻煩你了。」

王貴擔心岳飛不能安心地寫文章，所以在出門前反鎖了學堂的門，之後便高高興興地出去玩耍了。

岳飛找出他們三個人以前寫過的文章，仔細地看了一下，之後又看了看三個人題目，按照每個人的語氣，寫了三篇文章。寫完之後他覺得意猶未盡❺，就走到先生的書桌前翻閱起

---

❸【語重心長】形容話語眞誠，含有豐富的感情。

❹【服服帖帖】形容溫順、謙恭的樣子。

周侗的文章來。他讀了幾段就被文章中的才華吸引住了，不禁感慨道：「如果我能跟隨先生讀書該有多好！」可是他知道母親根本沒有錢給他交學費，心裡有些失落。

過了一會兒，他拿起筆在牆壁上寫下一首表達自己遠大志向的詩。寫完之後又題上了自己的名字。就在這時，王貴等人打開學堂的門闖了進來。王貴慌張地對岳飛說：「不好了，先生馬上就回來了，你趕緊離開這裡。」岳飛聽了就匆忙離開了。

周侗回來後，便讓王貴等人把文章交上來，讀完三篇文章後，他感到相當吃驚。儘管從表面上看，這些文章的確很像他們所寫，但他知道他們所寫的文章根本達不到這樣的水準。

周侗裝出一副若無其事❻的樣子問王貴說：「我出去時，是不是有人到這裡來過？」

王貴回答說：「先生出門後，我們一直在這裡專心地寫文章，並沒有看到過什麼人。」

這時，周侗發現牆壁上有幾行字，就走過去把岳飛所寫的那首詩從頭到尾讀了一遍，發現這首詩在遣詞造句方面做得非常好，並且流露出了作者遠大的志向。他看到岳飛的名字，就十分氣憤地對王貴說：「你這個混帳東西，這裡有岳飛所作的一首詩，你怎麼欺騙我說沒人到這裡來？原來是他幫你們寫的文章呀！你現在就去把他給我請過來。」

王貴不敢違抗先生的命令，只能去請岳飛。

岳飛跟王貴來到學堂，看到周侗後，他非常恭敬地行禮，然後說：「不知先生叫我來有什麼事？」

周侗看到岳飛雖然年紀不大，卻相貌端莊，舉止得體，心裡十分喜愛。他請岳飛坐下，問道：「牆壁上的詩是你寫的嗎？」

岳飛回答說：「我不懂事，隨手就寫下了這首詩，請先生原諒。」

周侗又問道：「你的文章寫得不錯，是跟哪位先生學的？」

岳飛答道：「我家裡十分貧窮，根本就沒有錢請先生。我的知識全是母親教的。」

周侗想了一會兒，又讓岳飛回家把母親請來，同時還讓王貴把王員外夫婦也請來。

姚氏和王員外夫婦到來後，周侗向姚氏提出認岳飛做乾兒子，還說願意把一身本領全都教給岳飛。姚氏當即答應了。

岳飛看到母親同意後，就跪到周侗面前向周侗行禮。王員外夫婦都替岳飛母子感到高興。

第二天，岳飛便來到學堂跟隨周侗讀書識字。周侗知道岳飛家裡十分貧窮，又看到他與王貴、張顯、湯懷等人關係很好，就讓他們四人結為兄弟，希望王貴等人能夠幫助岳飛。此後，周侗悉心教導岳飛，將自己的知識和武藝毫無保留地傳授給岳飛。

---

❺【意猶未盡】指還沒有盡興。

❻【若無其事】好像沒有那麼回事，形容漠不關心或者非常平靜。若：好像。

第三回　天賜神兵

轉眼間六年過去，岳飛已經十三歲了。經過周侗的教導，岳飛已習得一身武藝，讀書也大有長進。此外他的三個義弟王貴、張顯、湯懷也不再貪玩，開始認真讀書。周侗看著四個學生都小有所成感到十分欣慰。

三月裡的一天，周侗對岳飛說：「瀝泉山有一位品德出眾的志明長老是我的好朋友，我很久都沒有見過他了，所以想去看看他。你就和你的義弟們在學堂裡好好讀書吧！」

岳飛說：「現在正是春暖花開的季節，況且義父一個人前去，路上連個說話的人都沒有，一定會感到寂寞的。我覺得您不如帶著我們幾個一起去，讓我們在路上陪您說說話並拜訪一下那位高僧，您看怎麼樣？」

周侗說：「你說得有道理，那好，你們就跟我一起去吧！」

於是周侗帶著岳飛等四人，一起向瀝泉山而去。

快到瀝泉山的時候，周侗看到東南方向有一座小山，便停下腳步仔細觀看。

岳飛問道：「義父，您在看什麼呢？」

周侗回答說：「你看，那座小山方位非常好，景色優美，地勢也好，真是一個風水寶地。不知它是誰家的產業？」

王貴說：「那座山前後一帶都歸我家所有。先生如果覺得這裡好，那麼死後埋葬在這裡也沒有關係。」

岳飛聽後，大聲斥責道：「你在胡說什麼！」

周侗說：「沒關係，人總會死的。我只希望我死之後你們不要把我忘了。」他又轉過頭對岳飛說：「孩子，你一定要記住啊！」

岳飛趕忙答道：「義父放心，我一定會牢記在心的。」

說完之後，他們五個人繼續向前走，很快就來到了瀝泉山下。他們又走了半里路，就隱隱約約地看到茂密的樹木中掩藏著兩扇柴門。只見一個小和尚打開柴門，問道：「請問您是哪位？有何貴幹？」

周侗答道：「麻煩你向你師父通報一聲，就說陝西周侗來探望他。」

小和尚答應了一聲，向裡面走去。過了一會兒，志明長老拄著拐杖親自出來迎接，把周侗帶到大堂內，請周侗坐下，之後開始敘舊。岳飛等四人站在兩旁默默地聽著。

志明長老與周侗聊了很長時間。看到天快黑了，他就吩咐徒弟去準備齋飯，打掃客房，讓周侗等人住在寺裡，等第二天再走。

第二天天剛亮，周侗就起床了，收拾妥當後他就向志明長老辭行。志明長老非要留他吃早飯，周侗見推辭不了就答應下來。

在等待早飯時，小和尚端上茶來。周侗喝過茶後，問道：「我聽說這裡有一眼瀝泉，泉水特別適宜煮茶，不知道是不是真的？」

志明長老回答說：「此山名叫瀝泉山，山後有個瀝泉洞，洞中有一眼泉水是世間少有的珍品。泉水味道甘甜，如果用來洗眼睛可使人目明。我原本打算取些泉水來招待你們，可最近那山洞裡經常煙霧瀰漫，人如果接觸了煙霧就會昏睡過去，因此我才沒有派人取水讓您品嘗。」

周侗說：「這真是怪事，看來我沒有福分品嘗瀝泉水啊！」

岳飛聽到他們的對話後，認為是志明長老太吝嗇❶，不想給周侗喝泉水，所以才編瞎話嚇唬人。他想：「義父眼睛有些花，我去取些泉水來讓義父洗洗眼睛，也算我稍微報答一下他的教導之恩。」

於是他暗中向小和尚打聽了前往瀝泉洞的道路，借了一個大茶碗，趁著別人不注意悄悄向後山走去。岳飛來到半山腰果然看見一眼清泉，泉水旁邊有一塊大石頭，上面刻著「瀝泉奇品」四個大字。

岳飛十分高興，正打算用茶碗舀一碗泉水帶回去獻給義父時，突然看到泉水旁邊有一個石洞，一個巨大的蛇頭從石洞裡伸出來，蛇的眼睛放著寒光，嘴裡正噴著毒氣。岳飛距離那條蛇很遠，聞到毒氣之後仍然感到有些頭暈目眩[2]，這時他才明白志明長老並沒有說謊。

岳飛想：「原來是你這毒物作怪，看我打死你。」於是他放下茶碗，從地上撿起一塊大石頭向蛇頭狠狠砸去。那條大蛇被激怒了，瞪著雙眼、張著血盆大口向岳飛撲來。岳飛鎮定自若，側身讓過蛇頭，迅速伸出雙手抓住了蛇的尾巴然後用力一甩，那條蛇全身的骨節就被扯斷了。岳飛又把蛇扔到地上，用力踩向蛇頭，沒幾下那條蛇就死了。

岳飛打死那條大蛇後便鑽進了石洞裡。洞裡光線暗淡，他小心翼翼地向前走，只走了幾步就被什麼東西絆了一下，他彎下腰在地上摸，卻摸到了一把沉重的鋼槍。於是他拿起鋼槍，走出了石洞。

走出石洞，岳飛仔細地打量那杆鋼槍。只見那槍有一人多長，精鋼打造，槍桿上還刻有「瀝泉神槍」四字。岳飛非常喜歡，便情不自禁地耍了起來。耍過之後，他覺得這把槍簡直就是為自己量身打造的，用起來十分順手。過了一會兒，他用茶碗盛了一碗泉水，提著槍回

---

❶【吝嗇（ㄌㄧㄣˋㄙㄜˋ）】過分愛惜自己的財物。

❷【頭暈目眩】頭發暈，眼發花，感覺所有東西都在旋轉。眩：眼花。

走出石洞，岳飛仔細地打量那杆鋼槍。只見那槍有一人多長，精鋼打造，槍桿上還刻有「瀝泉神槍」四字。岳飛非常喜歡，便情不自禁地耍了起來。

到寺中，並將此事講給周侗和志明長老聽。

周侗聽後十分高興。志明長老大聲對周侗說道：「周施主，這瀝泉原本就是神物，你的義子有這番遭遇，將來一定能夠成為國家的棟梁之材。不過這杆槍並不是普通的兵器，我這裡有一本兵書，書中有槍法和行軍布陣的方法，現在我就贈送給您的義子吧！希望他能夠用心學習，將來為國家出力。」

周侗趕緊讓岳飛拜謝志明長老，並吩咐他把兵書收好。之後他就拜別志明長老，帶領四個弟子下山去了。

此後周侗更加嚴厲地督促岳飛等四個兄弟習文練武。他看到弟子們的基本功已經相當紮實了，就打算傳授他們一些兵器之法。他見岳飛擁有了瀝泉神槍，就教岳飛槍法，其他三個徒弟沒有兵器，就詢問他們想練什麼兵器。

湯懷看到岳飛舞槍很好，十分羡慕，就說也要學槍法。

張顯卻說：「我在想那槍法雖然好，倘若一槍刺出去被敵人躲過了還得再刺。如果槍頭上帶有鉤子就好了，槍雖然沒有刺中，鉤子同樣可以傷人。」

周侗說：「你說的那種兵器叫『鉤鐮槍❸』，早就有人用了。我給你畫一張圖，回頭你讓你父親找鐵匠打造一把，然後我再教你鉤鐮槍法。」

王貴生性莽撞，輪到他時，他說：「我覺得威力最大的兵器是大刀。一刀砍過去至少會殺死三四個人。」

周侗笑著說：「既然你喜愛大刀，那我就把刀法傳給你。」

從此之後，岳飛等人便一邊讀書，一邊練武。周侗人稱「陝西大俠鐵臂膀」，武藝超

---

❸【鉤鐮槍】鉤鐮槍是在槍頭鋒刃上有一個倒鉤的長槍。槍頭尖銳，下部有側向突出的倒鉤，鉤尖內曲。鉤鐮槍的槍頭與普通長槍一樣能起到刺殺的作用，側面的倒鉤既可以用來砍殺敵人，也可以鉤住敵人，防止敵人逃跑。

群，八十萬禁軍教頭林沖和河北大名府盧俊義都是他的徒弟。如今他年事已高，所以想把自己的武藝全都傳給岳飛。而岳飛天資過人，又肯刻苦學習，因此進步飛快。

一天，周侗對岳飛等四個人說：「縣裡馬上就要舉行武舉考試了，時間定在本月十五號。你們幾個人的名字已經被報了上去，所以現在就回家去，讓你們家人為你們置辦一些衣服和馬匹，為考試做好準備。」

王貴、湯懷、張顯三人向周侗告辭，回家去做準備了，只有岳飛留了下來。岳飛說：「義父，我看我還是等到下次再參加吧。」

「為什麼這次不參加呢？」周侗疑惑地問。

岳飛坦誠地說，三個兄弟家裡都很富有，置辦衣服和馬匹不成問題，可是自己家裡十分貧困，根本沒有錢置辦這些東西。

周侗十分可憐岳飛，就把自己早年征戰的裝備送給岳飛，讓岳飛的母親改小給岳飛用，還把王員外送給他的馬讓給岳飛騎。有了裝備和馬匹，岳飛又高興又感激。

第四回　比武場揚威

第二天一大早，周侗騎馬，岳飛跟在後面，一起向縣城的比武場走去。縣城裡人來人往十分熱鬧。又走了一會兒，他們來到了比武場附近，坐在一家茶攤前喝茶休息。

王員外、湯員外和張員外早已帶著自己的兒子來到了比武場。他們正坐在教場旁的一個大酒棚內休息。過了一會兒，王貴、湯懷、張顯過來請周侗和岳飛過去喝酒吃飯。

周侗拒絕道：「謝謝你們的好意。不過這裡並不是喝酒的地方。」之後他又說道：「你們三個聽著，過會兒喊到你們的名字時，你們就去應答，喊到你們的義兄時，你們就說他過會兒才到。」

王貴不解地問：「為什麼義兄不和我們一起過去呢？」

周侗答道：「你們有所不知，你們的武功比不上你們的義兄，如果他與你們一起上場，那麼就顯示不出你們的本領來了。」

王貴等人這才明白先生的良苦用心。他們回去將此事告訴給自己的父親。三位員外都稱

讚周侗想得周全。

比武考試的時間很快就到了。主持此次考試的是縣令李春。他在侍衛的陪同下進入比武場，走進演武廳坐下。他抬頭望去，看到各鄉鎮的考生個個都穿戴整齊，騎著高頭大馬。隨後一個隨從送來了參加此次武舉考試的人員名單。李春宣布比武開始，他按照名單上的順序一個接一個地叫考生進入演武廳來。考生先表演射術，再表演騎術。

周侗和岳飛坐在茶攤上，聽著演武廳裡考生們所射的箭發出來的聲音。岳飛看到周侗的嘴角掛著笑容，就好奇地問：「義父，你為什麼笑？」

周侗答道：「我只聽到弓箭聲不斷響起，卻聽不到鼓聲響，這說明那些考生都射不中箭垛❶，這難道不好笑嗎？」岳飛聽後就不像剛才那樣緊張了。

過了一會兒，縣令點到麒麟村的考生，第一個就是岳飛。李春連叫了數次，臺下都沒人答應。於是他叫湯懷、張顯、王貴三人一起上來。三人行禮過後，李春問道：「你們麒麟村還有一個叫岳飛的怎麼沒來？」

湯懷回答說：「他還在路上，一會兒就到了。」

縣令說：「那好吧，先考一下你們的弓箭吧！」

湯懷說：「大人，我請求您派人把箭垛放遠一點。」

「現在已經六十步遠了，再遠的話還能射到嗎？」

「大人儘管放心。」

「那好，就擺到八十步遠吧。」

這時，張顯又請求說：「大人，距離還是不夠遠。」

李春又吩咐擺到一百步遠。王貴又請求道：「大人，請您再吩咐擺遠一些。」

李春覺得這三個年輕人太過狂妄，便吩咐隨從把箭垛擺到一百二十步遠，看他們有什麼表現。箭垛擺好後，湯懷三人搭弓拉箭，每一箭都射中靶心，引得在場的人齊聲叫好，連縣令都看得目瞪口呆。

過了一會兒，湯懷等人來到縣令面前，臉上滿是驕傲的神情。

李春非常開心地問：「你們三人的射術如此高超，是跟哪位先生學的？」

湯懷回答說：「我們的先生是陝西人，名叫周侗。」

「原來你們的師父是周老先生呀！我和他是好朋友，已經多年沒有見過面了，現在他在哪裡？」

湯懷答道：「我們的先生在比武場旁邊的茶攤上喝茶呢！」

縣令聽了立即吩咐他們三人去把周侗請來。

---

❶【箭垛（ㄉㄨㄛˇ）】箭靶子。

過了一會兒，周侗就帶著岳飛來演武廳拜見縣令。李春連忙起身相迎。他們聊了很久，李春說他的妻子已經去世，只留下一個女兒，已經十五歲。之後他又問起周侗的情況。周侗說他的妻子也已經去世，現在只有岳飛一個義子陪在身邊。說完後，他就招呼岳飛給李春行禮，還讓岳飛展示一下射術。

李春說：「你教出來的徒弟都這樣優秀，你的義子肯定差不了。」

周侗說：「現在是在為國家選拔人才，不可顧及私情。」

周侗覺得箭垛對岳飛來說實在太近，就要求李春派人的箭垛擺到二百四十步遠的地方。李春根本就不相信岳飛能射那麼遠，但還是吩咐隨從按照周侗的話去做。

岳飛從周侗那裡學習的是「神臂弓」，能拉動三百斤的弓，而且左右手都可以。只見他來到指定的位置穩穩站住，拉弓搭箭，一連射出九枝箭去，每枝箭都從同一個箭孔裡穿出去，而且都命中靶心。在場的人都驚訝得瞠目結舌❷，過了好一會兒才爆發出熱烈的喝采聲。

李春非常高興，心裡有意將自己的女兒許配給岳飛，便向周侗詢問岳飛的年齡以及是否婚配。周侗如實回答，說岳飛十六歲了，尚未定下婚事。於是李春便把自己的想法說了出來。周侗也很願意，就作主定下了這門親事。

岳飛回到家中把此事告訴了母親。姚氏看到兒子得到縣令的器重，心裡十分高興。

第二天一大早，周侗帶著岳飛去縣裡拜謝李春。吃飯時，李春得知岳飛無馬可騎，就提出要送他一匹馬。於是他們一起來到馬房內。

周侗對岳飛說：「這是你岳父大人送給你的，你一定要仔細挑選。」

岳飛答道：「我知道了。」

岳飛接連看了數匹馬都覺得不滿意，最後一匹也沒有相中。

李春問道：「難道這些馬都不能讓你滿意嗎？」

岳飛回答說：「這些馬只能用來代步，而我要的是能騎著上場殺敵、衝鋒陷陣的馬。」

李春說：「我這裡只有這幾十匹馬了，我本意也只是想送給你代步。」

這時突然從隔壁傳來一陣馬的嘶叫聲。

岳飛說：「聽這叫聲，應該是一匹好馬。」

李春說：「你的確懂馬。這匹馬是我家人從北方買來的，野性難馴，見人不是亂踢就是亂咬，沒有人能馴服得了，所以賣出去之後總是被退回來。我拿它沒辦法，就把它鎖在隔壁院子裡了，你如果能馴服它，那它就歸你所有了。」

之後，李春就讓馬夫打開了另外一個院子的門讓岳飛進去。岳飛只看了那匹馬一眼就喜歡

---

❷【瞠目結舌】形容人因為驚嚇或吃驚而說不出話的樣子。

得不得了。可是那匹馬性情暴躁，看到岳飛後就抬起蹄子亂踢，岳飛一閃身就躲了過去。那匹馬又回過頭來對著岳飛亂咬，岳飛向後退了幾步，看準時機，一下子抓住了馬鬃毛，揮起拳頭狠狠地在馬的後背上打了幾下。那匹馬立刻就老老實實地站在原地，再也不敢亂動了。

馴服了這匹馬後，岳飛看到它身上沾滿了污泥，就把它牽到水池邊親自為它刷洗。刷洗完畢後，岳飛看到這匹馬渾身雪白，連一根雜毛都沒有，便更加喜愛。之後他便感謝李春的贈馬之恩。李春看到那匹馬身上還沒有鞍轡❸，便吩咐家人取來一副上好的鞍轡送給岳飛。

岳飛和周侗看時間不早了就起身告辭。在回家的路上，岳飛騎著新得來的駿馬走在前面，周侗騎馬走在後面。周侗想看看岳飛的馬腳力如何，就讓岳飛放馬馳騁。岳飛揚起鞭子，催馬快跑，那馬狂奔起來如風馳電掣❹一般。周侗雖然年事已高但也來了興致，就策馬跟在岳飛後面。沒過多久，他們就一前一後回到家中。

岳飛把岳父李春贈給他寶馬之事講給母親聽。姚氏聽後非常高興，不停地向周侗道謝。

---

❸【鞍轡（ㄢ ㄆㄟˋ）】指戴在牲口身上，用來駕馭的騎墊及韁繩。

❹【風馳電掣】形容速度非常快。

第五回　與牛臯結義

周侗回家當晚就感覺頭疼，身體一會兒冷一會兒熱。他吃了幾副藥但一點兒也沒有好轉。岳飛非常擔心，但除了悉心照料外也沒有什麼好辦法。到了第七天，周侗的病情越來越嚴重了，王貴、湯懷、張顯及他們的父親全都趕來探望。

周侗覺得自己不行了，就向眾人交代起自己的後事來。他把自己的財物都送給了岳飛，請求王員外將他埋葬在瀝泉山東南小山的一塊空地上。此外他還對三位員外說：「你們的孩子只有追隨岳飛，將來才會成名。」說完他就咽氣了，享年七十九歲。

周侗死後，岳飛痛哭不已。在三位員外的幫助下，岳飛料理了周侗的後事。之後他在周侗的墳前搭了一個棚子為他守墓。三位員外看到岳飛如此有孝心，便經常讓兒子來陪他。

轉眼間幾個月過去了。王員外看到岳飛一直在為周侗守墓就勸他說：「鵬舉，你已經為你義父盡了孝心，你母親在家也需要人照顧，你就收拾一下跟我們一起回去吧！」

岳飛說什麼也不肯。王貴說：「父親，您不要再勸他了，我現在就把這個棚子給拆了，

看他還住在哪裡。」

他們三人一起動手，很快就把棚子給拆掉了。岳飛知道三個弟弟這樣做是出於一片好心，也就沒有責怪他們。他跪到地上向周侗的墳墓行禮，起來後向三位員外道謝。

正說話間，他們突然聽到身後的草叢中有動靜。王貴站起身來將腳伸進草叢裡，用力一掃，一個人就從草叢裡爬了出來，並大聲叫道：「大王饒命！」王貴把那個人拎起來，大叫道：「趕緊把身上的財物都拿出來。」

岳飛趕緊上前制止道：「不要胡說，趕緊把手放開。」

王貴哈哈大笑起來，鬆開了手。

岳飛對那個人說：「我們並不是壞人，你不用怕。我們在這裡喝酒，你怎麼管我們叫大王呢？」

那人見對方並無惡意，就轉過頭去，面向草叢說：「大家都出來吧！他們並不是壞人。」於是二十多個人從草叢裡走了出來，他們全都背著包，拿著雨傘。

這些人對岳飛四兄弟說：「你們不要在這裡喝酒了，趕緊走吧！前面不遠就是亂草崗，那裡最近來了一個強盜專門搶劫行人的財物，現在正攔住了一群做買賣的人。我們不敢過去，就從後面抄小路來到了這裡。我們懷疑你們也是強盜才藏在草叢裡，我們打算去內黃縣，麻煩你們告訴我們怎麼走好嗎？」

岳飛為他們指了路，那些人向岳飛道謝之後就匆忙地離開了。看到他們走後，岳飛對三個弟弟說：「我們也收拾一下回家吧！」

王貴一向喜歡招惹是非，就對岳飛說：「大哥，不如我們去會會那個強盜吧？」

岳飛說：「強盜有什麼好看的？而且我們都沒有帶兵器，如果與他動起手來肯定會吃虧的。」

張顯說：「大哥，我們折幾棵小樹把樹枝弄掉，就可以當兵器了。再說我們兄弟四個人，難道還怕一個強盜不成？」

岳飛拗不過他只好答應。他們每個人都折了一棵小樹當兵器，向亂草崗走去，隔了很遠就看到了那個強盜。他身材魁梧，穿著一副連環鎧甲，戴著鑌鐵❶頭盔，騎著一匹漆黑的馬，手裡提著兩條鐵鐧（ㄐㄧㄢˇ）。他正攔住十幾個商人向他們討要財物。

岳飛對三個弟弟說：「那強盜身型高大，一看就知道不好對付。我先去會會他，你們就留在這裡，千萬不要過去。」

湯懷擔心岳飛打不過那個強盜，就提出陪他一起過去。岳飛說：「我看這個強盜有些莽撞，所以只能智鬥。」之後他就走向前去對著強盜大喊：「喂，朋友，這些人沒什麼錢，你

---

❶【鑌（ㄅㄧㄣ）鐵】古代的一種質地堅硬的鋼。

把他們放了吧，我給你銀子。」

那個強盜聽了岳飛的話，便衝著岳飛過來。

岳飛根本就沒有錢，他說道：「就算我想給你錢，但是得問問我的兩個夥計才行。」

強盜說：「你的夥計在哪裡？」

岳飛舉起兩個拳頭在強盜面前揮了揮，說道：「這就是我的夥計。」

強盜問：「這是什麼意思？」

岳飛說：「如果你打得過我，我就給你一些錢財；如果打不過，那你就別想了。」

強盜非常氣憤地說：「你有什麼本事，竟然說出這樣的大話？我用的是鐵鐧，你只用拳頭，我贏了你也算不得英雄。好，我就放下鐵鐧，用拳頭來與你交手。」說著，他把鐵鐧放到馬鞍上，跳下馬揮拳向岳飛的臉上打來。

岳飛只一閃身就避過了強盜的拳頭，還閃到了強盜的身後。強盜轉過身揮拳向岳飛的心口打來。岳飛的身體向左閃，同時向強盜的肋部踢去，一下子就把強盜踢倒在地。王貴等人看到後，一起大喊道：「打得好！」

那強盜見岳飛身手非凡，就問：「你怎麼稱呼？是哪裡人？」

岳飛答道：「我叫岳飛，住在麒麟村。」

強盜又問道：「你認不認識周侗師父？」

岳飛回答說：「他是我義父。」

強盜聽後說：「哦，原來你是周先生的義子啊！難怪我會輸給你。剛才小弟無禮，多有得罪，請見諒。」說著就跪在地上向岳飛拜了起來。

岳飛連忙將他扶起來，那強盜說自己名叫牛皋（ㄍㄠ），祖籍陝西，祖先世代當兵。他父親在臨死前對他母親說，他若想成名必須要跟隨周侗學藝。他聽說周侗住在麒麟村，就和他母親一起來尋找。經過這裡時正趕上一夥強盜在搶劫，他殺死了強盜首領，搶了馬匹和盔甲，還把其他強盜都趕跑了。他想要帶些東西去拜見周侗，但身上沒錢，所以只好搶劫路過此地的商人。

講到這裡，他對岳飛說：「我現在就帶你去見我的母親，然後你就帶著我們去見周侗師父。」

岳飛說：「先不急，我有幾個兄弟，我把他們叫過來與你認識一

強盜聽後說：「哦，原來你是周先生的義子啊！難怪我會輸給你。剛才小弟無禮，多有得罪，請見諒。」說著就跪在地上向岳飛拜了起來。

下吧！」

說著，他招手讓王貴等人過來與牛皋相見。之後牛皋帶著岳飛等人去找他的母親。牛母把丈夫臨死前讓她帶著兒子去找周侗師父的話又講了一遍。岳飛聽後非常傷心地說：「義父去年九月份就已經去世了。」牛母聽後遺憾地說：「先夫臨死前，讓我一定要找到周侗師父，所以我才帶著兒子千里迢迢❷來到這裡。可沒想到他已經去世了。看來我的兒子沒有出頭之日了。」

岳飛說：「伯母您也不用太悲傷，我的本領雖然沒有義父高強，但也跟隨他老人家學了一些皮毛。你們既然來到了這裡，乾脆就跟我們回去，我們幾個兄弟一起習武，你覺得怎麼樣？」

牛母這才開心起來，跟隨岳飛等人去了麒麟村。岳飛安排他與母親住在一起。由於牛皋與岳飛等人意氣相投，所以就與他們結拜為兄弟。此後岳飛就教授牛皋武藝，兄弟五人一起習文練武，其樂融融。

---

❷【千里迢迢（ㄊㄧㄠˊ）】形容路遠。迢迢：遙遠。

第六回　大戰洪先

一天，岳飛正帶領著四個兄弟在麥場上練習武藝，突然發現對面樹林有個人正在向他們這邊張望。王貴看到大叫道：「你是什麼人？為什麼在這裡偷看我們練武？」

那人走出樹林從容地說：「我是這個村子的里正❶，相州節度使❷劉光世大人給縣裡發來文書，讓上次在縣武舉考試中表現優異的武童去州裡參加下一輪考試，如果考上的話就能去京城參加下一輪考試。我來到這裡是特意來通知你們的。看到你們在這裡練武，我不想打擾你們，所以就躲在樹林裡觀看。」

岳飛說：「多謝里正了！請放心，我們會做好準備的。」

第二天，岳飛騎著馬來到縣衙向岳父李春道別，李春對岳飛說：「相州湯陰縣令徐仁是

❶【里正】古代在縣級區域下設立鄉、里，相當於現在的村鎮。負責一里的小吏即為里正。

❷【節度使】古代官名，一個地方的軍事統帥，主要掌管軍事，防禦外敵，沒有管理百姓的職責。

我的好朋友，我給他寫一封信，你帶著信去拜見他，可以免去很多麻煩。」

第二天，岳飛就帶領著四個結拜兄弟往相州而去，不到一天就趕到了相州。他們從南門進城，住在一家名為「江振子」的客棧。客棧主人叫江振子，他知道岳飛等人是來參加武舉考試的，連忙命人準備酒飯為他們接風。

吃過飯後，岳飛打算去縣衙找徐仁，又擔心時間太晚了，就想第二天再去。江振子知道此事後就對他們說：「徐大人在這裡當了九年縣令，他是一個清正廉潔、愛民如子的好官，每天直到天黑才退堂。你們現在去一定能夠見到他。」

岳飛聽後非常高興，連忙向店主人問了路，就拿著信帶著王貴等人一起去了縣衙。

就在岳飛等人向縣衙趕去的時候，徐仁縣令正在升堂處理公事。他在夜裡做了一個夢，便詢問手下說：「我夜裡做了一個夢，夢見五隻五色老虎向我撲過來，我一害怕，就醒了過來。」

他手下的百曉說：「大人，恭喜您了！過去周文王夜裡夢見飛熊飛入軍帳中，後來就在渭水河邊得到了姜子牙。」

百曉的話還沒有說完，徐仁就非常憤怒地制止了他，說：「混帳，不要胡說八道。我只是一個小小縣令，怎麼能夠與聖賢的君主相比呢？」

就在此時，衙役突然上前報告，說有五位來自內黃縣的壯士前來求見。徐仁下令請他們進來。

岳飛等人進來後先叩拜了縣令，之後把李春的信呈交給徐仁看。

徐仁接過書信仔細地閱讀了一遍，又看到岳飛等五人相貌不凡，氣宇軒昂，便暗暗想道：「難道我昨晚在夢中見到的五隻老虎就是這五個人嗎？」想到這裡，他說：「鵬舉賢侄，你先帶著幾個兄弟回客棧休息，我與劉節度使的中軍官洪先是老相識，等我給他寫一封信，讓他照應你們一下，你們明天只管去考試就行了。」

岳飛等人謝過徐縣令，高興地回客棧去了。

第二天一大早，岳飛帶領四個結拜兄弟前往劉大人軍營的轅門❸外求見中軍官洪先。洪先因為他們沒有送上財物，拒絕他們參加考試。

岳飛等人儘管非常氣憤卻也無可奈何，只得先回到客棧去再考慮下一步該怎麼做。

一路上，岳飛與四個兄弟商議如何才能參加考試。王貴和牛皋性格暴躁，他們十分厭惡洪先的行為，氣沖沖地說先回客棧做好準備，之後闖進軍營抓出洪先，狠狠地教訓他一頓。湯懷和張顯也都表示支持。岳飛性格沉穩，所以極力勸說兄弟們不要只圖一時之快耽誤了大事。

就在他們激烈討論時，徐縣令乘坐轎子來到了他們面前。他們趕緊下馬迎接。徐仁對他

---

❸【轅門】古代軍營的門或官府的外門。

們說：「我正打算去見洪中軍，請求他好好地照顧你們一下，卻沒有想到你們這麼快就回來了。」

岳飛便把洪先向他們索要財物，讓他們三天之後再去考試的事講了出來。

徐仁非常氣憤地說：「實在太過分了！難道說沒有他這個中軍，別人就不能參加考試了嗎？賢侄們不要擔心，現在我就帶你們去找劉大人。」

於是岳飛等人就跟隨徐縣令去了劉光世大人的軍營。

劉大人看到岳飛等人氣質非凡十分欣賞，便下令讓他們五個人去演武場表演一下武藝。正在這時，洪先走上前來對劉大人說：「大人，我已經考過他們的武藝了，他們的本領非常普通，毫無過人之處，我讓他們回去好好練習，等到下次考試再來，沒想到他們竟託徐縣令來麻煩大人。」

徐仁十分氣憤，便上前對劉大人說：「稟報大人，洪中軍因為岳飛等人沒有送給他財物，所以才說出這番話來欺騙大人。這些武生們三年才有一次參加考試的機會，希望大人成全他們。」

洪先又說道：「大人，我並沒有欺騙您，早上我的確看到他們的武功稀鬆平常。大人如果不信，可以讓他們與我比試一下。」

洪先並不怕與岳飛等人比試武藝，因為他的官職就是憑藉他在戰場上的出色表現獲得

他用足力氣，揮舞鋼叉向岳飛的後背叉來。而岳飛突然轉過身來，揚起瀝泉槍便把洪先的鋼叉撥到一邊去了。

的，對付三五個壯漢對他來說簡直就是小菜一碟。雖然他不知道岳飛等人的武藝如何，但他看到岳飛等人年齡太小，就理所當然地認為他們根本不是自己的對手。

岳飛不甘示弱，上前說道：「大人，我倒很想領教一下洪大人的武藝，希望大人給我這個機會。」

劉大人說：「好吧，既然你們雙方都想比試一下，本官就成全你們。」

洪先和岳飛來到開闊的地方，各自擺好姿勢。洪先命人將他的武器三股托天叉取來，擺出一個「餓虎擒羊」的架勢。

岳飛非常從容地取出瀝泉槍，擺了一個「丹鳳朝陽」的架勢，說道：「恕我無禮了！」洪先二話不說，舉起鋼叉就向岳飛的頭上叉來，架勢十分凶狠。岳飛只一閃身就讓過了鋼叉。他想到：「這人雖然為難過我，但我與他並沒有血海深仇，沒必要把他置於死地。」

洪先收回鋼叉再次向岳飛叉來。岳飛氣定神閒，只一低頭就躲過了鋼叉。之後他收回腳步拖著槍躲避。洪先以為岳飛根本抵擋不住自己的鋼叉，所以更加凶狠地向岳飛攻擊。他用足力氣，揮舞鋼叉向岳飛的後背叉來。而岳飛突然轉過身來，揚起瀝泉槍便把洪先的鋼叉撥到一邊去了，又順勢轉動槍桿，輕輕地戳在洪先的後背上。洪先躲避不及，「撲通」一聲摔到地上，手中的鋼叉也被扔到了一邊。

在場眾人全都大聲讚揚岳飛說：「好功夫！」

劉光世此時明白了徐縣令所說的話的確是真的，他十分氣憤，將洪先叫上前去呵斥道：「你本領不濟，還容不下比你武藝高強的人，你有什麼資格當中軍官？」於是罷免了洪先的官職，並命人將他推出軍營。

洪先羞愧得無地自容，灰溜溜地離開了。

第七回　回鄉

劉光世看出岳飛武藝高強，又讓岳飛等人去箭廳比試箭術。王貴、牛皋、湯懷、張顯四人先表演了一番，贏得了眾人的喝采。而岳飛的箭術比他們還要厲害，使得劉大人對他刮目相看。

劉大人對岳飛的身世很感興趣，便詢問起岳飛來。岳飛答道：「大人，其實我並非內黃縣人士，我家世代居住在湯陰縣，在我出生那年，家裡被洪水淹了，父親和其他家人全都死了，只剩下我們母子二人。母親抱著我坐在大酒缸裡被洪水沖到了內黃縣。我們母子孤苦無依，多虧王明王員外照顧，我們才在內黃縣麒麟村安頓下來。後來我遇到了恩師周侗並認他作義父，我們幾兄弟的武藝都是他傳授的。」

岳飛坎坷的身世讓劉大人歎息不已。他對岳飛說：「原來你們都是周師父的徒弟，難怪個個身手不凡。我早就聽說周師父文武雙全，朝廷曾多次要求他做官卻都被他給拒絕了。沒想到他已經去世了，實在可惜。」他想安排岳飛重歸家鄉，就命令徐仁清點岳家過去的產業，並由

官府出資修造房屋。之後他讓岳飛等人回家收拾行李，做好進京參加考試的準備。

岳飛非常感激劉大人。他們幾人向劉大人辭別後，徐縣令帶著他們來到自己家中置辦酒席，慶賀他們考試成功。徐縣令向岳飛保證會幫助他修建房屋，並讓他回家接母親回鄉。

岳飛謝過徐縣令後與眾兄弟回到了麒麟村。他把劉大人和徐大人幫助他們重歸故里一事說給母親聽，姚氏聽後非常高興，迫不及待地收拾起東西來。

王貴等四人回到家後也把岳飛重歸故里之事講了出來。他們的家人聽後，既為岳飛母親重返故鄉感到高興，又捨不得他們離開。

第二天，王員外、湯員外和張員外正在王員外的莊上商量事情，岳飛走上前來向王位員外行禮，把認祖歸宗之事講了出來。

王員外情不自禁地流下淚來，說：「鵬舉，你在這裡有幾個好兄弟，離開後你們就無法再像過去那樣一起讀書練武了。況且你義父在臨死前說，我們的孩子只有跟隨你才能取得功名。現在你就要重返故鄉去了，我們怎麼捨得你離開呢？」

另外兩位員外也都不捨得岳飛離開。張員外說：「我們都算得上富有了，除了這一個孩子外，再沒有其他追求。如果我們的孩子能夠取得功名，那也算是光宗耀祖了。不如咱們只留下管家照顧田產，帶上牛皋母子一起搬到湯陰縣永和鄉去住，那裡離這裡並不算遠，來往也很方便，你們覺得怎麼樣？」

王員外和湯員外聽了都覺得這個辦法好。於是他們對岳飛母子說，他們要一起搬到湯陰縣去住。岳飛母子聽後也很高興。

第二天，岳飛騎馬進城拜訪岳父李春。岳飛把見劉大人的事情從頭到尾講了一遍。講完後，他說：「劉大人命令徐縣令將我家過去的基業查清，之後幫助我修建房屋，讓我回故鄉居住。我能有今天全靠岳父的幫助，今天特意趕來向您道謝。」

李春聽後非常高興，他說：「劉大人和徐兄實在是太仁義了。你母子能夠重回故里，我為你們感到高興。不過我有一句話，請你回去告訴你母親。我喪偶多年，一直也沒有再娶，女兒在家沒人照顧，讓她和你母親作伴倒是很好。你現在就回去告訴你母親，說明天就是好日子，你們明天把婚禮辦了，讓她跟你們一起回故鄉去吧！」

岳飛聽後非常羞愧地說：「岳父大人，我家裡十分貧窮，根本沒錢置辦迎親的彩禮，要不我先進京參加考試，之後再來迎娶小姐，您覺得怎麼樣？」

李春斬釘截鐵❶地說：「賢婿，話不是這麼說的。我和女兒看中的是你的人品和武藝，你沒錢我們並不在乎。你什麼都不要說了，現在就趕緊回家去做準備，我和女兒也都收拾一下，明天我就把她送去。」

---

❶【斬釘截鐵】形容說話或做事非常果斷。

岳飛知道李春主意已定，只好答應下來。他辭別李春後，就騎馬回家去了。

王員外、湯員外和張員外聽說岳飛即將娶親，都為他感到高興。可岳飛卻愁眉不展，他說：「叔叔們都知道，我家裡一貧如洗❷，再加上時間倉促，怎麼能辦婚禮呢？」

王員外說：「賢侄不用為這件事擔心。結婚所用的東西，我們家裡都有現成的。不過你家的房屋太狹窄了，我家裡有很多空屋子，況且只與你家的屋子隔著一道牆，你回去讓你母親過去挑兩間空屋子給你當新房，問題就解決了。」

王員外回家吩咐下人張燈結綵，很快就準備好了一切。第二天，李春先派人把嫁妝送到王家莊，之後親自把女兒送來與岳飛完婚。李春由於公務繁忙，只喝了三杯酒就回縣衙去了。其他人全都開懷暢飲，一直喝到醉得不省人事。

幾天後，徐仁派人給岳飛送信，說新房已經蓋好，請岳飛母子返回故鄉。於是岳飛等五家上百口人一齊向湯陰縣進發。

由於帶著老人、婦女和孩子，還有上百輛裝財物的車子，所以他們走得很慢。兩天後，他們來到一個叫野貓村的地方，那裡沒有人居住，只是一片荒郊野地。眼看著天馬上就要黑了，岳飛焦急地對眾兄弟說：「我們只顧著趕路，卻錯過了住宿的地方，需要再走三四十里才有客棧，我們人多而且車子又重，無論如何都無法在天黑之前趕到那裡了。」之後他吩咐湯懷與和張顯去前面探路，看是否能找到住宿的地方。

湯懷和張顯回來後說，附近十里之內都沒有人家，只有在前面三四里處有一座破廟可以休息。岳飛聽後就命令湯懷帶領大家向破廟趕去。

到了破廟後，岳飛命令眾人把車輛推到廟裡去，又吩咐婦女、孩子和老人在大殿上休息，之後與幾個兄弟去殿後觀察地形。殿後有三四間房屋，屋內有幾口舊棺材，房屋連瓦片和窗戶都沒有。

回到前殿後，王貴和牛皋不停地喊餓，連忙吩咐僕人做飯。看著天馬上就要黑了，眾人便簡單地吃了一些酒飯就去休息了，只有牛皋不停地喝酒。

岳飛看到後，生氣地說：「不要再喝酒了。這裡很荒涼，我們又帶著這麼多財物，如果有壞人來搶奪財物，我們將無法應付。等到了湯陰縣，我讓你隨便喝。」

牛皋一向對岳飛言聽計從❸，便說：「既然大哥說了，我就不喝了。不過大哥你也太小心了吧！」

安頓好眾人後，岳飛對張顯和湯懷說：「兩位弟弟，你們帶幾個強壯的莊丁，攜帶著武器去大殿後面守衛。」

---

❷【一貧如洗】形容非常貧困。

❸【言聽計從】形容非常聽話。言：話；計：主意；從：聽從。

湯懷和張顯答道：「聽從大哥吩咐。」

岳飛又對王貴說：「左邊的圍牆也破損了，你帶著幾個人去那裡守衛，小心盜賊從左邊闖進來。」

王貴點頭稱是，並說道：「大哥儘管放心，我一定不會讓盜賊從左邊闖進來的。」說完後就帶人去左邊了。

岳飛又叫牛皋去大殿右邊守衛。牛皋說：「大哥勞累了一整天，趕緊睡吧！根本沒必要如此驚慌。你就放心好了，我不會讓盜賊從右邊闖進來的。」

牛皋雖然嘴上這樣說，但他心裡卻想：「這時候能有什麼強盜？就算真的有強盜，我們這些兄弟在此，難道還怕他們不成？大哥膽子也太小了吧！」他帶著幾個人來到了大殿的右邊，靠在欄杆上打起盹兒來。

安排妥當後，岳飛就把廟門關了起來。他看到殿前石階下有一個香爐，就走過去用手搖了幾下，發現足有千斤重。他用力把那只香爐抱起來頂到廟門上，之後將瀝泉槍放在身邊，坐到門檻上休息，等待天明。

第八回　誅殺強盜

半夜時，岳飛聽到一陣吵鬧聲。過了一會兒，就有一群人舉著火把來到廟門口。有人大叫道：「趕緊把財物都拿出來，否則就殺了你們！」還有人大叫道：「千萬不要放走了岳飛。」接著就有幾個人來推廟門，推了半天都沒有推開。

岳飛聽到有人喊自己的名字，不禁大吃一驚。他尋思道：「我並沒有什麼仇人，強盜裡怎麼有人知道我的名字呢？」想到這裡，他悄悄來到門前，從門縫一看，卻看到了相州節度使劉光世手下的原中軍官洪先。

原來這洪先本就是一個強盜，劉光世看他有些本領，就提拔他為中軍官；他因為向岳飛等人索要財物，又敗給了岳飛，所以被罷免了官職，心中自然十分怨恨岳飛，便糾集了以前的同夥，帶著兩個兒子來找岳飛報仇。

岳飛心想：「這個大門由我把守，四周又有兄弟們把守，他根本就攻不進來。他見無法攻進來，也就會知難而退了。」於是他提著瀝泉槍，站在廟門口守衛。

岳飛不想與強盜交手，但牛皋就不同了。牛皋聽到吶喊聲就醒了過來，看到外面一片火光，便想道：「果然有強盜來了，我們要進京去參加武舉考試，但還不知道自己的本領如何，現在我就去會會那班強盜，看看自己的鐧法究竟如何。」說著他提起雙鐧，騎上馬就向強盜衝了過去，還大喊道：「強盜們，讓你們嘗嘗我的雙鐧的厲害。」他揮出一鐧，打在一個強盜的腦袋上，那強盜當場斃命。

王貴在左邊聽到牛皋的喊聲，提著大刀就往前衝，他掄起金背大砍刀，沒幾下就砍倒好幾個強盜。

洪先看到牛皋異常勇猛，便掄起三股托天叉與牛皋交手。洪先的兩個兒子洪文和洪武，各拿一柄方天畫戟（ㄐㄧˇ），與王貴纏鬥起來。

岳飛在裡面聽到外面的砍殺之聲，就想出去勸說一番，讓牛皋和王貴饒了洪先等人的性命，便挪開香爐，騎馬衝了出去。這時張顯和湯懷聽到廝殺聲，也都提著槍衝出了廟門。

洪武看到父親抵擋不住牛皋，舉起方天畫戟來幫助洪先。洪文失去了幫手，一個人與王貴對抗，被王貴一刀結果了性命。洪武看到哥哥被王貴殺死，大吃一驚，牛皋趁他分心一鐧將他打死。洪先看到兩個兒子被殺，氣急敗壞地說：「你們竟敢殺死我兩個兒子，我決不會善罷甘休。」說完舉起叉來，向牛皋叉去。

岳飛呵斥道：「洪先，趕緊住手，我岳飛在此！」

洪先打不過牛皋，他聽到岳飛的叫聲後，嚇了一跳，正打算調轉馬頭逃命，卻沒想到張顯趕到，被鉤鐮槍鉤下馬來。湯懷隨後趕到，一槍將他捅死。

那些強盜看到自己的頭領被殺死，便紛紛逃命去了。牛皋和王貴殺得興起，又追上去一頓猛殺。岳飛命令他們不要再追了，他們根本不聽，仍然狂追不止。

岳飛情急之下，便撒謊道：「兩位兄弟，趕緊回去，又有強盜來了！」

王貴和牛皋信以為真便不再追趕，返回廟門口後迫不及待地問道：「強盜在哪裡？」

岳飛說：「你們就放過他們吧！我們殺了這麼多人，應該好好商量一下怎麼辦才好。」

於是眾人返回廟裡商議。牛皋說：「依我看，我們不如把這些屍體堆在廟裡，找一些乾枯的樹枝來，放一把火燒乾淨，那就沒有人會找我們的麻煩了。」

於是岳飛五兄弟帶領膽大的莊丁把屍體抬到大殿上，之後找到一些樹枝，放一把火把整個破廟都燒了。

此後岳飛一行人向相州進發，很快就到了湯陰縣境內。岳飛五兄弟一起去拜見徐縣令，之後安排眾人住進了徐縣令為岳家修建的房屋內，然後又去拜見劉光世大人。

劉光世對岳飛說：「我給宗澤大將軍寫了一封信，委託他多關照你，他讀過信後就會照應你的。」

寫好信後，他又送給岳飛等人五十兩白銀當路費。岳人五兄弟不住地道謝，之後回到家中與家中長輩商議去京城汴梁❶參加武舉大考的事。

第二天一大早，岳飛與母親、妻子道別，帶領四個兄弟向汴梁進發。

❶【汴梁】今河南開封市，北宋時的國都。

第九回　將軍府大顯神威

岳飛一行人沒幾天就趕到了京城汴梁城下。

看著京城就在眼前，岳飛對兄弟們說：「各位賢弟，我們馬上就要進入京城了，千萬不能像在老家那樣為所欲為。」

牛皋不以為然地說：「京城又怎樣？」

岳飛說：「兄弟，你不知道，這京城與我們老家那種小地方完全不同，這裡有很多王公貴族、公卿大臣，倘若還是像在家裡那樣魯莽無禮，惹出事來，根本沒有人能救得了你。」

兄弟五人有說有笑地進入了城門。走了不到半里路，突然有一人喘著粗氣跑過來，拉住岳飛的馬韁繩，說：「岳大爺，你可把我害慘了，這次一定要照顧我的生意呀！」

岳飛看了那個人一眼，發現他就是在湯陰縣開客棧的江振子。岳飛根本沒有想到他會在這裡，便吃驚地問：「怎麼是你？你不是在湯陰縣開客棧嗎？跑到這裡來做什麼？我又怎麼把你給害慘了？」

江振子便把事情的來龍去脈❶說了一遍。原來岳飛等人離開江振子的客棧後，洪先就帶領著一群惡棍來客棧找岳飛，但岳飛他們已經離開了。洪先一怒之下就把客棧給砸了，還不准江振子繼續在湯陰縣開客棧。江振子被逼無奈，只得帶領夥計到京城來開客棧了。

岳飛聽後，說道：「你說的也有幾分道理。我們剛來到京城，並不熟悉這裡，在這裡遇到你也算有緣，那好，就住你的客棧裡吧！」

說完後，岳飛等人就跟著江振子去了他的客棧。

安頓好馬匹和行李後，岳飛便向江振子打聽宗澤衙門的位置。

江振子說，宗澤宗大人是一個非常了不起的人物，被封為護國大元帥、汴梁城留守，既能管軍隊也能管百姓。說完後，他給岳飛等人指了路。岳飛與四個兄弟吃過午飯就帶著劉光世的信趕到留守衙門外求見宗大人。

劉光世在信中寫道，岳飛是世間少有的人才，請求宗大人一定要提拔他。宗澤讀過信後以為岳飛其實並沒有真才實學，只是家中有錢賄賂❷了劉光世，劉光世才會極力稱讚他。因此他決定單獨召見岳飛，仔細盤問一番。

岳飛在等待宗澤召見時，湯懷對他說：「大哥，你身上的衣服已經破舊了，我覺得宗大人看到後一定不會重視你的。要不你穿我這身衣服進去吧？」

岳飛覺得湯懷說得有幾分道理，而且他們二人身材相差無幾，所以就同意了。他脫下自己的舊衣服，換上了湯懷那身華麗的新衣服，之後在傳令兵的帶領下進去拜見宗澤大人。

看到岳飛身上所穿的華麗衣服後，宗澤更加確定自己剛才的推測是正確的。他氣憤地說：「岳飛，你說實話，你花多少錢賄賂劉光世，讓他幫你寫這封推薦信的？」

岳飛聽這話吃了一驚。不過他依然鎮定自若地說：「大人，我本是湯陰人士，父親岳和在我出生三天時就在水災中去世了。我母親抱著我坐在大酒缸裡，被洪水沖到了河北內黃縣的麒麟村。在王明王員外的救援下，我們母子才活了下來。我長大後得到陝西名士周侗的賞識，他收我做義子，教我武藝。我在相州參加武生考試時，劉大人知道了我的身世，便派湯陰縣令徐大人清查我家過去的產業，並出資為我母子修建房屋，讓我們母子返回故鄉。在來京城前，劉大人又送給我五十兩銀子當路費，讓我考取功名，將來好為國出力。我根本就沒有錢賄賂劉大人。」

宗澤聽後暗暗想道：「我早就聽說周侗是個了不起的人物，朝廷多次邀請他做官他都不肯。岳飛既然是他的義子，應該也有一些本領。不如先考一考他。」

於是他帶著岳飛來到箭廳，說道：「你去挑一張弓，射幾箭讓我看看。」

---

❶【來龍去脈】比喻事情的前因後果。

❷【賄賂（ㄏㄨㄟˋ ㄌㄨˋ）】指透過向有關人員贈送財物的方法來謀求不正當利益。

岳飛答應一聲，來到放弓的架子前，一連挑了幾張弓都嫌太軟，便說：「大人，這些弓都太軟了，我擔心射得不夠遠。」

宗澤覺得岳飛有些不自量力，便不客氣地問道：「你平時用多少斤的弓？」

岳飛答道：「我拉得動二百多斤的弓，能射兩百步遠。」

宗澤說：「既然你這樣說，那你就拉一下我的神臂弓吧！不過我那張弓有三百斤重，不知道你能不能拉得動？」說完，他便命令親兵去取自己的神臂弓。

親兵很快就取來了宗澤所用的神臂弓，另外還帶來一壺雕翎箭。岳飛拿起神臂弓拽了幾下，感覺自己用起來特別合適，就不由自主地叫了一聲好。

只見他把雕翎箭搭到弓上，拉弓發射，一連射了九枝，每一枝都插在紅心上。在場眾人看到後，無不為他喝采。

宗澤看到岳飛本領高強，知道自己誤會了他，便十分高興地說：「你的武藝的確十分高強，你平時使用什麼武器？」

岳飛答道：「我曾跟義父學習過各種兵器，不過最拿手的還是槍。」

宗澤聽後，派親兵把他自己使用的點鋼槍抬出來，讓岳飛耍一路槍法。

岳飛拿起槍擺出一個姿勢，之後閃轉騰挪、勾挑結合，使用多種身法，讓在場眾人都情不自禁地叫好，就連宗澤也不禁為他喝采。岳飛練完槍氣定神閒，面不改色，輕輕把槍放到一旁，跪拜在宗澤面前。

宗澤說：「我看你的確本領高強。如果朝廷讓你領兵打仗，你該怎麼做？」

岳飛一生最大的夢想就是成為一名將領，上陣殺敵，為國效勞，因此他平時對治軍之道頗有研究。他從容自若地說：「賞罰分明是治理軍隊最重要的原則，只有做到這一點才能讓士兵遵守命令，勇敢向前；對於將領來說，智謀要比英勇更加重要；只有關愛士兵，打仗時衝鋒在前的將領才能獲得士兵的愛戴；作為將領不應該只顧個人的名利，而應該以保衛國家，以讓老百姓過上好日子為己任。」

宗澤聽後非常高興，連忙把岳飛扶起來，並說：「我原以為你賄賂了劉光世，所以才會得到他的推薦，沒想到你的確有真才實學。我誤會你了，請你原諒。」

岳飛趕忙說：「大人為國家選拔有才之士，嚴格把關，讓人敬佩。」

於是兩個人便聊了起來。宗澤問道：「賢侄，你的武藝高強，擔任領將不成問題，只是不知道你是否學習過行軍布陣之法？」

岳飛答道：「按圖布陣是殺敵之法，根本沒有必要仔細研究。」

宗澤聽後覺得岳飛有些自大，便不高興地說：「你的意思是，古人留下來的兵書陣法毫無用處？」

岳飛說：「排陣之後再與敵人交戰，這是兵法常理，不過也不能過於死板。古今有很大不同，所以根本沒有必要按照一定的陣法去打仗。現在要想在戰場上擊敗敵人，就一定要讓敵人無法摸清我方的虛實，從而出奇制勝。再者說，現在的戰爭陣地戰很少，而遭遇戰比較多，如果敵人突然到來，或者將我軍圍困起來，難道我軍要等到布好陣之後再與敵人交戰嗎？所以說，只有根據戰場上的情況隨機應變，因地制宜，才能夠立於不敗之地。」

岳飛一席話說得宗澤不住地讚歎道：「賢侄，你真是一個不可多得的人才啊！劉大人獨具慧眼[3]，發現你這個人才，實在讓我佩服。不過可惜這一次考試你很難高中狀元呀！」

岳飛疑惑不解地問：「這是為何？」

宗澤答道：「如今有一個叫柴桂的藩王[4]，是前朝柴世宗的後代，被朝廷封為小梁王，住在滇南南寧州。他來朝拜皇上時聽說了此次武舉考試的事情，就打下主意要奪得狀元。為此他分別給丞相張邦昌、兵部尚書王鐸、右軍都督張俊和我這四位主考官送了厚禮，他們三個人都收了禮物，只有我沒收。他們三人已經商量好要保舉他當武狀元。因此你這次來參加考試實在太不湊巧了。」

岳飛略帶遺憾地說：「大人，我只希望能夠公平比賽就好。」

宗澤說：「為國家選拔人才，當然要選擇那些有真才實學的人，但這件事非常麻煩。今天本來應該留你多坐一會兒，不過我擔心有人知道此事後對你我不利。所以賢侄你先回住所，等到考試之時再想辦法吧！」

岳飛聽後只得告辭離開。他本想憑自己的本領從武舉考試中脫穎而出，從而獲得為國效勞的機會，卻沒有想到會遇到這種事情，所以有些悶悶不樂。

❸【獨具慧眼】能看到別人看不到的東西，形容目光敏銳。慧：敏銳、聰慧。

❹【藩王】藩王是介於地方長官和君主之間的地區統治者。他們有的已形成了地方割據勢力，但在名義上還是地方長官，有的是由某強國冊立統治某地區的半獨立君主。

第十回　牛皋搶「狀元」

岳飛從宗澤府中出來後，眾兄弟趕忙迎上來問候，並說：「大哥，你怎麼去了那麼久？」

牛皋看到岳飛臉色不好看，就心直口快地說：「大哥，我看你臉色陰沉，是不是那個留守讓你生氣了？」

岳飛道：「我和宗大人談得十分愉快，並沒有受氣。」於是岳飛把宗澤讓他表演武藝、對他十分器重等事詳細地講了出來，但沒有說小梁王賄賂考官一定要奪得武狀元之事。

王貴和牛皋聽說宗澤很器重岳飛後，心情便舒展開來。

江振子為他們準備了酒飯。他們一起喝酒聊天，直到三更半夜才睡去。

第二天一大早，江振子就來到他們的房間，十分神秘地說：「剛才留守衙門的人來到這裡，說宗留守本打算在衙門裡為各位接風，但考慮到有些不方便，所以就派人送來一桌酒席，請各位享用。」

岳飛等人想道：既然宗留守賜酒，哪有不喝的道理？便吩咐把酒飯搬上來。

於是眾人喝起酒來。牛臯、王貴、張顯、湯懷四兄弟邊喝邊聊，喝得十分痛快。岳飛心裡有事，很少說話。他想道：「小梁王如果奪得了武狀元，那我們只能排在後面，為國效力的願望也就無法實現了。」想到這裡，他竟迷迷糊糊地靠在桌邊睡著了。

張顯和湯懷看到後，說道：「以前大哥喝酒時總有講不完的話，今天為什麼一直不說話呢？」他們兩個心情都不太好，便也都去睡了。王貴喝得有些醉了，靠在椅子上睡著了，只有牛臯一個人繼續拿著大碗喝酒。

牛臯看到其他幾個人都睡著了，便想到街上轉轉，看一看風景。他下樓走出客棧大門，向東走去。他看到大街上人來人往，非常熱鬧。走到一個三岔路口時，他停下了腳步，正在考慮往哪個方向走，突然看到對面有兩個人走了過去。他們一個身高八尺，穿著一身紅色的衣服；一個身高九尺，穿一身白色的衣服。兩個人手把手，有說有笑。牛臯聽到穿著紅色衣服的那個人說，大相國寺非常熱鬧，可以去看一下。

牛臯想道：「我以前也聽說大相國寺，現在正不知道去哪裡，何不就去那裡看看？」於是便跟在那兩個人身後向大相國寺走去。

來到那裡後，他看到那裡有很多做買賣的和看熱鬧的人。隨後他又跟隨那兩個人進入了天王殿。殿中有一個書場，有很多人都在圍在前面聽說書先生講楊家將的故事。看到那兩個人坐下後，牛皋也跟著坐了下來聽書。

說書先生講完一段後，就停了下來向聽眾要賞錢。那個穿白衣服的拿出兩錠銀子遞給說書先生，並說：「我們路過這裡，並沒有多帶銀子，希望先生不要嫌少。」

說書先生答道：「多謝了。」

那兩個人轉身離開了。牛皋也站起身來，跟在他們身後。走了一會兒，牛皋聽到穿紅衣服的對穿白衣服的說：「大哥，咱們只是聽段書，你何必給他那麼多銀子呢？雖然這些銀子對你來說一點兒也不多，但這裡的人看到後會把你當鄉下人看待的。」

那個穿白衣服的人答道：「兄弟，剛才那說書先生說我的先祖非常厲害，沒有人能打得過他。就憑這一點，別說兩錠，就是十錠銀子我也願意給他。」

那兩個人又到另外一個書場聽書，說書先生正在講《興唐傳》❶。說書先生說到羅成佔領山口處就停了下來向聽眾索要賞錢。那個穿紅衣服的拿出四錠銀子，並說：「今天我們路過這裡，沒多帶銀子，希望先生不要嫌少。」說書先生連忙道謝不迭。

牛皋想：「這次肯定是說到他的祖宗了。」

牛皋想的沒錯，那個穿紅色衣服的名叫羅延慶，正是唐代羅成的後代；而那個穿白色衣服的名叫楊再興，是楊業楊令公的後代。

牛皋聽到楊再興說：「兄弟，我只給了兩錠銀子，你為什麼給四錠呢？」

羅延慶答道：「大哥，那說書先生所說的，正是我祖宗的英雄事蹟。我的祖宗比大哥你的祖宗厲害，所以我要多給他兩錠銀子。」

楊再興說：「你竟然說我的祖宗不如你的祖宗厲害？」

羅延慶回答說：「我說的是事實，我的祖宗的確比你的祖宗厲害。」

楊再興說：「既然如此，那咱們就回客棧，穿上鎧甲，拿上武器，騎馬到比武場比試一番，勝者留在這裡爭狀元，敗者就立即回家，好好練上三年之後再來參加考試。」

羅延慶說：「好，一言為定。」說著兩人就離開了。

牛皋沒聽仔細，還以為他們兩個誰贏了誰就能當武狀元。他想：「幸虧我在這裡聽到了他們的談話，不然的話，武狀元就被這兩個混帳搶走了。」之後他匆忙地返回客棧，想把這件事告訴岳飛等人。不過看大家都還沒有醒來，牛皋便決定自己去搶武狀元，之後送給岳飛。於是他拎起雙鐧，騎上馬就出發去比武場了。

剛來到比武場的門口，牛皋就聽到裡面有人高呼：「好槍法！」他知道那兩個人已經較量上了，就急不可耐地闖進比武場來，大喊道：「只有我大哥才能當武狀元。你們兩個竟然在這裡爭來搶去，實在太過分了。看鐧！」說完，他揮起鑌鐵鐧，照著楊再興的腦袋打去。

---

❶【《興唐傳》】傳統評書，主要講述了秦瓊、羅成等人推翻隋朝的故事。

楊再興用槍擋住了牛皋的鐵鐧。他覺得牛皋力道十足，便對羅延慶說：「兄弟，我們在這裡比武，沒想到這個野漢跑來搗亂！我們不如一起耍耍他，你看怎麼樣？」

羅延慶答道：「大哥，你說得對。」說著，他收回槍刺向牛皋的心窩。牛皋趕緊用鐧來擋，可是他剛擋住羅延慶的槍，楊再興的槍又從另外一邊刺來。牛皋只得用兩根鐵鐧護住腦袋，不停地阻擋兩人的進攻，不過幾個回合過後，他就感覺到難以招架了。

牛皋自從離開老家後，就未曾遇到過敵手，所以難免有些心高氣傲，況且楊再興和羅延慶也並非等閒之輩，他們的槍法十分高明，即便是單獨與牛皋過招，牛皋也不是他們的對手，而此時他們一起對付牛皋，牛皋就更招架不住了。幸虧他們兩人只是想調戲牛皋一下，並非要傷牛皋性命，否則牛皋早就沒命了。

形勢對牛皋越來越不利。牛皋急得大叫道：「大哥怎麼還不過來呀？再晚一些，武狀元就被他們兩個傢伙搶走了。」

楊再興和羅延慶聽後忍俊不禁，他們心想：「這個傻蛋不停地喊大哥，看來他真的有一個大哥，而且本領高強，我們就把他圍住，等他大哥來救他，那時我們就可以與他大哥一較高下了。」於是他們把牛皋圍了起來，不放他走。

就在牛皋與楊、羅二人較量時，岳飛醒了過來。他看到王貴、張顯、湯懷還在睡覺，而牛皋卻不見了，便將三人叫起來詢問。王貴等人都說不知道牛皋去了哪裡。江振子告訴他們牛皋騎著馬出去了。岳飛聽後急忙對王貴說：「王兄弟，你去看一下他的武器還在不在了？」王貴一看，果然不見了雙鐗。

岳飛怕牛皋惹出什麼麻煩，立刻帶著三個兄弟騎馬去尋找。一路打聽，他們才知道牛皋去了比武場，於是立刻向比武場趕去。

來到比武場門口，岳飛看到牛皋面色蒼白，口吐白沫，又看到一個人穿白衣、騎白馬、手裡拿著一杆銀槍，和一個穿紅衣、騎紅馬、手裡拿一杆流金槍的人把牛皋圍了起來，牛皋被打得毫無還手之力。

岳飛對王貴等人說：「你們就留在這裡。」說完岳飛大喊一聲：「不要傷了我兄弟！」便拿起手中的瀝泉槍刺向楊再興和羅延慶。

楊、羅二人看到岳飛攻來，就丟下牛皋與岳飛交戰。三個人很快就打了幾十個回合，楊再興和羅延慶已經使出了全力，可依然沒有佔到任何便宜，便對岳飛的武藝暗暗佩服，幾個回合後，他們互相看了一眼，然後雙槍並成一排刺向岳飛。在這個危急關頭，岳飛把槍向下一擲，便將對方的槍頭插到了地上，然後順勢伸出左手，抓住了兩個人的槍桿。

楊再興和羅延慶大吃一驚，說道：「這次武舉考試，武狀元必定是這個人的，我們回去吧！」之後他們就調轉馬頭，準備離開比武場。

岳飛看到他們武藝高強，想與他們結交，便追上去說：「兩位好漢，請等一下，能否把你們的名字告訴我，以便日後相會。」
他們答道：「我們是山西楊再興、湖廣羅延慶。」說完後就離開了。
岳飛返回比武場後，看到牛皋還在喘著粗氣，就上前問道：「你為什麼與他們打起來了？」
牛皋委屈地說：「大哥你太沒良心了，我這還不是為了你。我要把武狀元從他們手裡搶過來然後送給你。可沒想到他們武藝高強，我打不過他們。幸好大哥趕了過來將他們擊敗，看來這武狀元必定是你的了。」
岳飛笑著說：「謝謝賢弟的好意。不過這武狀元是要擊敗天下所有英雄之後才能獲得的，並不是私下裡兩三個人就能決定的。」
牛皋說：「如此說來，我與他們打了半天，豈不是白白浪費力氣了？」
大家聽後都哈哈大笑起來。

第十一回　周三畏贈劍

第二天吃過早飯後，湯懷、張顯、王貴等人對岳飛說：「大哥，我們幾個人早就想要買一把劍，昨天看到與牛兄弟較量的那兩人都有劍，牛兄弟也有劍，所以我們想請大哥與我們一起去買劍。」

岳飛答道：「佩劍對於近戰很有用處，的確應該配一把。我一直沒有多餘的錢，所以就沒有提起這件事。」

王貴說：「大哥你也買一把，我這裡有銀子。」

岳飛說：「那好吧！」

他們來到大街上，看到幾家武器店裡掛著的劍都非常普通，並沒有合心意的。岳飛便說：「我們不如到偏僻的街巷去看看，說不定還能遇到合適的。」於是他們兄弟幾人就走進了一條小胡同。

那條胡同裡有好幾家武器店，岳飛看到一家店裡擺著名人字畫，牆上掛著幾把刀劍，就

走了進去。

客主人看到岳飛等人進門，連忙站起身迎接，非常客氣地說：「各位請坐，請問需要什麼武器？」

岳飛答道：「請問您這店裡有什麼好刀或者好劍嗎？如果有的話，拿出來讓我們看看。」

店主忙說：「有，有，有。」說著，他從牆上取下一口刀，把上面的塵土擦乾淨，遞到岳飛面前。

岳飛接過刀，先看了一下刀鞘❶，又抽出刀來看了一下，說：「我們不需要這樣的刀，如果有好的，就請拿出來讓我們看一下。」

店主又取下一把劍，岳飛看過後仍不滿意。之後店主又先後取下很多刀劍，但全都無法讓岳飛動心。

岳飛有些不耐煩地說：「如果有好的，就拿出來，沒有的話，我們就走了，您也不用麻煩了。」

店主有些生氣地說：「我要請教一下，你們看過的幾把刀劍，有哪裡不好？」

岳飛回答說：「剛才看過的刀劍，如果賣給那些喜歡外表的官宦子弟的確非常合適。可是我們來買刀劍是為了上陣殺敵的，所以說它們一點兒用處都沒有。如果有好的，您只管開價就行。」

牛皋說道：「我們不會少給你銀子的，如果真有好的，只管拿出來吧！」

店主將岳飛幾兄弟仔細打量了一番，說：「你們要好劍我的確有一把，不過它並不在這裡，而在我的家裡。我現在就讓我弟弟出來，讓他帶你們去我家裡看劍，你們覺得怎麼樣？」

於是店主派人把他弟弟叫了出來，吩咐道：「這幾位是來買劍的，看到幾把劍後覺得沒有一把滿意的。看來他們是內行，你就帶他們去家裡，讓他們看看那把劍吧！」

店主的弟弟答應了一聲，對岳飛等人拱了拱手，說：「各位，請跟我一起去吧！」

岳飛細看店主的弟弟，他頭上戴著頭巾，身上穿著藍色的道袍，腳下穿著一雙紅靴，手中拿一把扇子，看起來風度翩翩、氣宇軒昂。跟那個人走了二里多路後，岳飛等人來到了一座垂柳掩映的莊園，莊園門口有兩扇用籬笆做的小門。那個人輕輕地叩了一下門便有一個小童從裡面走出來，把岳飛等人引入草堂。

岳飛先做了自我介紹，又分別介紹了四個兄弟。正在他打算問那個人的姓名時，那個人站起來說道：「你們幾位先請在這裡坐一會兒，我這就把劍取出來，讓你們好好看一下。」

過了一會兒，他取劍回來，把劍放在桌子上，請岳飛等人仔細看。岳飛在看劍之前詢問

---

❶【鞘（ㄑㄧㄠˋ）】裝刀或劍的套子。

他的姓名，他回答說：「我叫周三畏，請岳兄看劍。」

岳飛接過劍後，左手握住劍柄，右手拔劍，劍鋒剛被拔出三四寸，便射出一股寒氣。岳飛把劍拔出來，仔細看了一遍後，連忙說：「周先生，請你把劍收回去吧！」

王貴等人大惑不解，岳飛解釋說：「這是一把非常昂貴的寶劍，我不敢妄想得到它。」

據周三畏介紹，他家以前世代都是武將，所以才傳下這把寶劍，而從他祖父那代開始已經改學文學，所以這把劍並沒有什麼用處；他的祖父說過，以後如果有人知道這把劍的來歷，就將它無償送給那個人。

周三畏對岳飛說：「岳兄既然知道這是一把寶劍，就請講一下它的來歷，如果說對了，這把劍就歸你所有了。」

岳飛答道：「我也只是猜測，如果說錯了，希望先生不要見笑。我看這把劍出鞘時便泛出一股寒氣，便猜它是春秋時楚王命歐冶子所鑄的『湛盧』劍。當時想要稱霸天下的楚王聽說齊國有一個叫歐冶子的人善於鑄劍，便把這個人召來，命令他鑄造能飛起殺人的兩把劍，一把雌劍，一把雄劍。歐冶子知道楚王是一個暴君，如果不答應，自己一定會被楚王殺死，便對楚王說需要三年時間才能把這兩把劍鑄好。楚王答應給他三年時間，還賞賜給他很多財物。歐冶子回到家裡把鑄劍的事告訴妻子就進山鑄劍去了。他花費三年時間，一共鑄了三把劍，之後回到家中對妻子說：『我馬上去楚國把劍獻給楚王。楚王得到劍後，會擔心我給別人鑄這樣的劍，所以一定會把我殺死的。我仔細考慮了一下，反正我難逃一死，不如就把雄劍埋在這裡，只將其餘兩把劍送去。楚王看到劍不能飛起來，一定會把我殺死。你要是聽說我被殺死了，千萬不要悲傷，等你肚子裡的孩子出生後，如果是女孩，那就算了，如果是男孩，你就把他養大，讓他帶著這把雄劍為我報仇。』

歐冶子把劍獻給楚

周三畏對岳飛說：「岳兄既然知道這是一把寶劍，就請講一下它的來歷，如果說對了，這把劍就歸你所有了。」

王後，楚王果真讓他試劍，劍沒有飛起來，楚王便一怒之下殺死了他。他的妻子聽說他被殺後並沒有悲傷，而是按照他的吩咐等待產期到來。後來她生下一個兒子，並把兒子撫養長大。

孩子長到七歲時，進學堂讀書，被同學嘲笑為『無父之種』。他就哭哭啼啼地回到家裡向母親要父親。他母親聽後痛哭起來，就把他父親遇害之事告訴給了他。他聽後就背著劍要去楚國殺死楚王，為父親報仇雪恨。她母親說他年齡太小，還不能去，之後由於後悔把這件事過早地告訴給了他，就自殺身亡了。那個孩子安葬好母親後就放火燒了房屋，背上劍去楚國了。走到七里山下時，他遇到一個道人，道士得知他的身世，說願意幫他報仇，但需要他獻出頭顱。那個孩子想都沒想便拔劍自殺了。

那道士把孩子的頭砍了下來，帶上劍去了楚國。來到楚國後，他說自己是來送長生不老丹的，只是沒有人識貨。楚王聽說後便派人把他帶入宮中。那個道人進宮後，就拿出孩子的頭給楚王看，並說只要把這顆頭顱放進油鍋裡煎上一段時間後，就能夠結出蓮子，人吃後可以活到一百二十歲。楚王信以為真，便派人架起油鍋煎起來。過了一段時間，油鍋裡果然結出了蓮子。道士請楚王下殿採摘長生不老丹。楚王按照道人所說的去做，沒想到道人突然拔出寶劍，一下就把他的腦袋砍到油鍋裡去了。楚國大臣看到後，便一齊上來捉拿道人。道人把自己的頭也砍到油鍋之內。大臣們立即去油鍋裡撈，結果根本無法分辨哪一顆頭是楚王的，他們只能用頭髮把三顆頭穿在一起，放在棺材裡埋葬，這正是古人所說的楚國『三頭墓』。那把劍叫『湛or盧』，後來就不知去向了，據說唐朝的薛仁貴❷曾得到過它，現在沒想到它竟然會出現在先生家裡。不知道您這把劍，是不是我所說的那把？」

周三畏聽後笑著說：「岳兄你果然學識淵博，你說的一點兒都沒錯。」他站起身，從桌子上拿起劍送到岳飛面前，說：「這把劍此前多年一直沒有派上用場，今天總算遇到它真正的主人了。請您收下這把劍吧。」

岳飛堅決不肯接受，但周三畏一再要求他收下。岳飛見推辭不了，就收下了這把劍，將其佩戴在腰間。

離開周三畏的家後，岳飛又和兄弟們去街上轉了轉，王貴、湯懷和張顯各買了一把劍，之後便一起回客棧去了。

---

❷【薛仁貴】薛禮，字仁貴，漢族，山西絳州龍門修村人（今山西河津市城東十里之遙的修村），唐朝名將，著名軍事家、政治家。

第十二回　岳飛暗諷張丞相

武舉考試的日子很快就到了。當天，五兄弟一大早吃過飯後，就穿好鎧甲，戴上頭盔，騎馬向比武場趕去。

他們來到比武場後，岳飛看到人多，就對眾兄弟說：「這裡人多，我們不如站到清靜一點兒的地方去。」

牛皋想起出門前江振子在他的馬頭拴了什麼東西，他過去一看見馬鞍上的口袋裡裝了幾十個饅頭和很多牛肉。這是客棧老闆特意為他們幾個人準備的，牛皋也沒多想，拿起食物便大口吃起來，很快就吃了個精光。

過了一會兒，王貴對牛皋說：「牛兄弟，我們覺得有些餓了，你把店主人為我們準備的食物拿出來一起吃吧。」

牛皋疑惑地問：「難道你沒有嗎？」

王貴答道：「不是全都掛在你的馬鞍上嗎？」

牛皋說：「這下可糟了，我以為每個人都有，所以就全吃光了，現在我的肚子還脹呢！」

王貴說：「你吃飽了，我們還餓著呢，你說怎麼辦？」

牛皋答道：「反正我都已經吃完了，我也不知道怎麼辦好。」

岳飛聽到他們的話後，就制止道：「王兄弟，不再要說了，如果讓別人聽到該笑話咱們了。牛兄弟，你這樣做也不對，你吃東西前該問別人一下，不應該自己把東西都吃光。」

牛皋慚愧地說：「大哥說得對，下次有東西吃一定與大家分享。」

這時兩個士兵抬著一個大飯筐走了過來，說這是宗澤大人特意給他們準備的。岳飛等人道謝之後，就下馬準備大吃一頓。

牛皋說：「這次我不吃了，你們盡情吃吧！」

王貴說：「你吃了那麼多東西，現在就算讓你吃，你也吃不下了。」

過了一會兒，張邦昌、王鐸、張俊三位主考官一起走進了比武場，坐到演武廳的座位上。宗澤很快也到了，他向三位主考官行禮後坐到了座位上。

幾人喝過茶後，張邦昌問宗澤說：「宗大人，請你把你的門生直接寫到榜單上吧！」

宗澤說：「我這幾年一直為國事操勞，根本就沒有收過參加武舉考試的門生，張大人為什麼這樣說呢？」

張邦昌答道：「我指的是湯陰縣的岳飛，他不是你的門生嗎？」

宗澤這才明白過來。岳飛等人曾到留守衙門拜訪過自己，而且自己還派人給他們送過酒飯，這些事一定有人知道；而且，張昌邦等人收過小梁王的禮物要力保小梁王當上武狀元，所以一定會更加留心自己的舉動。他心想：「我見岳飛武藝出眾且精通兵法，是國家的棟梁之材，所以才比較器重他，與他並沒有特殊的關係，如果讓張邦昌誤會影響到岳飛的考試，那可就麻煩了。」

想到這裡，他信誓旦旦❶地說：「這次武舉考試是為國家選拔人才的大事，我們怎麼能徇私舞弊❷呢？我建議我們四位主考官一起對天發誓，在選拔人才的過程中一定要秉承公正、公平的原則。」說完後，他就派人擺上香案，跪下向神靈發誓說：「我宗澤是浙江金華府義烏人，承蒙皇上信任擔任此次武舉考試的主考官，我發誓：我一定會公平、公正地為國家選拔人才，如果我收受他人財物、藐視國法、辜負皇恩就讓我不得好死。」

他發完誓後，請張邦昌等人到香案前發誓。張邦昌、王鐸、張俊三位主考官先後發誓，之後回到演武廳坐定。

宗澤先命人把小梁王叫上來，考一考他的武藝。

小梁王來到演武廳後，只是向四位主考官作了一個揖，並沒有下跪。

宗澤看到他氣焰囂張，故意問道：「你可是柴桂？」

小梁王回答說：「我就是柴桂。」

宗澤道：「既然你來這裡考試，為什麼看到主考官卻不下跪？如果你不來參加考試，你就是一位藩王，按道理講應該請你上座。可是今日你到這裡參加考試就不是藩王了，而只是一個武舉人，與其他武舉人沒有區別，所以你就應當給主考官下跪。」

那小梁王柴桂本是個愚鈍之人，他是受到壞人的慫恿❸，才不顧自己一人之下、萬人之上的身分來到這裡爭奪武狀元的。事情是這樣的：他來京城時路過太行山，遇到了土匪頭子王善。王善武藝高強，手下有五萬多人，在太行山上做盡了壞事，連官兵都拿他沒辦法。他想造反，便主動與小梁王結交，勸說小梁王奪得武狀元之後把其他武舉考生拉攏過來，與他裡應外合一舉攻下京城；王善保證，事成之後讓小梁王當皇帝；小梁王信以為真，一口答應下來，所以他進京之後出錢賄賂幾位主考官，以確保自己獲得武狀元。

此時，面對宗澤大義凜然的訓斥，柴桂無言以對，只得跪了下來。

張邦昌看到小梁王被宗澤臭罵一頓，心裡很不是滋味，便心想：「我這就把他的門生叫

---

❶【信誓旦旦】誓言說得非常真實，讓人信服。旦旦：誠懇的樣子。

❷【徇私舞弊】由於私人的關係而做出違背國家法律的事情。

❸【慫恿（ㄙㄨㄥˇㄩㄥˇ）】勸說別人做某事（常指不好的事）。

上來狠狠地訓斥一番，好給小梁王出一口惡氣。」於是讓人傳湯陰縣考生岳飛進入演武廳。

岳飛進來後，看到小梁王恭恭敬敬地跪在宗澤面前，他就走到張邦昌面前跪下來行大禮。

張邦昌看了岳飛一眼，不屑地說道：「你就是岳飛？」

岳飛答道：「是。」

張邦昌說：「我看你相貌普通，你有什麼過人之處，竟也妄想做武狀元？」

岳飛回答說：「今天有幾千名考生來參加考試，誰不想當狀元？不過，狀元只有一個，並不是每個人都能獲得的。我只是按照慣例來參加武舉考試，並沒有想奪得狀元。」

張邦昌看到岳飛年幼，便故意說難聽話刺激他，想不到岳飛雖然年紀不大，但非常穩重。他便詢問岳飛和柴桂使用什麼兵器。

岳飛說用槍，柴桂說用刀。張邦昌便讓岳飛寫一篇《槍論》，讓柴桂寫一篇《刀論》。

於是，岳飛和柴桂便坐在演武廳兩旁開始寫文章。柴桂本來有一些才學，可是剛才被宗澤教訓了一頓，他的怒火還沒有平息，所以把一個「刀」字，寫得像「力」字。他心慌意亂，用筆描了幾下，結果那個字既不像刀，也不像力。他歎息一聲，只得把那個字塗掉，重新開始寫。

就在柴桂慌亂之際，岳飛卻非常順利地寫好文章交了上去。柴桂看到岳飛已經交卷，覺得自己再拖下去有些不妥就匆匆交了卷。

張邦昌先拿過柴桂的試卷看了一遍，看完後放進袖子裡，不讓其他考官看到；然後拿起岳飛的試卷看了起來。他越看越吃驚，暗暗地想道：「這個人的文采比我都好，宗澤老頭兒器重他也是有道理的。」

不過他還是故意對岳飛說道：「你文筆實在太差，還敢妄想獲得武狀元？」說完後把試卷一扔，大叫道：「把他拖出去！」

左右侍衛一擁而上，準備把岳飛拖出去。這時，宗澤制止住他們，撿起岳飛的

他拿起岳飛的試卷看了起來。他越看越吃驚，暗暗地想道：「這個人的文采比我都好，宗澤老頭兒器重他也是有道理的。」

試卷從頭到尾非常仔細地看了一遍，發現岳飛的文章寫得妙極了，便情不自禁地誇獎說：「這樣的文采，完全不輸張丞相啊，比起我來就強太多了。」

他把試卷放進袖子裡，對岳飛說：「岳飛，你難道不知道蘇秦❹所獻的《萬言文》，溫庭筠❺替別人寫的《南花賦》嗎？」

原來，蘇秦與溫庭筠的故事，都是嫉賢妒能的典範。岳飛故意引用這兩個故事，指責張邦昌妒賢嫉能打壓自己。此時，宗澤故意把這兩個典故說出來，就是為了諷刺張邦昌。張邦昌明知道宗澤在諷刺自己，卻也無可奈何。

---

❹【蘇秦】字季子，戰國時期洛陽人，是與張儀齊名的縱橫家。蘇秦最為輝煌的時候是勸說六國國君聯合，可是由於六國內部的問題，輕而易舉就被秦國擊潰。

❺【溫庭筠】唐代詩人、詞人。本名岐，字飛卿，太原祁（今山西祁縣東南）人。他恃才傲物，放蕩不羈，又喜歡譏刺權貴，得罪了很多人，所以多次參加科舉考試卻一直未能金榜題名，終生不得志。

第十三回　槍挑小梁王

張邦昌強壓住怒火，轉移話題道：「岳飛，這次武舉考試，寫文章是次要的，武藝才是最重要的。你有膽量與小梁王比箭嗎？」

岳飛不卑不亢[1]地答道：「只要大人您下令，岳飛沒有什麼不敢的。」

宗澤暗自高興，因為他知道岳飛箭法出眾，一定不會輸給小梁王。他下令讓士兵把箭垛擺到一百幾十步遠。

柴桂看到箭垛太遠，就請求張邦昌讓岳飛先射。張邦昌下達了命令，還悄悄地派人把箭垛移到二百四十步遠，讓岳飛不敢射，那樣他就可以取消岳飛的考試資格。

讓他沒有想到的是，岳飛不但敢射，還一連射了九枝，而且每枝箭都射透了箭靶。

小梁王看到岳飛箭法如此出眾，便知道自己根本無法獲勝。他暗暗想道：「不如與他比

---

[1]【不卑不亢】說話待人非常有分寸，既不傲慢自大也不低聲下氣。卑：自卑；亢：高傲。

武，趁機對他說幾句話，讓他故意輸給我，讓我獲得這武狀元；如果他不聽，我就找機會一刀砍死他。」

於是，他對張邦昌說：「岳飛每一箭都射中了，如果我也射中了，那麼大人您怎麼能看出我們誰勝誰負呢？不如讓我們比武來定勝負吧？」

張邦昌聽後就對岳飛說：「岳飛，你敢和小梁王比武嗎？」

岳飛答道：「我願意向小梁王請教。」

柴桂立即走出演武廳，騎上馬，手持一柄大刀來到比武場中間。岳飛隨後也騎馬來到比武場。

柴桂喊道：「岳飛，放馬過來吧！」

岳飛武藝高強，本來並不會畏懼柴桂，但柴桂畢竟是個藩王，如果不小心傷到他，那麼岳飛恐怕難逃干係。因此，岳飛有些猶豫，提著槍催馬慢慢地向小梁王走去。

比武場中的考生看到岳飛的舉動後，紛紛議論道：「這個人根本打不過小梁王，他輸定了。」

宗澤也以為岳飛真的不敢與小梁王動手。岳飛來到柴桂身前時，柴桂便悄悄地說：「岳飛，你聽我說一句話：你如果故意敗給我讓我成就大事，我就會重重謝你；如果你不肯，那麼我就殺死你。」

岳飛不但沒有理會小梁王，還勸說他道：「你是堂堂的藩王，已經擁有了別人沒有的富貴，為什麼不顧自己的身分，與我們這些貧寒人士爭奪武狀元？你這樣做，既辜負了皇上選拔人才的本意，也斷了我們這些人為國效力的門路，所以我請求您還是退出比賽吧！」

柴桂聽後氣憤不已，大罵道：「你這個混帳！敬酒不吃吃罰酒！」說著，他掄起大刀向岳飛頭上砍去。

岳飛抬起瀝泉槍擋住了這一刀，小梁王氣急敗壞，揮刀向岳飛腹部砍來。岳飛輕輕地把槍橫在面前，使得小梁王的金背大砍刀無法接近自己。小梁王愈加惱怒，一口氣砍了六七刀。岳飛用槍左右抵擋，不讓小梁王傷到自己。

柴王無法擊敗岳飛，便下馬來到演武廳對張邦昌說：「岳飛被我打得毫無還手之力，主考大人，以他的武功怎麼能夠上陣殺敵呢？」

張邦昌說：「我也看出，他的確不是您的對手。」

這時，宗澤看到岳飛跪在小梁王身後，便把岳飛叫上前，說：「你與小梁王交手時並未處於下風，為什麼一直避讓卻不還手呢？」

岳飛非常恭敬地回答說：「小梁王身分高貴，小人擔心傷著他，所以不敢出手。刀槍無眼，如果我不小心傷了他，那麼不僅我自身難保，恐怕連家人都要受到牽連。我希望各位大人能讓小梁王與我立下生死文書，不管誰失手將對方殺死都不需要償命，只有這樣我才敢與小梁王交手。」

宗澤說道：「你的話也有幾分道理。誰能保證比武時不傷著別人？柴桂，你是否願意與岳飛簽訂生死文書？」

柴桂剛才與岳飛交過手，他知道自己武功不及岳飛，所以沒有立即答應。張邦昌以為岳飛根本打不過小梁王，所以立即說：「岳飛你有什麼本事，竟敢口出狂言！柴千歲，你應該讓他知道你的厲害，也讓其他參加考試的考生心服口服。」小梁王無奈，只得答應下來。

生死文書寫好後，雙方走下演武廳準備再次比武。岳飛找到幾個兄弟，對他們說：「湯兄弟，如果過一會兒小梁王被我打敗，你就與牛兄弟一起守在他的帳房門口，帳房後面都是他的家將，如果他們過來幫助，你就在那裡阻攔他們。王兄弟，你在比武場門口等著，如果小梁王把我砍死，就拜託你幫我收屍，如果我把他殺死，你就砍開比武場大門以便我逃命。」說完後，他來到比武場中央準備與小梁王一決高下。

小梁王抬頭看了岳飛一眼，發現對方氣勢逼人，完全不像剛才那樣。他想也沒想便揮刀向岳飛頭上砍去，岳飛提起瀝泉槍一擋，小梁王的手臂頓時被震得又酸又麻。只這一下，他就知道岳飛的武功高出自己許多。不過，他當著這麼多人的面不肯認輸，於是又揮刀向岳飛砍去，岳飛把槍輕輕一舉就化解了對方的攻勢。

小梁王看到岳飛不還手，就毫無顧慮地揮刀向岳飛砍去。岳飛擋來擋去，實在有些不耐煩了，就大聲說道：「柴桂，你還是早些認輸吧，否則別怪我不客氣了！」

小梁王聽到岳飛直呼他的名字，異常氣憤地罵道：「岳飛，你這個大膽狂徒，竟然冒犯本王的名諱！看刀！」他提起大刀朝著岳飛頭頂砍來。

岳飛鎮定自若，一舉槍就架開了小梁王的刀，之後提槍刺向小梁王的心窩。小梁王看到這一槍來勢洶洶，趕緊側身躲避，結果這一槍正好刺到他肋間的鎧甲上。岳飛向上提槍把小梁王挑下馬，然後一槍刺去，小梁王當場斃命。

巡場的考官看到岳飛殺死了小梁王，便派人把岳飛圍住，把消息報告給四位主考官。

宗澤聞訊後有些慌張，張邦昌大驚失

小梁王聽到岳飛直呼他的名字，異常氣憤地罵道：「岳飛，你這個大膽狂徒，竟然冒犯本王的名諱！看刀！」他提起大刀，朝著岳飛頭頂砍來。

色，立即下令把岳飛綁起來。小梁王的家將看到主人被殺都想衝上前去，可他們被牛皋等人擋在外面，根本無法靠近岳飛。

一會兒，張邦昌下令將岳飛斬首。宗澤極力勸阻。他說：「他們兩個人在比武之前已經簽訂了生死文書，在場的所有考生都知道此事。如果您將岳飛殺死，恐怕難以服眾。依我看，還是把這件事稟告皇上，讓皇上來裁決吧！」

張邦昌堅持要殺岳飛，牛皋聽到後便鼓動在場的考生鬧事，還揚言要殺了主考官。張邦昌、王鐸和張俊為求自保，一起請求宗澤出面平息眾怒。

宗澤說：「各位大人，現在形勢危急，我們只能先將岳飛釋放，平息眾人的怒火，之後再考慮如何解決此事。」

張邦昌等人只好放掉岳飛。岳飛被釋放後便拿起武器、騎上馬就離開了比武場。王貴等人看到後，便砍開比武場的大門逃了出去。

來參加考試的武舉看到現場亂作一團，知道考試無法進行了便紛紛離去。

岳飛兄弟五人逃出比武場後，來到留守衙門前。他們下馬在門前痛哭了一場，拜了幾拜，然後對守門官員說：「麻煩大人轉告留守大人，就說他的恩情我岳飛等人這輩子無法報答，只好等到來世再報了。」

說完後，他們又騎馬來到客棧，收拾好行李後便騎馬回家鄉去了。

第十四回　解救宗澤

張邦昌、王鐸、張俊三人面見徽宗皇帝，奏稱：「今天在比武場上，宗澤的門生岳飛將小梁王殺死，導致現場一片混亂，考生們紛紛離去。」他們把所有的責任都推到宗澤身上。徽宗不辨是非，只聽信一面之詞[1]就免去了宗澤的官職。

宗澤離開朝廷後，回到衙門收拾東西。守門官員對他說剛才岳飛等人來過，說大人的恩情無以為報，只能等到來生再報。宗澤聽後連連歎息，要守門官員進去收拾行李，與他一起去追趕岳飛等人。他說：「你不知道，當年蕭何[2]月下追回韓信[3]，劉邦才能建立漢朝；如今岳飛的才能並不比韓信差。」

---

❶【一面之詞】一方所說的話。

❷【蕭何】江蘇豐縣人，西漢開國功臣，早年擔任秦沛縣獄吏，秦末輔佐劉邦起義，是劉邦的重要謀士，幫助劉邦建立漢朝。

岳飛五兄弟出城門後，突然聽到有人追上來，以為是朝廷派兵來捉拿他們，只聽後面那人大叫道：「岳相公，請等一下，宗老爺來了。」過了一會兒，宗澤帶領幾個人趕了上來。

岳飛等人下馬行禮，跪在地上，宗澤下馬把他們扶了起來。

岳飛問道：「大人，不知道您趕來有什麼吩咐？」

宗澤說：「因為你們的事，張邦昌在皇上面前參了我一本，現在我已經被罷免了官職，所以特地趕來見你們。」

岳飛等人聽後都感到十分不安，不停地向宗澤請罪。

宗澤說，他被免職主要是因為被朝廷中的奸臣所陷害，現在無官一身輕，可以有更多的時間陪伴家人了。他還送給岳飛一副盔甲衣袍，囑託岳飛等人回家後好好習文練武，耐心地等待為國效力的時機。

與宗澤分別後，他們繼續趕路。後來王貴生病了，他們就住進一家客棧，讓王貴好好調理身體。

就在王貴生病期間，太行山的土匪頭領王善知道了岳飛殺死柴桂、徽宗將宗澤革職等事。他認為宗澤被免職後朝廷便沒有能人了，正好利用這個機會領兵攻打汴梁。於是率領眾多土匪浩浩蕩蕩地向汴梁殺去，在離城五十里的地方安營紮寨。

徽宗得到消息後，立即召集群臣商議退敵之策，可是滿朝文武官員竟然沒有一個人敢領兵拒敵。諫議大夫李綱看到這種情況後，就奏報稱：「王善兵多將廣，早就有了謀反的野心，以前一直沒有行動是因為害怕宗澤。所以現在只有讓宗澤領兵出戰，才能夠擊退王善。」

徽宗聽後覺得有道理，便派李綱去宣召宗澤。

李綱來到宗澤府裡，看到宗澤在書房中睡覺，嘴裡不停地罵張邦昌等人是奸臣。他回到朝中，對徽宗說宗澤得了心病，普通藥物根本治不好，只有將奸臣查辦才能讓宗澤康復。

張邦昌作賊心虛，便說兵部尚書王鐸是奸臣。徽宗便下旨把王鐸投放到刑部大牢裡。其實，張邦昌完全是為了自保才供出王鐸的，所以就把所有責任都推到王鐸一個人身上；目前王鐸雖然被關押起來，但只要自己沒事以後找個機會就能把王鐸給救出來。

宗澤知道徽宗關押了王鐸後，便同意領兵拒敵。張邦昌對宗澤懷恨在心，便對徽宗說：「王善等人是一群毫無本事的土匪，宗澤只要帶五千兵馬就能將其殲滅。」徽宗不知道張邦昌的詭計，果真只撥給宗澤五千兵馬。

第二天，宗澤點齊人馬，帶領兒子宗方一起出城。他看到敵人足有四五萬人，覺得無

---

❸【韓信】淮陰（今江蘇淮安）人，西漢開國功臣，中國歷史上傑出的軍事家，與蕭何、張良並列爲「漢初三傑」，曾先後爲齊王、楚王，後貶爲淮陰侯。他爲漢朝立下赫赫戰功，但遭到漢高祖劉邦的疑忌，最後以謀反罪被處死。

法與之正面對抗，便對手下將領說：「敵人聲勢浩大，如果我們與他們正面交鋒根本無法取勝。我率領一隊精兵殺過去，你們趁敵人混亂從後面攻擊，只有這樣才有可能擊敗敵人。」

宗方及其他將領知道這樣做十分危險，便紛紛勸阻宗澤。宗澤大義凜然地說：「多謝各位的好意。不過你們的武藝比我差一些，我殺進敵陣或許還能活著出來，你們要是去了就必死無疑了。大家一起征戰多年，我又怎麼忍心看著你們去送死呢？」

說完宗澤就率領精兵向敵營衝去，他一馬當先，衝進敵營一

就在宗澤漸漸感到體力不支時，他突然看到岳飛、湯懷、張顯三人各帶領一群人衝進敵營，很快就將敵人打得落花流水。

陣猛殺。王善知道宗澤闖營後便想將他生擒，所以下令不要傷他性命。宗澤雖然勇猛，但畢竟寡不敵眾，很快就被敵人團團圍住。若不是王善下令不要傷害他，恐怕他早就已經被殺死了。

就在宗澤漸漸感到體力不支時，他突然看到岳飛、湯懷、張顯三人各帶領一群人衝進敵營，很快就將敵人打得落花流水。他的精神頓時振奮起來，大叫道：「我們的援軍到了，大家跟我一起奮勇殺敵、為國出力。」他帶領著幾十名士兵向岳飛殺來的方向突圍。岳飛等人看到宗澤後，更加拼命地向前衝，很快就與宗澤會合了。他們齊心協力一起向外殺去。

王善原本已經將宗澤圍困起來，他打算慢慢消耗宗澤的體力，等到宗澤力竭後再將其活捉。他根本沒有想到岳飛等人會在關鍵時刻趕來。

岳飛等人原本是打算回家鄉去的，怎麼又回來了呢？原來，在王貴養病期間，岳飛聽說王善率領一眾土匪準備攻打京城，他推測出此次領兵抵抗王善的必定是宗澤，便決定趕去支援。他讓牛皋留在客棧裡照顧王貴，帶領湯懷和張顯來到宋軍陣中，聽說宗澤帶領精銳部隊闖敵營後就立即趕去支援，結果果然救了宗澤。

王善看著宗澤被救走，異常惱怒，便命令手下將領追趕。就在此時，他突然看到後軍亂作一團，兩個大漢向這邊殺來。原來，王貴和牛皋並沒有留在客棧，而是悄悄地跟在岳飛等人後面。他們看到岳飛等人帶兵從正面殺入敵營，想到自己勢單力薄便從後面殺過來。

他們兩個一路砍殺，一直衝入王善中軍大營。王善前去抵擋，沒幾個回合就被王貴砍落馬下。王貴把王善的腦袋砍下來掛在腰間，他看到王善所用的金刀非常好，就把自己的刀扔掉，拿起金刀繼續殺敵。

牛皋看到王貴殺死匪首立了大功，便覺得不甘心，更加勇猛地殺敵。那些土匪看到首領死了，也就亂作一團四散而逃。

宗方在山頂上看到敵營已亂，便率領大軍衝入敵營把敵人殺得落花流水。獲得大勝後，宗澤下令重新安營，等到第二天進城。

岳飛等人與宗澤道別打算離去，宗澤留下他們，還說要奏報徽宗請徽宗獎賞他們，於是岳飛等人便留在營中了。

第二天，宗澤帶領岳飛等人進宮面見徽宗，說他們不但救了自己，還誅殺了王善等土匪頭領大破敵軍。徽宗聽後非常高興，便詢問張邦昌應該封岳飛等人什麼官職。張邦昌對岳飛殺死小梁王之事懷恨在心，便回答說：「岳飛等人上陣殺敵、為國立功，的確應該封為大官；不過，岳飛在比武場上殺死小梁王，他們幾兄弟大鬧比武場犯下了大罪，現在將功贖罪，暫且封為承信郎，等到以後立功再封賞。」

徽宗聽信了張邦昌的讒言❹，將岳飛等人封為承信郎。承信郎只是有名無實的虛職，根本不用在京城做官。宗澤對此十分不滿，但聖旨已下只得在心裡頭罵張邦昌妒賢嫉能。

此後，岳飛五兄弟向宗澤道別便離開京城，返回湯陰老家。趕到紅羅山附近時，他們看到十幾個人慌慌張張地跑來，原來紅羅山下有強盜攔路搶劫。岳飛便帶著王貴、張顯和牛皋飛奔過去。他們看到有五個強盜正在搶劫，岳飛等人立刻衝上前去與強盜打鬥起來，強盜看岳飛有些眼熟，便請教岳飛的名字。岳飛報出自己的大名，那幾個人立刻下馬向岳飛行禮。

原來，那五個強盜是結義兄弟，分別叫施全、趙雲、周青、梁興、吉青。他們與岳飛等人一樣也是參加此次比武考試的武舉，由於岳飛等人大鬧比武場，導致比武考試被迫中止。他們便打算回老家去，可是他們的路費都花光了，只好攔路搶些錢財。他們已經商量好，搶夠銀子後就去湯陰縣投奔岳飛，沒有想到卻在此地遇到了。

岳飛聽後非常高興就與他們結為兄弟，帶著他們一起回到湯陰縣，每天練武讀書、談論兵法。

❹【讒言】指挑撥離間的壞話。

第十五回　金兀朮攻破汴梁

就在岳飛等人在湯縣老家練武習文的幾年時間裡，在大宋北方，女真族建立起來的金國消滅了勢力強大的遼國，成為中國北方地區的霸主。金國皇帝完顏阿骨打[1]看到大宋統治的中原地區非常富裕，而且大宋的統治者一直沉迷於享樂，有能力的武將又得不到重用，便打算派大軍攻打大宋。

為了挑選率領大軍南下的大元帥，完顏阿骨打決定挑選一個吉利的日子，舉辦一場比武大會。比武那天，完顏阿骨打來到比武場，坐在演武廳上。演武廳前有一座鎮國鐵龍，重一千多斤。他下令說，不論什麼人只要能夠將鎮國鐵龍舉起來，就封為昌平王、掃南大元帥。

在場的王子、大臣、將領和士兵，每個人都想做元帥，所以爭先恐後地上前來舉鐵龍。可是那鐵龍實在太重，沒有一個人能挪動它。完顏阿骨打有些失望地說：「難道我國這些文武官員都是無用之人嗎？」

這時，有一個走上前來，說：「兒臣能把這鎮國鐵龍舉起來。」

這個人身強體壯、膀大腰圓、臉色通紅，一看就不是普通人。原來他是完顏阿骨打的四兒子，名叫金兀朮。他雖然在金國長大，一直受到女真族風土人情的薰陶，卻非常崇拜漢族的文化、喜愛大宋的書籍，還經常在宮中穿宋朝百姓所穿的衣服。完顏阿骨打有些厭惡他的這種作派，所以一向不喜歡他。

完顏阿骨打說：「這鎮國鐵龍重達千斤，這些武藝高超的將領都舉不起來，你有什麼本領，竟然說出這樣的大話？」

金兀朮一言不發，來到鐵龍前，面對天空暗暗祈禱：「如果我能夠領兵攻入中原，奪得大宋天下，希望老天保佑我將鐵龍舉起來；如果我無法奪取大宋天下，就讓我舉不起鐵龍，被人殺死。」

祈禱完畢後，他用左手把衣服撩（ㄌㄧˊㄠ）起來，用右手去提鐵龍的前腳，用力一舉就把鐵龍舉了起來。

完顏阿骨打看到金兀朮把鐵龍高高舉過頭頂，又驚又喜，其他人也都不住地稱讚金兀朮天生神力。

---

❶【完顏阿骨打】金國開國皇帝，女真族偉大的領袖，率領金朝滅亡遼朝，統一了中國北方地區。西元一一一五年正月，建國號金，建都會寧府。

金兀朮連舉三次鐵龍之後放了下來，來到完顏阿骨打面前。完顏阿骨打立即封他為昌平王、掃南大元帥，讓他率領五十萬大軍攻打大宋。

沒過多久，金兀朮就率領大軍來到了潞安州，鎮守此地的是節度使陸登。陸節度使被人稱作小諸葛，他手下有五千名兵將。面對敵人來犯，他立即發動百姓修築工事，同時派人將告急文書送到朝廷。他擔心朝廷不能及時派來救兵，所以就給河間太守張叔夜及兩狼關總兵韓世忠寫信，請求他們派兵來救援。

金兀朮大軍把潞安州圍了起來，然後率兵到城下挑戰。陸登高掛免戰牌，一直堅守不出。金兀朮很生氣便下令攻城，陸登早就做好了準備，所以沒有讓金兵攻進城中。不過陸登手下畢竟缺兵少將，而且救兵也沒有及時趕到，所以在與金兵相持了多半個月後，最終還是以失敗而告終。陸登不肯投降就拔劍自殺了。

金兀朮在攻破潞安州後，繼續率領大軍南下，很快就來到了兩狼關前。

兩狼關總兵韓世忠收到消息後，一面命令將軍孫浩堅守關隘，一面派人把告急文書送去朝廷請求派兵支援。而當韓世忠的大兒子韓尚德領兵趕到時，孫浩的大軍已經幾乎全軍覆沒了。韓尚德領兵衝入敵人的包圍圈去營救孫浩導致自己被敵兵圍困，而孫浩扮作一名士兵在親信的保護下已經逃走了。

韓世忠知道兒子被金兵圍困後，立即率領大軍出關營救，留下梁紅玉守關。金兀朮利用這個機會，派兵攻打兩狼關，結果韓世忠雖然救了兒子卻導致兩狼關失守。

不久之後，朝廷因為韓世忠沒有守住兩狼關，罷免了他的官職。

金兀朮繼續率領大軍南下來到河間府。河間太守張叔夜看到陸登和韓世忠都沒有抵擋住金兵，便決定向金兀朮投降。金兀朮不費一兵一卒就佔領了河間府。

當時徽宗皇帝退位，欽宗繼位。當金兵佔領河間府的消息傳來欽宗大驚，立即派李綱、宗澤率領五萬精兵前往黃河抵抗金兵。

李綱和宗澤率領大軍來到黃河南岸，在岸邊安營紮寨，憑藉黃河天險抵擋金兵的進攻，雙方對峙了幾個月。冬天到來後，黃河結了厚厚一層冰，金兀朮便發動大軍渡河。由於宋軍缺少糧食和禦寒的衣服，士氣極其低落，所以很快就被金兵打得落花流水。李綱和宗澤視死如歸，一直在指揮戰鬥。他們身邊的親兵看到形勢不妙便打暈他們，帶著他們衝出了敵人的包圍圈。

欽宗聽說李綱和宗澤戰敗的消息後非常吃驚。他聽信了張邦昌的讒言，主動向金兀朮求和。金兀朮提出只要大宋向金國稱臣，並派一個親王去金國當人質，他就領兵離去。欽宗為了保住自己的皇位，接受了金人的條件，派張邦昌及新科狀元秦檜護送弟弟趙王去金國。

趙王只是一個十五歲的孩子，他剛剛來到金兵營中就因受到驚嚇而死。欽宗又把另外一個弟弟康王趙構送了過去。不過金兀朮並沒有信守承諾，他派兵攻下了汴梁城，將徽宗和欽宗劫走。這一年宋欽宗的年號是靖康，因此人們將這一事件稱為「靖康之恥」。

後來金兀朮讓趙構認他當父親，扶植趙構建立傀儡政權。趙構假裝答應，之後逃出了金營回到大宋境內。趙構在大臣們的扶持下登基為帝，定都金陵❷，改年號為建炎，史稱高宗。

宋高宗召集各路兵馬來勤王❸，李綱、宗澤、田思中以及各路節度使、總兵全都很快地趕到了金陵。高宗看到各位將領後非常高興，他派人到各地徵糧準備抵抗金兵的進攻。

---

❷【金陵】南京的別稱。

❸【勤王】指皇帝遇難，大臣發兵救援。

第十六回　岳母刺字

大元帥王淵早就聽說岳飛武藝高超、精通兵法，便想把他招來為國效勞。一天，湯陰縣令徐仁來獻軍糧，王淵便問道：「我在數年前就聽說湯陰縣有個岳飛，他現在怎麼樣了？」

徐仁答道：「岳飛此時正在家裡務農、照顧母親。」

王淵說：「既然如此，那我們去皇上那裡保舉岳飛，讓他為國效力、建功立業，你覺得怎麼樣？」

徐仁回答說：「如果能得到大元帥的保舉，那他的才學就不至於被埋沒了。」

第二天，王淵與徐仁一起面見高宗，請求高宗把岳飛召來讓他為國效勞。高宗聽後，便讓徐仁帶著聖旨和禮物去請岳飛。

岳飛自從帶著施全等人回到家鄉後，王員外夫婦、湯員外夫婦及牛皋的母親都由於瘟疫和旱災去世了。牛皋等人無法忍受清貧，不聽岳飛的勸阻跑出去落草為寇，岳飛陪伴著老母親和妻子過著苦日子。

一天，岳飛因為心中煩悶無法靜下心來讀書，便拿出瀝泉槍來到一塊空地上。正打算練槍時，他看到牛皋等人身上穿著鎧甲，拉著馬向自己走來。岳飛知道他們一定又要去搶奪別人的財物，便走上前去，問道：「兄弟們，你們去哪裡？」

牛皋回答說：「大哥，我們不想繼續忍饑挨餓了，出去取些財物。」

岳飛勸說他們要做正人君子，不能做壞事。

王貴說：「大哥說得對，不過我們這幾天連飯都吃不上了，若不是逼不得已我們是不會這樣做的。」

岳飛十分傷心，回到家中悶悶不樂。這時，湖廣洞庭湖的反賊楊么派手下王佐來請岳飛出山，還送來很多銀兩。岳飛義正詞嚴地拒絕了王佐的邀請，還把銀子退還給他。

岳飛送走王佐後就把這件事告訴給了母親姚氏，姚氏對岳飛說：「你去把香案擺到家廟前。」岳飛不知道母親要做什麼，但仍然按照她的吩咐做了。

過了一會兒，姚氏帶著岳飛的妻子李氏一起來到家廟前。拜過祖宗之後，姚氏讓岳飛跪在地上，讓李氏磨墨。

岳飛跪在地上，問道：「母親，您這是要幹什麼？」

姚氏說：「我看你不與賊人同流合污很是欣慰，不過我擔心我死之後會再有壞人來勾引你走上歧途。所以今天我要在天地祖宗面前，在你的後背上刺下『精忠報國』四字。希望你能做一個忠君愛國的人，這樣我在九泉之下也心滿意足了。」

岳飛說：「聖人說過，身體髮膚都是父母所賜，不能夠使其受損。我一定時刻謹記母親的教誨。」

姚氏拿起筆，先在岳飛的後背上寫下「精忠報國」四個字，然後拿起繡花針往岳飛的後背上刺去。

岳飛感覺後背有針刺來，不由得哆嗦了一下。姚氏問道：「孩子，疼不疼？」

岳飛答道：「母親還沒有刺，怎麼問我疼不疼？」

姚氏說道：「你是怕我下不了手，所以故意說不疼。」說著，她咬緊牙關在岳飛背上刺了起來。姚氏一邊刺，一邊心疼不已，眼淚不由自主地落了下來。

姚氏刺完後又塗上了醋墨，如此一來，岳飛身上那幾個字就永遠都不會褪色了。

岳飛站起來，對母親的教誨表示感謝，然後就回房休息了。

幾天後，湯陰縣令徐仁就帶著高宗皇帝的聖旨及很多禮物來到岳飛家裡。岳飛接過聖旨後，徐仁說：「軍事緊急，你馬上收拾一下，料理好家事就立即出發吧！」

岳飛說：「既然是聖旨，我一定照辦。」於是他請徐大人坐下休息，自己帶著禮物進了後堂請母親和李氏出來。

岳飛對姚氏說：「康王在金陵繼位，特命徐大人來邀請我入朝。我今天就走，所以特意與母親拜別。」

姚氏說：「今天你能夠受到朝廷徵召，與你義父周先生對你的教導有很大關係，所以你應該到他的靈位前祭拜一下。」

岳飛按照母親的吩咐，去祖宗和義父的靈位前祭拜。回來後，他倒了一杯酒，跪下遞給母親。

姚氏說：「我今天就喝下這杯酒，希望你此去為國家效勞、建功立業，不要想家。我最大的心願就是你能精忠報國讓後人銘記，你千萬不要忘記啊！」

岳飛答道：「母親請放心，我一定牢記在心。」說完，他又倒了一杯酒，遞到妻子李氏面前，說：「娘子，你能喝下我這杯酒嗎？」

李氏道：「為什麼喝呢？」

岳飛說：「我岳飛現在孤身一身，牛皋等人又不知道去了哪裡，如今我要離開家鄉，為國征戰，娘子需要代我侍奉母親、撫育兒女。」

李氏說道：「這些事情都是我應該做的，你不說我也會做。相公你只管放心去吧，家裡有我照顧。」說著，她接過酒來一飲而盡。

徐大人一直在一旁觀看，他情不自禁地感慨道：「他一家人都忠君愛國、通情達理，皇上得到了一個棟梁之材，國家中興有望啊！」

姚氏拿起筆，先在岳飛的
後背上寫下「精忠報國」
四個字，然後拿起繡花針
往岳飛的後背上刺去。

岳飛辭別母親與妻子後走出家門，徐縣令拿著馬鞭、牽著馬對他說：「賢侄，請上馬。」

岳飛趕忙說道：「大人，您這樣做，我怎麼能受得起？」

徐縣令說：「皇上本來打算親自來邀請你的，不過他剛剛登基無法外出，所以特意賜我三杯御酒讓我替他前來，你就不要再謙虛了。」

岳飛聽到徐大人這樣說也就無法再推辭了，便騎上馬。他剛要出發，就看到七歲的兒子岳雲跑了過來跪在馬前，擋住了去路。

岳飛問：「你跑來做什麼？」

岳雲答道：「我在學堂裡聽人說縣令徐大人奉皇上的旨意，來到家裡邀請父親為國效勞，所以我跑過來為父親送行。還有我想問您要去哪裡？」

岳飛說：「我沒有叫你回來是擔心你年紀小，怕你捨不得我離開。現在既然你來了，我正好有幾句話要對你說。你聽著，我受皇上的徵召去前線殺敵、保家衛國，你在家裡要聽奶奶和母親的話、照顧弟弟和妹妹、認真讀書。你記住了嗎？」

岳雲說：「父親的話我已牢記在心。」

岳飛看到時間不早了，便與徐縣令一起向京城趕去。

第十七回　青龍山伏擊戰

高宗召岳飛入宮，他看到岳飛身高體壯、儀表不凡心裡非常高興，隨即封岳飛為總制，等到立功之後再另行封賞。他還拿出親手畫的五幅畫像給岳飛看，並對岳飛說這五個人是金國著名將領，就是他們領兵攻陷了汴梁城、劫走了徽宗和欽宗，如果在戰場上遇到他們務必不能放過。岳飛仔細觀看了那五個人的相貌，牢記在心。高宗最後讓岳飛去大元帥張所的營前效勞。

岳飛道謝後，就來到了張所的元帥府。張所十分欣賞岳飛的才能。第二天，他命令岳飛去教場中挑選兵馬，在大部隊之前出發。

岳飛接到命令後就前往教場，他只挑選了六百人，便回來向張所覆命。張所說：「你去我的營中再挑選一些吧！」岳飛去張所的軍營又挑選了二百人。

張所無法理解岳飛挑來挑去最後只選出八百人，就問道：「我讓你選一千人，你選了兩次卻只選出八百人，這是為什麼呢？」

岳飛回答說：「我覺得這八百人完全夠用了。」

張元帥看到岳飛說得如此堅決，便更加佩服他的膽識。他打算挑選一名將領率領第二支隊伍，但問了半天也沒有人挺身而出。他十分氣憤地說：「都像你們這樣膽小如鼠，國家就無人可用了！既然你們都不主動，那只好由我來點名了。」他便命令山東節度使劉豫率領第二隊。劉豫是一個怕死的小人，他聽說要去戰場上與敵人廝殺早就嚇得魂不附體了，可是張所掌握著天下兵權，劉豫不敢抗命只能答應下來。

第二天，張所帶著岳飛和劉豫來向高宗辭行。正說話間，巡城指揮進來晉見，說有一夥強盜在儀鳳門處要隨岳飛出戰。高宗聽後便命令岳飛出城，岳飛率領他挑選的八百人出城迎敵，發現那些強盜手裡拿著木棍、鋤頭、菜刀等物，而且毫無紀律。岳飛知道他們並不是強盜，只是一群普通百姓，所以就下令不要殺他們，只要把他們趕走就行了。就在此時，只見對面一個人騎著馬跑了過來，大叫道：「岳大哥，我是來找你幫忙的！」

岳飛仔細一看，原來是結拜兄弟吉青，便怒不可遏❶地說：「可惡的強盜，你來找我做什麼？來人，把他給我抓起來！」

吉青跳下馬，急忙說道：「我不動手，你們來抓我就行了。」軍士們便上前把他抓起來。

岳飛帶著吉青去向高宗覆旨。吉青在金鑾殿上大叫道：「皇上，我是岳飛的結拜兄弟吉青，並不是強盜。我來找他，是想跟隨他為國效勞。」

高宗看他的樣子像個英雄，就把他撥到岳飛營裡擔任副都統，讓他戴罪立功。

此後，岳飛帶著吉青來拜見張所。張元帥命令岳飛和劉豫率領第一隊和第二隊人馬，自己親自率領十萬大軍在後，準備迎戰金兵。

金兀朮聽說趙構在金陵繼位，並任用張所為大元帥率領大軍與自己為敵後極其憤怒，便率領十萬大軍向金陵殺來。

岳飛與吉青帶著八百名士兵來到了八盤山下，岳飛下令停止前進，下馬仔細地觀察了一下四周，對吉青說：「這座山真不錯。」

吉青道：「大哥為什麼這樣說？」

岳飛答道：「這座山山勢曲折，如果能把金兀朮引到這裡來，儘管我們兵力微弱也能夠擊敗敵人。」

吉青這才恍然大悟道：「原來如此。」

這時，探子來報金兵的前隊馬上就要趕到這裡了。岳飛聽後便命令士兵埋伏在道路兩側，並準備好弓箭；又讓吉青去把敵人引過來。於是，吉青帶著五十個士兵迎敵去了。

金軍的將領是金牙忽、銀牙忽兩兄弟，他們看到宋軍只有幾十人，便沒把對方放在眼

---

❶【怒不可遏】形容極其憤怒。

裡，想將對方活捉。吉青來到敵人面前，與敵人對罵了幾句，之後便揮起狼牙棒向金牙忽打去。金牙忽趕忙舉起大刀抵擋吉青的狼牙棒。打了幾個回合後，吉青故意示弱，虛晃一下狼牙棒便帶領眾人逃去。

金牙忽這下更加輕敵了，他和銀牙忽帶領三千名金兵緊追不捨。吉青十分擅長引誘追兵，很快就把敵人引入岳飛的埋伏圈中。岳飛看到敵人中計就下令放箭，埋伏的士兵一齊放箭，把金兵射得首尾無法兼顧。

金牙忽發現中計，便調轉馬頭想衝出去。這時岳飛從暗處衝出來，大喝一聲提起瀝泉槍便刺。銀牙忽看到哥哥處境不妙便趕過來支援，吉青看出了他的意圖就回馬攔住了他的去路。兩軍的吶喊聲在山谷裡迴盪，金牙忽以為宋軍有很多人馬，覺得自己難以逃脫心中慌張，岳飛看準時機一槍刺向他的心窩。銀牙忽看到哥哥被岳飛刺死大吃一驚，吉青揮起狼牙棒向他的腦袋打去，把他打得腦漿迸裂。

金兵在金牙忽和銀牙忽被打死後亂作一團，那八百名士兵個個奮勇向前，最後殺死了三千多名金兵，其餘的金兵落荒而逃。

岳飛把敵將的腦袋砍下來，下令收拾了一下戰利品，命吉青將戰利品帶到劉豫那裡去，請求劉豫帶著這些物品去張元帥那裡請功。劉豫收下物品後就讓吉青回營，說他會把這些物品轉交給張元帥。吉青聽後，便回岳飛處覆命了。

劉豫看到戰利品，心想：「岳飛果然厲害，第一次領兵打仗就立下了大功，此後不知道還要立下多少功。我還沒有立功，所以這頭功就讓給我好了，等以後再立功我再給他上報。」

於是他寫了報表文書，編造自己領兵埋伏金兵並獲得大勝一事，派人給張元帥送去。張元帥身處後方，根本不知道前方的戰事，便信為以真給劉豫記了一功。

岳飛領兵繼續前進，來到了青龍山。他仔細地查看地形，對吉青說：「這座山比八

金牙忽發現中計，便調轉馬頭想衝出去。這時岳飛從暗處衝出來，大喝一聲提起瀝泉槍便刺。

盤山更適合打埋伏，我打算在此紮營，等到金兵趕來便讓他們有來無回。你去後營劉豫元帥那裡借一百擔火藥、四百個口袋、二百杆撓鉤，以及一些火箭和火炮來。」

岳飛收到口袋、火藥等物品後，命令二百名士兵去山前布置。他讓人先往地上鋪上一層乾枯的草，然後再把火藥灑到上面，還要求他們聽到炮聲後一起放箭。之後，他又派一百人去左側山澗處，讓他們把口袋裝滿泥沙擋住水流。等金兵到來時，把口袋搬走放水淹金兵。如果金兵逃過山澗，一定會沿著山路逃跑。因此又派一百名士兵埋伏在山後，當金兵逃到那裡時便發動進攻。

一切安排妥當，他又對吉青說：「賢弟，如果你遇見一個一臉臘黃、騎黃驃馬❷，以流星錘作為武器的將領，一定要把他抓住。他就是金國大將粘罕，如果讓他逃走了，我就把你送到軍法處治罪。」

吉青回覆岳飛，如果遇到粘罕一定要將其生擒。岳飛親自率領二百名士兵埋伏在山頂專等金兵到來，要讓他們有來無回。

張元帥的中軍官胡先看到劉豫派人來取火藥、口袋等物，便懷疑金兵並非劉豫所殺，就請求張所讓他扮成獸醫混入劉豫軍中打探消息。他來到青龍山時，遠遠看到大量金兵向岳飛軍營湧來，想到岳飛只有八百名士兵，很為岳飛等人的安危擔憂。

就在胡先遠遠地觀看金兵的動靜時，金國大將粘罕和銅先文郎率領十萬大軍浩浩蕩蕩地向青龍山前進。不一會兒，有人報告說在前方山頂上發現了宋軍的軍營。粘罕看到天快黑了就下令安營紮寨，等到第二天天亮再前進。

岳飛在青龍山山頂看到金兵的動靜，便尋思道：如果等到第二天，那就會對自己不利。他思考了一下就吩咐二百士兵在山頂待命，自己騎著馬、拿著槍向金兵的軍營衝去。

他來到敵軍營前，大聲叫道：「宋朝岳飛來闖營了！」瀝泉槍在他手中上下翻飛，金兵則不斷地倒下。粘罕知道有人來闖營後，立即提上流星錘帶領幾位將領趕來，把岳飛團團圍住。岳飛武藝高強毫無畏懼，殺了很多金兵之後就佯裝戰敗向外逃去。粘罕大叫一聲：「可惡，我這軍營不是你想來就來、想走就走的。如果我連你都抓不住，那又怎能領兵攻進中原呢？」說完，他率領眾多兵將緊緊追趕岳飛。

岳飛知道粘罕上當了，便催馬向山上跑去。粘罕帶著眾多金兵跟在岳飛身後，埋伏在道路兩旁的宋軍突然出現，點燃了火炮、火箭。金兵不是被射中跌下馬，就是被嚇得不知所措。火箭火炮把枯草點燃，上面的火藥燃燒起來，一時間煙霧瀰漫，把那些金兵燒得不斷慘叫，他們亂了陣腳自相踩踏，死傷無數。

粘罕在銅先文郎和其他將領的保護下沿著小路逃生。走了沒多久，他們看到有一道小溪

---

❷【黃驃馬】一種黃毛夾雜著白點子的馬。

橫在前面，必須要渡過小溪才能繼續往前。粘罕派人試探一下小溪的深淺，得知小溪只有一米多深便下令渡河。突然一聲巨響傳來，小溪上游的水洶湧地向下游沖過來。隊伍前面的金兵猝不及防，幾乎都被大水沖走了。

粘罕驚慌失措，立即下令退出小溪尋找其他出路。金兵都被嚇破了膽，紛紛湧向山谷的出口，粘罕與其他將領跟在後面。過了一會兒，走在前面的士兵報告稱宋軍用大石頭堵住了去路。這時，有些金兵看到左側的山路可以通行便紛紛向那裡湧去。

沒過多久，大量滾木和圓石從山上滾下來砸死無數金兵。銅先文郎和其他將領拼死護著粘罕逃到山谷口，一條寬闊的道路在他們前方，粘罕等人覺得脫離危險了。而就在此時，吉青率領一隊人馬趕來斷絕了他們的去路。銅先文郎為救粘罕，便與粘罕調換了鎧甲及馬匹。吉青誤以為銅先文郎就是粘罕便向他殺去，結果他生擒了銅先文郎，卻讓粘罕溜走了。

此時金兵已經潰不成軍，岳飛等人率領宋兵奮力追殺，最後大破金軍繳獲了大量戰利品。

第十八回　劉豫叛變

吉青以為擒獲了粘罕，便來到岳飛處請功。岳飛仔細地看了一下，發現那個人根本不是粘罕，便憤怒地說：「來人，把吉青拉出去斬首！」

吉青本來以為岳飛會表揚自己，根本沒有想到自己會被斬首，他大叫道：「我沒有罪，大哥你為什麼要殺我？」

岳飛說道：「我叮囑你一定不能放走粘罕，你為什麼中了他的詭計讓他逃走了？」然後轉過頭對銅先文郎說：「你們的詭計能使吉青上當受騙卻瞞不了我。老實交代你是什麼人，為什麼要假扮粘罕代他受死？」

那人對岳飛說：「我就是金國大元帥銅先文郎。」

吉青這回徹底傻了眼，無奈地說：「我看到他的衣服就認定他是粘罕，根本沒有想到他們會調包。我有違軍令，大哥要殺我，我無話可說。請求大哥把我和他一起殺掉吧！」

在場的士兵無不為吉青求情。岳飛知道這不能全怪吉青就寬恕了他，讓他帶領銅先文郎

去元帥大營請功。

吉青帶著銅先文郎及繳獲的戰利品來到劉豫的軍營，把岳飛用計擊退金國十萬大軍，擒住金國元帥、繳獲大量財物等事全都報告給劉豫。

劉豫聽後心想：「大金國自從進犯我大宋以來連戰連捷，朝廷沒有武將敢去抵擋。這個岳飛剛剛進入朝廷，竟然只用八百名士兵擊退了金國十萬人馬，還擒獲了金國大將。如果論功行賞的話，他的功勞一定比我高。」他覺得不能讓岳飛爬到自己的頭上，便決定將此次軍功霸佔。於是他對吉青說：「吉將軍，你與岳將軍將金兵擊退，還擒獲了金國大將，為國家立下大功，實在值得慶賀。不過你去元帥軍營報功，來去得花好幾天時間，你的軍營本來就沒有多少人，如果金兵再返回來就難以應付了。我與岳將軍關係非常好，不如我派人代你把金國將領和繳獲的戰利品送到張元帥那裡，你覺得怎麼樣？」

吉青不知道劉豫的為人，還以為他這樣做完全是出於一番好意，所以向他道謝之後便回前營去了。

第二天，劉豫把報功文書寫好，叫來一個旗牌官[1]，說：「你到元帥的軍營去報功，張元帥如果問你，你就回答說金國大軍突然來犯，本元帥將其擊退，還抓住了一個將領。你要巧妙地回答張元帥的問話，千萬不能讓他知道真相。」

胡中軍在青龍山上看到岳飛率領八百士兵擊退金國十萬大軍後，便返回軍營把他所看到的一切詳細地講給張元帥聽。第二天，劉豫的旗牌官來報功，張元帥把他打發走後，對眾將領說：「兩次擊潰金兵全是前陣岳飛所為，功勞應當歸岳飛，劉豫卻恬不知恥❷派人來請功。現在朝廷正需要人才，如果奸賊耍花招導致立下戰功的人沒有受到獎賞，沒有戰功的人卻獲得獎賞，一定會妨礙人才為國效力。我已經決定要把劉豫抓來，然後斬首示眾，哪位將軍願意把他抓回來？」

張元帥還沒有說完，胡先就說道：「元帥，如果你派人去抓他，不如派人去說元帥叫他過來商量軍情，然後仔細地盤問他，如果他真的搶奪岳飛的軍功就將他處死，這樣其他將領也能心悅誠服。」

在胡先尚未到達劉豫的軍營之前，有人已經趕到那裡了。那個人是兩淮節度使曹榮的家將。曹榮是劉豫的親家，他在軍營中聽到張所派胡先去騙劉豫後，便悄悄地派家將趕到劉豫的軍營將此事告訴劉豫。

劉豫聽說張所打算將他斬首後，就忙將銅先文郎釋放，並說道：「我早就聽說元帥是金國有名的將領，要不是中了岳飛的詭計，又怎麼會被他所擒。我認為宋朝很快就要滅亡了，

❶【旗牌官】指負責傳遞號令職位的軍士官員。
❷【恬不知恥】做了壞事也不知道羞恥。

金國將要崛起，所以打算釋放元帥，與元帥一起回到金國為金國效力。」

銅先文郎聽說劉豫要把他放了，還要投奔金國，高興地說：「我被你們抓住，原以為必死無疑了。如果你將我釋放，我一定會好好地報答你。我們皇上求賢若渴，如果元帥打算投奔我國，我一定全力保舉元帥使元帥獲得重用。」

劉豫聽了非常高興，立刻派人為銅先文郎準備酒飯，然後讓人收拾糧草，並勸說手下將士們一起叛變。

他說：「新皇帝沒有任何才能，張所該獎賞的不獎賞，該懲罰的不懲罰。我聽說大金國皇帝重視人才，所以特意與金國元帥約好請他帶我去投靠金國。你們趕緊回去收拾東西，然後和我一起去金國。」

將士們都不想當賣國賊，所以沒有聽從劉豫的勸告。劉豫無可奈何，只能在幾名心腹家將的保護下與銅先文郎一起向金國的軍營逃去。

劉豫等人騎馬走了沒多遠，突然有人騎馬從後面趕來，問道：「劉元帥，你這是要去哪裡？」

劉豫回頭看了一眼，發現來人是中軍官胡先，便問道：「你來做什麼？」

胡先回答說：「張元帥請元帥立即回到大營商議軍情。」

劉豫笑了笑，說道：「我早就知道你來這裡的目的。本來我應該殺了你，不過那樣的話就沒有人給張所報信了。你回去對張所老賊說，我劉豫志向遠大，怎麼肯聽他調遣？我現在就去投奔金國，暫且饒過他，過不了多久就會回來取他性命。」

胡先被嚇得說不出話來。他調轉馬頭沿原路返回，一路上都在納悶是什麼人走漏了風聲。他回到軍營後，把此事報告給了張所。

張所聽後大吃一驚，便寫奏摺向朝廷報告劉豫叛變、岳飛兩次擊敗金國大軍之事。就在他打算派人把奏摺送到朝廷時接到聖旨，讓他領兵防守黃

銅先文郎聽說劉豫要把他放了，還要投奔金國，高興地說：「我被你們抓住，原以為必死無疑了。如果你將我釋放，我一定會好好地報答你。」

河，加封岳飛為都統制。

劉豫與銅先文郎一路奔波，終於來到了金兀朮的軍營。銅先文郎說：「元帥請在外面等一會兒，我先向金元帥說明你的來意。」

劉豫說：「希望將軍幫我多說幾句好話。」

銅先文郎進入軍營，來到金兀朮的帳前。金兀朮看到他後，吃驚地問：「你被宋朝人抓住了，怎麼會來到這裡呢？」

銅先文郎便把被關押在宋軍營中、劉豫叛變將他釋放等事和盤托出❸。

金兀朮聽後說：「我看，這樣的奸臣留下來沒有任何用處，還是把他斬首吧！」

軍師哈迷蚩說：「元帥，您不能這樣做。依我看，先叫他進來，封他王位，把他留在這裡，以後還可能會派上用場。」

金兀朮覺得軍師的話很有道理，便派人把劉豫叫進來，封他為魯王，讓他領兵鎮守山東一帶。

❸【和盤托出】比喻毫無保留地全部講出來。

第十九回　愛華山伏擊金兀朮

張所接到聖旨後，就分派各節度使駐守黃河各處。岳飛按照張所的指派駐守在黃河岸邊。他把自己的防線守得固若金湯❶，不讓敵人有一絲進攻的機會。此外，他還督促士兵苦練武藝，軍隊的戰鬥力得到顯著提升。

太師李綱忠君愛國，他聽說岳飛手下兵將不足，就寫了一封推薦信讓家將張保帶著信去見岳飛。張保武藝高強，曾在敵人的重重包圍中將李綱解救出來。他聽李綱說岳飛是一個文武雙全的大英雄，便決定跟隨岳飛上陣殺敵為國立功。

張保騎著馬向岳飛的軍營趕去。半路上，他在一座山前被一隊人馬圍了起來。一個臉色黢黑❷、騎著一匹黑馬、拿著一對鑌鐵鐧的人大叫道：「你只要把包裹裡的銀子留下來，我

❶【固若金湯】形容城池或陣地不容易被攻破。
❷【黢（ㄑㄩ）黑】形容非常黑。

就放你過去，否則我的雙鐧就會要了你的小命。」

張保在跟隨李綱之前也曾闖蕩江湖很多年，所以他毫不畏懼。他笑著說：「我看你也是條漢子，不如咱們比試一下，如果我敗在你的手下，不只是錢財就連腦袋都給你了。」

那個黑大漢連忙說：「如果我輸了，我可不能把腦袋給你。沒了腦袋，我怎麼吃飯喝酒呢？」

張保笑了笑，說：「就算你把腦袋給我，我也沒什麼用。不如這樣，你要輸了，只要答應我一件事就行。」

那個黑大漢答應下來，雙方開始比武。他們武藝相當，打了幾十個回合也沒有分出勝負。這時，張保擋住黑大漢鑌鐵鐧，用槍刺向對方的心窩。黑大漢看到對方的槍來勢凶狠，雙鐧無法招架，便扔掉雙鐧用雙手抓住了張保的槍桿。他們一個要奪槍，一個不讓對方奪槍，雙方互不相讓，在馬上糾纏起來。

就在這個時候，一封信從張保的包袱裡掉了下來。那個黑臉大漢看到信上寫著「岳飛親啟」四個字，便高聲叫道：「等一下！」他跳下馬將那封信撿起來，打開讀了一遍，便向張保問道：「這位英雄，你和岳飛是什麼關係？」

張保答道：「我是當朝太師李綱的家將。老太師知道岳統制手下缺兵少將，便寫信讓我去他那裡效勞。黑兄弟，你認識岳飛？」

原來那黑大漢不是別人，正是牛皋。前些年由於生活困難，他便與幾個兄弟一起做了強盜；他們不肯聽岳飛的勸告，岳飛就與他們斷絕了關係；他們幾個人聽說岳飛領兵與金兵對抗，很想去投奔，卻因為沒臉見他只得繼續做強盜。

張保聽了牛皋的話後說：「兄弟們，你們想得太多了。我聽說岳統制手下的吉青也做過強盜，現在卻立下大功。你們跟我一起去投靠岳統制吧，他是你們的結義兄弟，只要你們向他認個錯，他會原諒你們的。上陣殺敵、為國效力，要比在這裡當山大王強很多啊！」

牛皋聽後，覺得張保的話十分有理，就把他帶上山寨，讓湯懷、王貴等人出來相見。第二天，他們就一起投靠岳飛去了。

牛皋等人看到岳飛後便主動請罪，還說要留在岳飛的軍營為國效力。岳飛知道此時正是用人之際，就十分高興地把他們留了下來。正在此時聖旨到來，高宗皇帝宣岳飛去金陵。岳飛不敢怠慢，馬上收拾東西向京城進發。在出發前，他擔心金軍趁他不在時強渡黃河，所以吩咐吉青一定要加強守衛，不可疏忽大意。

岳飛到京城後，險些被奸臣張邦昌害死，多虧太師李綱極力救護才保住性命。宋高宗知道張邦昌的詭計後將張邦昌削職，加封岳飛為副元帥，封牛皋等人為統制。

就在岳飛被召回京城期間，金兀朮率領三十萬大軍來到黃河邊想攻破黃河天險。由於宋軍佔據有利地形，金兵根本無法渡過黃河。

劉豫知道金兀朮為無法渡過黃河而頭疼時便獻上計策。他說，對岸的守將曹榮是他的親家，他願意勸說曹榮投靠金國，並放金兵渡過黃河。金兀朮聽後非常高興，迫不及待地催促劉豫去找曹榮。

劉豫夜裡乘船悄悄地渡過黃河，來到曹榮的軍營對曹榮說他投靠金國後被封為魯王，並勸說曹榮也投靠金國與他一起享受榮華富貴。

曹榮也是一個貪圖榮華富貴的小人，當即就同意叛變。他利用張所和岳飛去京城未回的機會，讓金兵從他守衛的渡口渡過黃河。金兵渡過黃河後發動突襲，殺了宋軍一個措手不及。吉青率領本部八百名士兵趕來支援，但很快就被擊退了。金兀朮知道吉青率領的是岳飛的軍隊，他想為粘罕報仇便一路追擊。

吉青率領人馬退守到愛華山，發現那裡有軍營駐紮。原來，岳飛剛從京城帶回十萬人馬就駐紮在這裡。當他得知岳飛被朝廷封為副元帥，就把曹榮獻渡口、金兵渡過黃河、大敗宋軍等事告訴給岳飛。

岳飛已經觀察過愛華山的地形，他認為這裡非常適宜埋伏軍隊，便派吉青把金兵引到這裡來，吉青領命而去。岳飛派張顯和湯懷率領兩萬人馬和兩百名弓弩手埋伏在東山，派牛皋和王貴率領兩萬人馬及兩百名弓弩手埋伏在北山。等金兀朮的兵馬進入谷口後，用空車裝載亂石將金兵的退路切斷。又命梁興和施全率領二萬人馬及兩百名弓弩手埋伏在南山，命周青和趙雲率領二萬人馬及兩百名弓弩手埋伏在西山，他自己與王橫、張保據守中央。

吉青單槍匹馬出了山谷，來到大路上。走了沒多久，他就撞上了前來追擊的金兀朮。吉青大罵金兀朮，引得金兀朮掄斧來砍。兩人打了幾個回合後，吉青詐敗而走，金兀朮在後面緊追不捨。追了二十多里後，金兀朮擔心前面有埋伏便停了下來。吉青看到金兀朮沒有追上來，就回頭大罵金兀朮道：「你這個毛賊，怎麼不來追我？難道害怕我有埋伏？」

金兀朮火冒三丈，大叫道：「你要不說有埋伏，我就饒了你，你說有埋伏，我就一定要捉住你。」

吉青看到金兀朮上當了就催馬向愛華山跑去，他來到谷口後頭也不回地衝了進去。

金兀朮正要繼續追趕，軍師哈迷蚩擔心前面真有埋伏就勸說金兀朮退兵。金兀朮怒氣未消根本聽不進去，就讓哈迷蚩等待後面的大軍到來，他先率領一隊人馬殺進谷去。

吉青看到金兀朮帶領軍隊進了山谷，便高聲叫道：「過來，我與你大戰三百回合！」說完後就騎馬向後山跑去。

金兀朮又向前追趕一陣，停下來觀察四周的地形。他看到山谷四周都被小山包圍起來，連一條出路都沒有，就大叫道：「我已經來到山谷裡，如果宋軍截斷我的退路，那可就麻煩了，還是趕緊出谷吧！」

他剛要調轉馬頭就聽到一聲炮響，吶喊聲從四周不斷傳來，此時見一名威風凜凜的大將殺出。

那名大將正是岳飛，金兀朮揮著大斧拍馬衝向岳飛，岳飛提起瀝泉槍迎戰金兀朮。兩個人你來我往，打得難解難分。

哈迷蚩看到金兀朮追進山谷，擔心山谷裡有埋伏，便立即派人去金軍大營求救。粘罕等金國大將本來就跟在金兀朮的軍隊後面，他們很快就碰上了哈迷蚩。哈迷蚩把金兀朮去愛華山追擊吉青之事告訴給粘罕後，粘罕立即率領大軍向愛華山殺來。

第二十回　金兀朮僥倖逃命

牛皋在山上看到金兵大隊人馬向愛華山挺進，就對王貴說：「王兄弟，山谷裡只有一個金國將領，岳大哥一個人完全能夠對付他。我們在這裡什麼事也沒有，不如推開裝石頭的車子衝下山去，殺些金兵解解悶。」

王貴是一個性格暴躁的人，他在山上早就等得不耐煩了，聽牛皋這麼一說立刻就同意了。於是他們把石車推開，率領二萬人馬衝向金軍陣中。

岳飛與金兀朮交戰七八十回合後，金兀朮便逐漸落入下風了。岳飛看準時機用槍抵住金兀朮的戰斧，拔出腰間的銀鐧一下打在金兀朮的肩膀上，金兀朮慘叫一聲。

金兀朮知道自己不是岳飛的對手，如果再打下去必定性命難保。他急忙調轉馬頭，慌不擇路地向山谷方向奔去。由於牛皋和王貴率領大軍與金兵交戰去了，谷口無人把守，金兀朮便逃出了愛華山。

岳飛看到谷口沒有人阻攔金兀朮，便詢問緣由。有軍士報告稱，牛皋和王貴不顧軍令擅自領兵殺了出去。岳飛聽後非常氣憤，但形勢緊急，他顧不上生氣，就帶領眾將衝出谷口殺向金國大軍。宋軍在岳飛等人的率領下個個奮勇當先，殺得金軍呼天搶地。

金兵潰敗後，向西北方向逃去。岳飛領兵緊追不捨，一路上又殺死了大量金兵。追了二三十里後，來到兩座山前。那兩座山分別叫做麒麟山和獅子山，每座山上都住著一個山大王，一個是梁山好漢菜園子張青的兒子張國祥，一個是雙槍將董平的兒子董芳。他們看到潰敗的金兵來到這裡，便各自帶領數千人馬下山截

岳飛與金兀朮交戰七八十回合後，金兀朮便逐漸落入下風了。岳飛看準時機，用槍抵住金兀朮的戰斧，拔出腰間的銀鐧，一下子打在金兀朮的肩膀上，金兀朮慘叫一聲。

殺金兵。金兵本來就已經潰不成軍只顧著逃命，所以他們殺死了大量金兵。後來，他們看到牛皋、王貴、梁興、吉青四人率領大隊人馬追來，誤以為也是金兵便展開廝殺而讓金兵逃脫了。

岳飛追到這裡，呵斥住雙方人馬並仔細盤問。張國祥和董芳看到岳飛的旗號才知道認錯了人，便主動認錯並向岳飛自我介紹，還說願意投靠岳飛。岳飛命令他們返回山寨整頓人馬、收拾糧草，然後去黃河口的軍營相見。交代完後，他繼續率領軍隊追擊金兵。

金兀朮帶領著殘兵敗將慌慌張張地向前逃，一直逃到了黃河岸邊。當發現前面沒有渡船而後面追兵將至，金兀朮陷入絕望之中。正在此時，哈迷蚩看到對岸有數十隻戰船。這些戰船是劉豫和曹榮所率部隊乘坐的，他們是被張所殺退逃到這裡來了。金兀朮喜出望外，立即命令手下大呼：「快把船划過來，渡我們過河！」但剛巧碰上頂風，那些船根本划不到岸邊來。

金兀朮看到岳飛的追兵馬上就要到了，心裡十分慌亂。就在這時，他看到一個漁翁搖著一條小船從蘆葦叢中出來，便讓漁翁用船把他和他的馬一起送到對岸。

岳飛帶領大軍追到岸邊，看到金兀朮已經乘船到了距離岸邊好幾里的地方，知道已經無法抓住他了。金兀朮在船上看著，那些戰船剛剛靠岸，金軍將領和士卒便爭先恐後地擠上船，四五十隻大船頃刻之間便坐滿了人；大量士兵雖然擠上了船，但船開動後就有人落水活活淹死；有一隻大船因為超載，行駛到河中心因遇到大風沉沒了，船上的人全被淹死了。

這時金兀朮聽到岸邊宋軍士兵大聲叫道：「漁翁，那個人是朝廷的敵人，你要把他帶到哪裡去？還不趕快把船搖過來！」

漁翁答道：「他給我很大的好處，我為什麼要把他送到你們那裡？」

岳飛對將士們說：「從那漁翁的聲音中可以判斷出他是中原人，你們對他說如果他把金國的將領送過來，朝廷一定會有重賞。」

張保和王橫聽到命令後，就高聲喊道：「漁翁，你趕緊把那金國的將領送過來，朝廷會重賞你的。」

金兀朮擔心漁翁會把自己送到岸邊，那樣的話自己的性命就難保了。於是，他對漁翁說：「你千萬別聽他們的。實話告訴你吧，我就是金國的四太子金兀朮。如果你救了我，我回到金國就封你為王。」

漁翁說：「不過，我是中原人，我的家人都在中原，怎能享受你的爵位呢？」

金兀朮答道：「既然如此，那我到達對岸後，就多送給你一些金銀財物。」

漁翁說：「我的父親和叔伯是梁山泊的阮氏三雄，他們的名聲非常響亮。我就是短命二郎阮小五的兒子，名叫阮良。你想想看，這裡有宋朝和金國的大軍，哪個漁民不躲得遠遠的，反而來救你？現在新皇帝剛剛登基，我來到這裡就是要把你抓住送去朝廷領賞。你趕緊把身上的鎧甲脫掉，讓我把你綁起來吧！」

金兀朮聽後，異常憤怒地大叫一聲：「你個混帳，我宰了你！」說著就提起斧頭向阮良頭上砍去。

阮良躲避過去，大叫道：「先別動手，等我把身子洗乾淨再來抓你。」說著，他翻身跳進水裡，雙手托著船底把船往岸邊送。

金兀朮雖然武藝高強，但不識水性，他看著船慢慢地向岸邊靠近，只能乾著急。他看到軍師哈迷蚩的船就在不遠處，便高聲呼救道：「軍師，快來救我！」

哈迷蚩循聲望去發現了金兀朮，便立刻派人去營救金兀朮。阮良在水中發現有船向自己這邊靠近，就用手扳住船沿把船給弄翻。之後，他兩手緊緊抓住落入水中的金兀朮，慢慢地向岸邊游去。

岳飛和宋軍將士們在岸邊看到阮良抓住了金兀朮，非常高興。但此時金兵駕著小船正好趕到，把金兀朮給救走了。

岳飛在岸邊看到金兀朮坐船逃走了，便無奈地向眾將說：「真沒想到這麼好的機會我們都沒有把握住，最終還是讓他逃脫了，看來這真是天意啊！」

沒過多久，阮良從水中露出頭來觀察岸邊的動靜。牛皋高聲喊道：「水鬼朋友，趕緊到岸上來，我們元帥想見你。」

阮良聽到後就游上岸，拜見了岳飛。岳飛看他有些本領，就勸說他留在軍中為國效勞。阮良欣然同意。

回到軍營後，岳飛寫奏摺向朝廷報捷，還把收留張國祥、董芳和阮良三人也寫進了奏摺等待朝廷嘉獎。

金兀朮第一次與岳飛交戰就被徹底擊敗，連性命都險些丟掉。他對金國將領們說：「我自從進入中原以來，一路高歌猛進、連戰連捷，從來沒有被打得如此狼狽。這岳飛的確名不虛傳。」他下定決心要擊敗岳飛以雪前恥，因此寫了一封奏章請求完顏阿骨打派遣大軍前來。

第二十一回　單身探敵營

岳飛在擊敗金兀朮後，並沒有因為大勝對手而洋洋得意。相反，他打算建造戰船渡過黃河，殺入金國境內把徽宗和欽宗兩位皇帝救回來。

一天，岳飛正在軍營裡與將領們議事，朝廷的聖旨突然到來，加封岳飛為五省大元帥，並命他立即領兵去太湖剿滅水寇。

這道聖旨粉碎了岳飛北伐的計畫，他只得派人通知張元帥調遣精兵強將把守黃河，派牛皋、王貴、湯懷、張顯四位將領率領一萬人馬先行，自己率領大軍隨後向太湖進發。

牛皋等人率領大軍很快就來到太湖邊。安營紮寨後天色已晚，湯懷說：「兄弟們，大家千萬不能小瞧這些強盜。為了防範賊人劫營，我們四個人各帶領十艘小船在太湖沿岸巡邏。」

他們四個人就各帶領十隻小船，船上二十名士兵，在太湖沿岸仔細巡邏，以防敵人夜裡來劫營。

當天晚上，牛皋喝了些酒，頭腦有些迷糊。他看到湖月倒映著明月的影子十分可愛，便

對水手們說：「你們為什麼不把船搖到湖中間去巡邏，反而停在這裡呢？」

水手們答道：「大人，如果把船搖到湖中間去，如果強盜來了根本來不及撤退。」

牛皋大聲呵斥他們說：「胡說！我到這裡來就是為了抓賊人的，難道還怕他們不成？我讓你們搖過去，你們就給我搖過去。」

水手們無奈只得遵命，十艘小船慢慢地向湖中央駛去。牛皋看到月色皎潔，酒興大發便喝起酒來，還不斷地催促水手們快些搖船。沒過多久，他們就遇到了賊人的大船。牛皋喝醉了，不小心跌進了湖裡。太湖軍元帥花普方看到便跳入水中把他撈起來，用繩子捆住帶回山寨去了。

湯懷知道牛皋被賊人捉去後大哭了一場，找來其他兄弟商議解救的辦法。張顯和王貴也不知道該怎麼辦，只好說：「這太湖水域廣闊，我們也不知道去哪裡打探消息，只有等岳大哥來到這裡再說吧！」

花普方捉了牛皋後乘船回到洞庭山，向太湖軍首領楊虎報告此事。楊虎也是一個聲名遠播的英雄，他依託太湖佔山為王，建立起一支軍隊，朝廷曾多次派官兵前來圍剿，但都被他打敗了。

楊虎見到牛皋後大喝一聲，道：「牛皋，你都被我們抓住了，見了我為什麼不下跪？」

牛皋瞪著兩眼，大罵道：「你這個不知名的小毛賊，牛老爺我昨天晚上喝酒喝多了，跌到水裡才被你們抓了來。你不來向我行禮，反倒讓我向你下跪，真是愚蠢至極！」

楊虎並不生氣，他說：「我也不殺你，只要你歸順我就封你做先鋒，我們一起去奪宋朝的天下，你覺得怎麼樣？」

牛皋怒氣沖沖地罵道：「放你的狗屁！我牛老爺是朝廷所封的統制，現在奉朝廷的命令來捉你這個偷雞摸狗的毛賊。老爺有一句話要對你說，如果你把老爺放了，整頓人馬、收拾好糧草，然後把這個山寨放火燒掉向我岳大哥投降，與我們一起去捉金兀朮，我們必然會把你的功勞上奏給朝廷，朝廷不會虧待你。如果你不聽老爺的好話，那就趕緊把我殺了。不過我岳大哥是不會饒過你的，他一定會捉住你，然後把你千刀萬剮。」

楊虎氣得火冒三丈，下令將牛皋拉出去砍了。花普方知道牛皋是岳飛的結拜兄弟，而且岳飛十分講義氣，所以就勸說楊虎以牛皋為誘餌勸岳飛歸降。楊虎覺得花普方的話很有道理，就派人暫且把牛皋押入監牢。

岳飛率領大軍，數日後來到了太湖。安營紮寨後，湯懷把牛皋喝醉酒後命令水手們把船搖到太湖中央，還被賊人捉去之事對岳飛說了。岳飛思來想去，最後決定假冒湯懷，親自到賊營中探聽虛實，並打探牛皋的消息。

第二天，岳飛寫好戰書，帶著王横和張保坐船悄悄地向楊虎的水寨而來。到達水寨後，岳飛命王横看著小船，自己和張保上岸。岳飛仔細地觀察了一下水寨的地形，發現附近山勢

他們來到楊虎的殿前，岳飛一個人進殿，張保在殿門外等候。看到楊虎後，岳飛跪下說道：「小將名叫湯懷，奉岳元帥之命給大王送上一封書信。」

陡峭，用大石頭堆砌成三個關隘，果然是易守難攻。

他們來到楊虎的殿前，岳飛一個人進殿，張保在殿門外等候。看到楊虎後，岳飛跪下說道：「小將名叫湯懷，奉岳元帥之命給大王送上一封書信。」

楊虎接過戰書，仔細地閱讀一遍，之後在上面寫下「五天之後開戰」幾個字。寫完後，他抬頭看了岳飛一眼，便覺得岳飛有些眼熟，又仔細想了一會兒，暗自納悶道：「這個人怎麼與那年在比武場內用槍殺死小梁王的岳飛有些相似？與岳飛相比，他只是多了一些鬍鬚。如果真是岳飛的話，那可千萬不能錯過。」於是暗中派人把牛皋帶過來。他又詳細地問了岳飛很多問題，岳飛隨機應變，絲毫也沒有露出破綻。

過了一會兒，牛皋被帶到了殿門前。張保看到牛皋後大吃一驚，慌忙地跪下來，說：「小人給大人叩頭了。」

牛皋說：「你來這裡做什麼？」

張保回答說：「小人是陪同湯懷老爺來的，他奉岳元帥的命令來到這裡下戰書。」牛皋什麼也沒有說就進去了。他看到岳飛在殿前坐著，明白了岳飛的用意，所以並沒有向岳飛打招呼，而是對楊虎說：「你有什麼事，為什麼要叫老爺我到這裡來？」

楊虎答道：「你們元帥派人來下戰書，你對來人說讓他們早些投降以免身首異處❶。」

牛皋問道：「我們元帥派誰來了？他在哪兒？」

岳飛沒有想到在這裡會遇到牛皋，他擔心牛皋說出自己的真實身分，所以頭上直冒冷汗。沒想到牛皋看到他後，大聲叫道：「呀，湯懷哥哥，你來了！你回營後見到岳大哥，就對他說我牛皋不小心被賊人捉住，死了也會名垂後世。他如果剿滅了這群賊人，也就給我報仇了。」說完後，他指著楊虎大罵道：「毛賊，該說的話我都說了，你趕緊派人把我殺了

---

❶【身首異處】指腦袋被人砍掉。首：頭；處：地方。

吧！」

楊虎派人把牛皋帶回監牢，然後對岳飛說：「湯將軍，你先回去吧！請轉告你家元帥，我們雖然抓了牛皋，但他現在活得好好的。你家元帥如果肯歸順我，我保證他大富大貴，如果他一意孤行非要交戰，我擔心他不小心吃了敗仗，一世英名就全毀了！你讓他好好考慮一下吧！」

岳飛辭別了楊虎後，就與張保出來與王橫會合，一起坐船回營。

花普方運糧回營後，來到大殿拜見楊虎。楊虎把湯懷來下戰書一事說給他聽，並把湯懷的模樣描述一番。花普方聽後，認定那個湯懷是岳飛假扮的特意來探聽消息。楊虎後悔不迭，急忙派花普方去追趕。

花普方立即來到水寨，乘坐一條扯滿風帆的大船追趕岳飛。他看到岳飛的小船後，在船頭大叫道：「岳飛休走，花普方來也！」

岳飛回頭看到敵人的船快追了上來，就讓張保取出彈弓，一下就射在花普方大船的桅杆上，使得風帆既升不上去，也放不下來。他又叫王橫拿來火箭，三枝火箭飛向花普方的大船，船帆馬上就著火了。岳飛又叫道：「花普方，本元帥這一彈要射瞎你的左眼！」

花普方被嚇得魂不附體，連忙躲避，並派人救火，再也不敢追岳飛的船了。

第二十二回　平定楊虎叛亂

岳飛回到軍營後把刺探敵營的事詳細地講了一遍，各位將領一致認為應該盡早出兵把牛臯救出來。但岳飛十分清楚楊虎的水寨易守難攻，所以一時拿不定主意。

正在這個時候，軍士報告說有兩個漁戶求見。岳飛下令叫他們進來。

一個漁翁說：「小人叫耿明初，他是我的兄弟，名叫耿明達。我們兄弟二人原本居住在太湖邊以打魚為生。前些年楊虎來到這裡，召集起一群人佔據了洞庭山。他禁止我們打魚，否則不會饒過我們。我們以打魚為生，不讓我們打魚，我們怎麼活啊？因此，我們就與他們交過幾次手。楊虎的本事與我們兄弟不相上下，他看到無法打敗我們，就與我們結拜為兄弟，只讓我們兄弟在太湖裡打魚。他還三番五次地派人來家裡來邀請我們上山，我們擔心老母親無法承受驚嚇，所以就沒有去。現在我們聽說岳元帥來到這裡圍剿強盜，我們尋思打魚也沒什麼前途，所以就來到這裡，希望能夠在元帥帳下為國出力。請求岳元帥收留我們。」

岳飛聽後十分高興，連忙扶他們起來，讓他們去後營換好軍裝。岳飛吩咐安排酒席，慶

賀耿家兄弟到來。在酒席上，岳飛問耿明初說：「你們與楊虎有些交情，一定知道楊虎的本事以及他如何用兵。為什麼官兵屢次圍剿都無法剿滅他呢？」

耿明初回答說：「楊虎在水裡的本領極其高強，但他在岸上的本領就有限了。他手下有很多將領，但除了元帥花普方和先行官許賓外，其他人本事都很一般。官兵一直無法打敗他，主要是因為他有四隊非常厲害的兵船。元帥與他交手時也要防範他的兵船。」

岳飛驚奇地問道：「什麼兵船這麼厲害？」

耿明初答道：「他的第一隊叫『炮火船』，共有五十隻船，每隻船上都架著大炮。與敵人交戰時炮火齊發，把對方打得毫無還手之力。第二隊叫『弩樓船』，同樣有五十隻船。每隻船的船頭和船尾都裝著水車，四周用竹籬笆圍起來，軍士在船隻腳踏水車，使得船飛快前進。船上豎著用牛皮做成擋牌的弩樓，軍士在裡面不斷射箭；弩樓下面也有軍士，他們舉著擋牌、拿著長刀，砍對方的士兵。第三隊叫『水鬼船』，也有五十隻船。船內裝著從泉州、漳州等地請來的水鬼，他們在水底下可以潛伏七晝夜，餓的時候就抓魚生吃。在與敵人交戰時，那些水鬼跳到水中鑿穿敵人戰船的船底使得戰船沉沒。第四隊是由楊虎親自率領的戰船，不過這一隊的戰鬥力很一般，根本比不上其他三隊。」

岳飛聽後十分高興，心中又多了幾分勝算。

岳飛回到營帳後，根據耿家兄弟的情報想出了一條計策。第二天一大早，他就悄悄地來到耿家兄弟的營帳，對他們說：「你們兩位穿上以前打魚時的衣服，假裝去楊虎那裡投降，楊虎肯定不會懷疑。等到雙方交戰時，你們請求替他看守山寨。等楊虎領兵出去後，你們先找到牛皋將他釋放，讓他做你們的幫手；之後把楊虎的親屬抓起來，不過千萬不要殺害他們；最後，你們收拾好他的財物，放火燒了他的山寨。」

二人聽命，換好衣服後就去了楊虎的水寨假裝歸順。楊虎果然沒有懷疑。

岳飛又命令平江知府準備竹子和麻繩紮成木排，在上面安裝用牛皮做的擋箭牌和棚子；又從城內有錢的人家借來幾千床棉被放在船上，以抵擋敵人弓箭和火炮的進攻。除此之外，他還讓鐵匠按照他所畫的圖樣打造三尖小刀和倒鬚鉤子。他命令湯懷和張顯帶領「笆斗兵」在淺灘上練習，命令施全帶人找些毛竹片放在船底，再把三尖刀和倒鬚鉤子插在竹片上。

四五天過後，楊虎派人來催戰，岳飛看到準備工作尚未做好，就以生病為藉口讓楊虎多等幾天。半個多月過去後，岳飛看到各項工作已經準備就緒，便決定與楊虎決一死戰。他推測出楊虎失敗後，一定會從無錫大橋逃向九江，便命令周青、趙雲、梁興、吉青四位將領各帶領五千士兵埋伏在無錫大橋，還叮囑他們只准活捉楊虎，不能殺害他。

岳飛親自帶領主力部隊，來到楊虎的水寨前挑戰。楊虎得到消息後，派元帥花普方率領「樓船」，先行官許賓率領「炮火船」，水軍首領海進率領「水鬼船」，他親自率領大戰船與宋軍交戰。耿家兄弟以防範岳飛領兵從後面偷襲為由，請求楊虎讓他們二人留下守衛水寨，楊虎不知是計便答應了。

楊虎率領戰船來到太湖上，許賓率領第一隊「炮火船」，不由分說便向宋軍戰船開炮。岳飛揮動紅旗，船上的兵將全部躲進小船裡，把竹棚遮在船上。敵人的炮火打在竹棚上，都滾到了水裡。敵人停止開炮後，小船上的竹棚又豎了起來。敵人看到「炮火船」無效後，便派第二隊「弩樓船」上來射弩。岳飛看到後就揮動了一下紅旗，將士們再次豎起竹棚擋住了敵人的弩箭。

這時，岳飛命王貴率領草船衝向敵人的船隊。草船上裝的都是水草，王貴讓士兵們把水草都推進湖裡，水草將「弩樓船」上水車的車輪纏住，船上的士兵根本就踏不動了，那五十隻船停在原地完全動不了。王貴率領士兵跳上「弩樓船」，一陣猛殺猛砍，敵船上的士兵大部分被殺死，只有一小部分跳進水裡保住了性命。

楊虎看到「炮火船」和「弩樓船」都沒有佔到便宜，便派第三隊「水鬼船」出陣，眾多水鬼跳入水中想要鑿穿岳飛的戰船。岳飛看到後又揮動了紅旗，只見阮良帶著幾個懂水性的士兵跳到水裡去了。岳飛的戰船下面都裝有竹片，楊虎手下的水鬼鑿了半天也沒有鑿穿，而他們不是被三尖刀割傷，就是被倒鬚鉤鉤住。阮良等人毫不費力地就把他們殺得片甲不留。

楊虎看到岳飛的戰船並沒有沉下去，便推測水鬼也無濟於事了，只好發動戰船與岳飛決戰。

岳飛站在船頭，高聲勸說楊虎投降。楊虎不肯，岳飛便讓他回頭看一下。楊虎回頭，看到水寨著起大火。這時，有士兵報告說耿家兄弟放了牛皋，放火把山寨給燒了。楊虎火冒三丈，發動戰船向岳飛衝來。岳飛命令士兵用鐵鉤把楊虎的戰船鉤住，眾將紛紛跳上去與敵人廝殺。湯懷和張顯跳上「弩樓船」與花普方交戰。花普方抵擋不住，便跳下水逃命去了。

楊虎看到大勢已去，便跳進水裡打算逃命。阮良看到後也跳進水裡緊緊追趕楊虎。岳飛看到敵人的四隊船都已經被擊敗，便宣布投降者可保性命。於是敵軍士兵紛紛歸降。

楊虎在水中的本領並不比阮良差多少，他逃脫了阮良的追擊在太湖西邊上岸。他在那裡遇到幾百名敗逃的手下，便帶著這些人去投靠混江王羅輝和靜山王萬汝威，打算借來大軍找岳飛報仇。

楊虎帶領手下走了一夜，於第二天凌晨趕到無錫大橋邊。埋伏在那裡的周青、趙雲、梁興、吉青一齊殺出，把他團團圍住。楊虎早就疲憊不堪了，與周青等人交手幾個回合之後就敗下陣來。他突圍出去，沿著河邊向前逃，但周青等人緊追不捨。他覺得自己難逃一死便打算自殺。這個時候，他突然聽到岳飛大叫道：「楊將軍，你母親在這裡，趕緊過來相見。」

楊虎循聲望去，看到幾十隻戰船停靠在岸邊，岳飛在站中間的戰船上。他說：「岳飛，我已必死無疑，你就不要騙我了。」

這時，王貴扶著楊虎的母親走出船艙。楊母勸說楊虎歸順岳飛，與岳飛一起抵抗金兵。

楊虎聽從母親的勸說，跪在岸邊向岳飛投降。

岳飛走下船，扶起楊虎說：「現在朝廷奸臣當道，所以天下很多英雄便走上了邪路。我當年在比武場中也曾受到屈辱，所以對你的處境深有體會。當今天子愛惜人才，將軍如果能夠棄惡從善，我一定保舉你為國效力。」

岳飛一席話說得楊虎非常感動。楊虎不停地道謝，走上前去問候母親。

第二天，岳飛等人來到洞庭山與牛皋和耿家兄弟會合，便一起返回平江去了。

第二十三回　收服余化龍

岳飛在平定楊虎叛亂後，率領大兵返回金陵，將在太湖上擊敗楊虎、勸說楊虎歸降等事全都稟告給了高宗。高宗聽後十分高興，封楊虎、張國祥、董芳、阮良、耿明初、耿明達六人為統制，讓他們留在岳飛帳下效力，又封賞了其他立下戰功的將領。高宗看到岳飛治軍有方、屢立戰功，便又派他去平定鄱陽湖水寇。

於是，岳飛又準備向鄱陽湖進發了。他命牛皋為先鋒官，帶領五千人馬為前隊；命湯懷和王貴率領五千人馬為第二隊；自己率領大部隊跟在後面。

其實，岳飛知道牛皋脾氣暴躁，武藝雖然不錯，但缺乏智慧，所以沒有打算讓他擔任先鋒官。不過牛皋自覺在攻打太湖時被抓而顏面掃地，便主動請求岳飛讓他擔任先鋒官以立下頭功挽回面子。為了說服岳飛，他甚至還立下了軍令狀，稱如果不能取勝，便甘願接受懲罰。岳飛見他一心想要打勝仗，而且立下了軍令狀，這才同意讓他當先鋒官。

牛皋帶領五千人馬，很快就來到了湖口。

鎮守湖口的總兵謝昆聽說岳飛領兵前來平定鄱陽湖水寇後極為高興，天天盼望著岳飛大軍早些到來。一天，探子回報說岳飛的大軍到了。謝昆高興極了，立即出營迎接。他跪在地上，恭恭敬敬地向牛皋說道：「我是湖口總兵謝昆，恭迎岳元帥到來！」

牛皋端坐在馬上，樂呵呵地回答說：「謝總兵請起。我並不是岳元帥，他還在後面，我是他的先鋒官牛皋。」

牛皋問謝昆說：「謝總兵，請問這裡有多少賊寇，他們的巢穴在哪裡？」

謝昆回答說，鄱陽湖內有座康郎山，羅輝和萬汝威是山上的大首領和二首領。他們手下有很多猛將，其中有一個叫余化龍的，武藝超群很難對付。

牛皋又打聽了去康郎山的路，他立功心切，便自作主張領兵從旱路去攻打賊寇。來到康郎山前，他就迫不及待地讓手下士兵搖旗吶喊。萬汝威得知牛皋來攻打山寨後，就派余化龍領兵下山與牛皋交戰。

余化龍戴著銀色頭盔、騎著白馬、拿著虎頭槍，與岳飛有些相似。牛皋二話不說，舉起鑌鐵鐗就朝對方打去。余化龍用虎頭槍架開牛皋的雙鐗，接連刺出幾槍。牛皋急忙躲避，沒打幾個回合就氣喘吁吁、大汗直流。又交戰幾個回合後，牛皋抵擋不住，只得調轉馬頭向後逃去。他手下的士兵看到主帥逃走，便也紛紛逃走。這時，牛皋的副將大叫道：「大家不要逃！如果敵人從後面追來，我們全都得死，還不如從正面抵擋。」他命令士兵放箭，擋住了敵人的追兵。余化龍看到對方不斷射箭也就不再追趕。

牛皋被余化龍打敗後，再也不敢狂妄了。他也不好意思去見謝總兵，只能帶領兵將退後三十里安營紮寨。

第二天，王貴和湯懷率領第二隊人馬趕到，並在湖口安營。又過了兩天，岳飛率領大軍趕到，湯懷、王貴與謝昆一起出來迎接。岳飛沒有看到牛皋，就問他去了哪裡。謝總兵說牛皋剛到湖口就去康郎山挑戰了。岳飛知道事情不妙，趕緊率領眾將向康郎山進發，來到牛皋的營地後，牛皋出來迎接。岳飛推測他打了敗仗就嚴肅地說：「牛皋，你立下軍令狀說一定會打勝仗搶下頭功，看來這鄱陽湖的賊寇都被你剿滅了吧？」

牛皋羞愧地低下頭去，說：「大哥，我打了敗仗，既然立下了軍令狀，我也沒什麼好說的，我這顆腦袋你就拿去吧！不過，賊寇的元帥余化龍非常厲害，你可千萬要小心。」

岳飛便讓牛皋把余化龍的本領詳細地說了一遍。由於眾將求情，岳飛沒有處死牛皋，而是讓他立功贖罪。

康郎山的兩位首領知道岳飛率領大軍在山下不遠處駐紮後，就派余化龍去挑戰。余化龍領兵來到岳飛的軍營前，岳飛並沒有出戰而是堅守營寨，命令士兵放箭。余化龍本想讓岳飛知道自己的厲害，卻沒有料到岳飛不出戰，所以就叫手下士卒大罵岳飛。罵了半天，岳飛仍然不出戰，余化龍只好領兵回山。

岳飛猜測余化龍夜裡會來劫營，就吩咐眾將埋伏好人馬，聽到炮響後大聲吶喊，但不要出去與敵人交手。眾將領命，分頭準備去了。

余化龍回到山上，對兩位首領說：「我去岳飛軍營挑戰，他不肯出戰。我猜測，他今天晚上一定會從水路來攻山。如此一來，他的旱寨空虛，我領兵前去偷襲就一定會成功。二位大王守衛水寨，讓他無功而返。」羅輝和萬汝威聽後覺得有理，決定按照余化龍的計策行事。

夜裡，余化龍領兵來劫岳飛的軍營。他帶人殺入中軍大帳後，發現帳裡一個人都沒有，才知道中了岳飛的埋伏，急忙領兵向外逃去。就在這時，只聽一聲炮響，岳飛手下將士們大聲吶喊起來，余化龍手下的士兵嚇破了膽，慌忙四散逃去，結果自相踐踏，導致很多士兵死亡或者受傷。岳飛領兵追擊，又殺死大量敵兵。

第二天，吃了大虧的余化龍又來到岳飛的軍營前挑戰，岳飛仍然高掛免戰牌。余化龍雖然氣憤卻也無可奈何，只得回山去了。

到了傍晚，岳飛換上一身便裝，帶領張保去康郎山觀察地形。回到軍營後，他對眾將說：「康郎山有鄱陽湖這道天險，而且地勢險峻、易守難攻，縱然有百萬大軍恐怕也很難在短時間內攻破。此外，我早就聽說過余化龍武藝超群，有他在要想獲勝就更難了。明天我與他交戰，各位賢弟不要幫我，只需要在旁邊觀戰就行了。」

岳飛提起瀝泉槍相迎，雙方交戰了四十多個回合沒有分出勝負。

第二天，岳飛率領大軍來到康郎山下，余化龍領兵下山來與他交戰。

余化龍對岳飛說：「當今皇帝昏庸、奸臣當道，大宋王朝已經走到了盡頭，你歸順於我，我們共同打天下，不是一件美事嗎？如果你想憑藉自己的力量與天意對抗，那就會落得身敗名裂的下場。」

岳飛說道：「大宋雖然有一些奸臣，但遠沒有到氣數已盡的地步。我看你才能出眾，卻甘願做草寇幹殘害百姓的勾當，實在不夠明智。」

余化龍說道：「岳飛，我不和你做口舌之爭，這樣吧，你如果能打敗我，我就向你投降，你如果打不過我，必須向我的主公投降。」

岳飛答應下來，還說雙方只能明刀明

槍地較量，不能暗箭傷人。余化龍覺得這是個好主意就同意了，隨後提起虎頭槍便向岳飛刺來。岳飛提起瀝泉槍相迎，雙方交戰了四十多個回合沒有分出勝負。余化龍看到無法打敗岳飛，便提議第二天再戰。於是雙方各自收兵回營。

第二天，岳飛與余化龍打了一整天也沒分出勝負。第三天，他們從早上打到中午，仍然難分高下。余化龍想道：「岳飛本領高強，如果不用神鏢恐怕難以打敗他。不過，如果當著這麼多人的面，我用神鏢將他擊倒，那麼我的威名就會受損；不如把他引到後山，那裡沒有人，我用神鏢擊敗他，別人也不知道。」想到這裡，就裝作戰敗向後山逃去。

岳飛明知道余化龍想要到後山暗算自己，但仍然跟了過去。來到後山，余化龍取出金鏢向岳飛打來。岳飛把頭向左側一偏就躲了過去，余化龍發現第一鏢沒有傷到岳飛又發了一鏢。這一次，岳飛把頭向右側一偏又躲了過去。余化龍看到連續兩鏢都沒有打到岳飛便有些心慌，又連續發了三鏢。岳飛用手接住了飛鏢，說道：「余化龍，你還有多少飛鏢都扔過來吧！」

余化龍說：「岳飛，你雖然能夠接住我的飛鏢，卻也傷不到我。」

岳飛說：「余化龍，你本領高強，卻連我都打不贏。天下之大，本領比我高強的人有很多，你還是趕緊下馬歸降為朝廷效力吧！」

余化龍說：「你說了半天就是想讓我下馬投降。要不這樣，你如果能把我打下馬，我就投降。」岳飛提起瀝泉槍相迎，雙方交戰了四十多個回合沒有分出勝負。

岳飛聽後，甩手用飛鏢將余化龍戰馬身上掛著的銅鈴打斷，那馬受到驚嚇跳了起來，余化龍沒有坐穩掉了下來。

岳飛跳下戰馬，來到余化龍面前將他扶起。余化龍看到岳飛不但武藝高強，而且胸懷寬廣，便跪在地上，說：「小將情願投降，請元帥收留。」

岳飛非常高興，與余化龍結拜為兄弟。為了不引起別人懷疑，岳飛假裝受傷，讓余化龍與他在眾人面前再打鬥一番。於是他們騎上戰馬，岳飛假裝吃了敗仗，余化龍在後面緊追不捨。來到戰場上，岳飛大聲呼喊兄弟們來支援，余化龍寡不敵眾，便領兵回山寨了。

回到山寨後，余化龍對兩位首領說，他與岳飛交戰數十回合後用金鏢把岳飛打傷，正打算活捉岳飛時岳飛手下將領一齊上來，他寡不敵眾只好退兵。兩位首領聽後非常高興，說第二天要親自出馬活捉岳飛。

第二十四回　苦肉計

岳飛回到軍營後，正在與眾將領商議破敵之策，突然有探子來報，說金國大軍兵分兩路來攻打藕塘關和汜（ㄙˋ）水關。岳飛聽後非常不安，對眾位將領說：「我們還沒有平定鄱陽湖水寇，金兵又大舉來犯，該怎麼辦才好呢？」

楊虎上前說道：「元帥，我以前與萬汝威有些交情，他曾約我一起造反，奪取宋朝天下。現在形勢緊急，不如讓我前去勸他投降。」

岳飛聽後高興地說：「這可太好了，不過，將軍務必多加小心，我在這裡等候你的好消息。」

楊虎帶領十二名水手，乘坐一隻小船來見萬汝威。萬汝威知道楊虎投降了岳飛，就說：「賢弟本領高強，而且又有太湖之險，為什麼要向岳飛投降呢？今天到這裡來，有什麼話說？」

楊虎答道：「小弟在太湖有很多大炮、水鬼，還有花普方等一干猛將，糧草也十分充

足，不過仍然被岳飛擊敗。他是一個愛惜人才、重情重義的人，看我有些本領就把我安排在軍中封為統制。因此，我今天特意來到這裡，勸說兩位大哥歸降，朝廷看到你們本領高強必定會加以重用的。」

萬汝威聽後非常氣憤，命人把楊虎拖出去殺掉，多虧余化龍極力勸說才保住性命。

楊虎回到軍營參見岳飛。岳飛說：「剛才水手逃回來說賊人把你殺死了，你現在平安歸來肯定是歸順了賊人，回到這裡來欺騙本元帥。來人，把他給我拉出去砍了。」

眾將領知道此事關係重大都不敢說話，只有牛臯性情耿直向岳飛求情。岳飛看在牛臯的面子上，饒了楊虎的死罪，改打一百大板。打到二十大板的時候，牛臯看不下去了，又來找岳飛說情。岳飛答應免去楊虎八十大板，但擔心楊虎逃走，所以要求有人作擔保。牛臯寫下了擔保狀，岳飛這才放了楊虎。

楊虎回到軍營，思來想去都覺得岳飛不該責打自己。正在他感到委屈時，突然有人給他送來一封機密書信。楊虎把書信打開仔細地看了一遍，然後就燒掉了。到了五更時分，他一個人騎馬悄悄地去了康郎山。

楊虎來到萬汝威的大寨，跪在地上哭訴道：「岳飛派我來勸說大王歸降，我回去之後他要殺了我。多虧牛臯擔保，他才只打了我二十大板。我實在忍不下這口惡氣，所以就逃到大王這裡來了。希望大王看在我們過去的情分上，幫我報此大仇。」

萬汝威不相信楊虎的話，派人檢驗他的傷口，發現楊虎的確遭到了毒打。不過，他還是有些不相信，就突然大喊道：「楊虎，你是效仿當年黃蓋的『苦肉計』吧？」

楊虎聽後，大聲喊道：「我不該到這裡來呀！」說著，他拔出腰間的佩劍想要自殺。

萬汝威這才相信楊虎的確是來歸順的，他急忙用雙手按住楊虎的劍，說：「我與你開玩笑，你怎麼當真了呢？你要是早聽我的話，也就不必挨此皮肉之苦了。」之後，他就命令余化龍帶著楊虎去營中休息。

余化龍便帶著楊虎回營，先派人為楊虎敷藥，之後又命人準備酒菜，與楊虎一起喝酒。他覺得楊虎是一個反覆無常的小人，就故意諷刺道：「世事真是難以預料啊！將軍前天來到這裡，勸說我的主公投降大宋，誰又能想到今天卻來向我的主人投降。」

楊虎說：「我今天來到這裡，只是為了順應天時，結識金鏢結義的好漢！」

余化龍聽到楊虎提到了自己與岳飛金鏢結義的事大吃一驚，立即讓服侍在左右的人退下。他問楊虎說：「將軍這樣說，一定是知道了什麼事情？」

楊虎看到四周無人，就說：「我就把實話告訴將軍吧！現在金國派大軍攻打藕塘關和汜水關，元帥無法分兵抵抗，就讓我用苦肉計來幫助將軍。」

余化龍聽後非常高興地說：「岳元帥真是神人啊！剛才我多有冒犯，實在抱歉！」

第二天，牛皋率領五千精兵來到康郎山下叫陣，指名叫楊虎出戰。原來，他聽說楊虎夜晚離開後，便認為楊虎逃離軍營投靠了萬汝威。他在岳飛面前為楊虎求情，還立下擔保狀，他覺得楊虎辜負了自己一番心意，所以要殺了楊虎。

萬汝威得知牛皋要楊虎出戰，就命楊虎下山迎敵。楊虎說：「小將多虧牛皋擔保，才撿回一條性命，我不好對他動手，還請大王派其他將領去迎敵吧！」

這時，余化龍站出來說：「小將願意下山擒拿牛皋。」

萬汝威聽後，就派余化龍下山與牛皋交戰。

余化龍領兵來到山下，看到牛皋後，大叫道：「你這個手下敗將，怎麼又來了？」

牛皋回答說：「楊虎這個狗賊，我救了他一命，還在元帥面前擔保說他不會逃走，可他竟然真的逃走了。他這樣做不是害我嗎？你趕緊叫他出來，我擒住他去元帥那裡請罪。」

余化龍說：「楊虎已經被大王認作兄弟了，正享受著榮華富貴。要不你也向我的主公投降，我在他面前替你說幾句好話，讓他封你做個大官，你覺得怎麼樣？」

牛皋聽後火冒三丈，大聲呵斥道：「放屁！我是朝廷命官，怎麼會向你們這群狗賊投降？吃爺爺一鐧！」他掄起雙鐧就向余化龍的腦袋上打去。

余化龍的武藝比牛皋高出很多，只打了五六個回合牛皋就被打得招架不住了。牛皋領兵回營去了。余化龍在打跑牛皋後，就返回山寨向兩位首領請功。

第二天，岳飛率領眾將來到康郎山下擺好陣勢。羅輝和萬汝威兩位首領率領人馬來應戰。牛皋看到楊虎後，非常氣憤地大罵道：「楊虎，你這個不講義氣的小人，我今天一定要把你碎屍萬段。」不過，楊虎根本沒有理會他。

萬汝威催馬上前衝著岳飛喊道：「岳飛，你雖然本領高強，卻無法順應天意。宋朝即將滅亡，你又何必為昏君效勞呢？今天如果你不投降，我一定會生擒你。」

岳飛說道：「你們兩個如果能夠順應天意就趁早投降，否則性命難保！」

羅輝聽後非常氣憤，大叫道：「誰給我拿下岳飛，我重重有賞。」

余化龍高聲答道：「讓我來！」說著，他提起虎頭槍向萬汝威刺去，一槍將萬汝威刺死。羅輝正在發愣，被楊虎揮刀砍死。岳飛看到兩名賊首已死，便命令軍隊進攻。將士們奮勇向前殺死眾多敵人，很快就佔領了康郎山。

余化龍安撫了山寨士兵，將山寨的財物和糧草收拾好就與岳飛一起回營去了。直到這時，眾將才知道楊虎投敵是岳飛使用的苦肉計。岳飛不但平定了鄱陽湖水寇，還得到了余化龍這員大將，心中十分高興。

第二十五回　牛皋醉酒破敵

岳飛在平定鄱陽湖水寇後，立即派牛皋率領五千人馬為第一隊，火速趕去汜水關救援；派楊虎和余化龍率領五千人馬為第二隊，在牛皋之後出發；他親自率領大軍向汜水關進發。

牛皋領兵一路急行，很快就趕到了汜水關。不過，汜水關在他到來之前已經被金兵奪去了。牛皋想要奪關，於是領兵來到關前挑戰。守關的金國將領是完顏阿骨打的駙馬張從龍，他使用兩柄八楞紫金鍾，只用了十幾個回合就把牛皋打得招架不住了。牛皋只好退兵，在路邊安營紮寨。

第二天，楊虎和余化龍率領第二隊人馬趕到。他們來到牛皋的軍營，正聽到牛皋在破口大罵❶：「都怪楊虎這個混蛋，以前我每次出兵從來沒有打過敗仗，自從上次被他那可恨的元帥花普方淹過一次後，每次都打敗仗。」

❶【破口大罵】用惡毒的話咒罵別人。

楊虎和余化龍聽後，悄悄地離開了牛皐的軍營。楊虎說：「他自己打敗仗，反倒把責任推到我們身上。」

余化龍不想讓雙方的矛盾一直持續下去，就提議搶下汜水關把功勞讓給牛皐，於是他們便領兵來到汜水關前。張從龍得知有人來搶關，就率領金兵出關與他們交戰。余化龍看到張從龍後，二話不說提槍就刺。張從龍也不含糊，舉錘相迎。他們打了二十個回合仍然沒有分出勝負，余化龍不想繼續糾纏下去，就假裝打不過拍馬而走，引張從龍從後追擊。他看準時機用金鏢射向張從龍，把張從龍打落馬下。楊虎快馬趕到，砍下了張從龍頭的腦袋。金兵看到張從龍被殺死，立即四散而逃。楊虎和余化龍率領大軍衝向汜水關，很快就奪了下來並在那裡紮營。

第二天，他們來到牛皐的軍營。牛皐氣憤地說：「你們到這裡來做什麼？」

余化龍回答說：「汜水關已經被我們二人奪回來了。」

牛皐說：「這是你們的功勞，不用跟我說。」

余化龍說：「當然要跟你說了。昨天我聽見將軍埋怨楊虎，今天我們搶下了汜水關，我們想把這個功勞送給你，一是希望將軍擺脫厄運，二是我們剛剛投入岳元帥麾下，就將這個功勞當作送給將軍的見面禮吧！希望將軍以後與楊將軍冰釋前嫌❷。」

牛皐態度冷淡地說：「我們出發之前，元帥是怎麼交代的？」

余化龍答道：「搶奪汜水關的功勞我們不報，由牛兄來報。」

牛皋道：「既然如此，那我就多謝了。」

余化龍和楊虎相視一笑就一同回營去了。

幾天後，岳飛率領大軍趕到，牛皋、余化龍和楊虎都來迎接。得知已經奪回汜水關後，岳飛非常高興，問道：「汜水關是誰奪回來的？」三個人都沉默不語。岳飛覺得奇怪，就問道：「立下如此大功，為何不報？」

牛皋性情耿直便說了實話，他說：「汜水關是他們兩個奪回來的，他們想把這個功勞讓給我，我才不要呢，還是記在他們頭上吧！」

岳飛聽後，被牛皋的誠實所打動，所以並沒有責備他打了敗仗，還對他說：「那好，本帥就再給你一個立功的機會，你帶領本部人馬去救藕塘關，我率領大軍很快就會趕到。」

牛皋領命後，率領大軍飛速向藕塘關進發。他決定這次一定要立下戰功，所以一路上對待士兵十分優厚。來到藕塘關後，總兵金節聽說岳飛率領大軍趕到，馬上出關叩頭迎接，請牛皋領兵進關駐紮。

進關後，金總兵派人擺上酒席為牛皋接風。牛皋看到酒席後，說：「幸虧你的酒席是請

---

❷【冰釋前嫌】比喻解除人與人的矛盾。

我的，要是請岳元帥的，那你可就有麻煩了。」

金節不明白牛皋為何這樣說，連忙問道：「這是為什麼呢？」

牛皋答道：「岳元帥每次吃飯前，都會面向北方痛哭流涕，因為徽宗和欽宗兩位皇帝被關押在北方吃盡了苦頭，做臣子的就是吃素飯也已經十分過分了。我們經常勸他說，元帥為國家和百姓日夜操勞，就是吃些葷菜也不過分，元帥才吃一些魚和肉。如果他看到你為他準備如此豐盛的酒席，他一定會生氣的。」

金節聽後很是慚愧。

牛皋又說道：「金總兵，你準備了這麼豐盛的酒席，真是誠心誠意地請我嗎？」

金節答道：「當然是。」

牛皋聽後，豪爽地說：「好，那就拿大碗來！」

金節立即派人取來大碗。牛皋也不客氣，大吃大喝起來，很快就喝了二三十碗酒。金節暗暗想道：「岳元帥如此英明神武，怎麼會用這樣一個蠢貨做先鋒官呢？」

就在牛皋喝酒喝得快醉時，突然有士兵報告說金兵已經來到關前。金節看到牛皋無法出戰，便悄悄地吩咐手下將士緊守關門。牛皋看到金節鬼鬼祟祟❸的，就問發生了什麼事。金節說他看到牛皋喝醉了，所以不敢說出來。

當得知金兵已經來到關前，牛皋說：「實在太好了！你怎麼不早告訴我呢？快取酒來，喝完後好去殺敵。」

金節知道牛皋已經喝了不少酒，所以不想讓他再喝了，而牛皋卻一再堅持要喝，金節只好派人又取來一罎酒。牛皋雙手捧起酒罎，一口氣喝下去半罎，又吩咐家將把剩下的半罎酒帶到戰場上去。

牛皋搖搖晃晃地走出大堂，騎上戰馬領兵出城，金節則登上城門觀看雙方交戰。他看到牛皋坐在馬上一動不動就像死了一樣，而金國將領斬著摩利之身高體壯非常威猛，手裡拿著一條上百斤重的鐵棒，便不由自主地為牛皋捏一把汗。

牛皋和斬著摩利之各自出陣，牛皋已經爛醉如泥連頭都抬不起來了。斬著摩利之大罵道：「你這個不知死活的南蠻子，竟然跑到這裡來送死！」他把鐵棍戳到地上站在原地，說：「南蠻子，我看你能把我怎麼樣？」

牛皋不理他，大叫道：「快拿酒來！」家將立即把剩下的半罎酒送來，牛皋捧在手裡大口大口地喝起來。突然一陣風吹來，把牛皋吹得酒直向上湧。他很想吐，所以嘴張得很大，不一會兒就吐了出來，而且直接噴到了斬著摩利之的臉上。那個金國將領連忙用手去抹臉。牛皋吐完後，頭腦清醒了很多，他睜開雙眼看到一個金國將領正在自己面前不遠處抹臉，舉

❸【鬼鬼祟（ㄙㄨㄟˋ）祟】指行動不光明正大。祟：古人想像出來的怪物。

起鑌鐵鐧就向對方腦袋上打去，一下子把對方的腦袋打得稀爛。他跳下馬取了敵人的首級，然後上馬率領將士們衝入敵人的軍營，殺死了眾多敵人，並搶了很多糧草和馬匹。

金節在城門上看到牛皋取得大勝便出城門迎接，並誇獎牛皋是天神下凡。牛皋毫不謙虛地回答說：「如果再多喝一罈酒，恐怕就將那群金兵殺光了。」金節聽後哈哈大笑。

金節回到總兵衙門後，把牛皋醉酒殺退十萬金兵的事講給了他的夫人戚氏聽。當天夜裡，戚氏的妹妹戚賽玉做了一個奇怪的夢，夢到一隻黑虎來抱她，她非常害怕。戚氏第二天早上把這件事講給金節聽。金節認為牛皋就是戚賽玉夢中的那隻黑虎，便打算把戚賽玉許配給牛皋。可牛皋在結婚那天竟然跑了，金節沒辦法，只能等到岳飛到來再解決此事。

沒過多久，岳飛就帶領大軍趕到了汜水關前。金節出關迎接，把牛皋喝醉酒後出關與金兵交戰，打死金兵元帥斬著摩利之並打退十萬金兵等事全都講了一遍。他還說，他的妻子有一個妹妹，夜裡做夢夢到一隻黑虎，那隻黑虎應該就是牛皋，他想成全這樁美事，可牛皋卻跑掉了。

岳飛回營後，親自帶著牛皋去總兵府成親。在岳飛的主持下，牛皋與戚賽玉拜了天地成為夫妻。

第二十六回　擊退粘罕

岳飛率領大軍駐紮在藕塘關，防範金兵的進攻。金兵曾幾次來關前挑戰，但都被岳飛打退了。七月十五日那天，金兵沒有來挑戰，岳飛便率領眾將準備食物祭祀鬼神。牛皋嫌軍營裡人太多，就對吉青說：「軍營中有數萬人，那鬼怎麼敢來享用祭品呢？不如我們到山上找一個偏僻的地方祭拜吧？」

吉青覺得牛皋的話有道理，就讓家將抬著果盒來到山上一個偏僻的地方。祭拜過後，他們喝起酒來。喝了一會兒，牛皋想要方便，就來到山坡邊解開褲子對著草叢撒尿。有個人正好躲在草叢裡，牛皋的尿澆在他的頭上，他就縮了一下頭。牛皋看到那個人後，趕緊繫好褲子，把他帶到吉青面前，說：「吉哥，我抓住了一個奸細。」於是，他們就帶著那個人去見岳飛。

岳飛從那個人的衣服和舉止判斷出是金國的奸細，於是假裝喝醉了酒，看了他一眼，對兩邊的衛兵大叫道：「趕緊給他鬆綁。」然後對他說：「張保，我派你去山中送信，你怎麼

躲在山上，還被牛老爺抓了回來？」

那人被嚇得不知道該說什麼好。

岳飛又說道：「我猜一定是你把信給弄丟了，怕我懲罰你，所以才不敢回來？」

那個人為了保住性命，只得說道：「小人該死，請元帥饒命！」

岳飛說：「沒用的東西！我再寫一封，你一定要給我送到。你要是再把信弄丟了，誤了我的事怎麼辦？」於是命人把那個人的腿肚子割開，把信放到他的腿肚子裡，再包好裹腿布。岳飛又叮囑那個人說：「趕緊去吧，一定要把信送到。如果再誤事，我肯定不會饒恕你。」

那個人聽後，便離開了軍營。

牛皋看到那個人走後，不解地問岳飛說：「元帥，那個人明明就是奸細，你怎麼把他認成張保了呢？」

岳飛笑著說：「你不知道，兵法講究出其不意。你把那個奸細殺了，又能怎麼樣？我一直想領兵攻打山東，但又不敢離開，離開的話，如果金兵來攻打藕塘關就麻煩了。因此我將計就計把他放走，讓他做我的奸細。」

之後岳飛就派探子去打探劉豫的消息了。

山東節度使劉豫投靠金國後，被封為魯王，仍然在山東駐守。他仗著有金國撐腰經常殘害百姓，他的二兒子劉猊（ㄋㄧˊ）更是無惡不作。劉猊逼死了孟家莊的孟太公，又逼得孟太公的兒子孟邦傑外出逃難。孟邦傑無法與勢力強大的劉豫父子對抗，他聽說岳飛正在藕塘關抵抗金兵就打算去投奔。在去藕塘關的路上，他遇到了結拜兄弟岳真，並把自己的不幸遭遇和打算投奔岳飛的想法講了出來。岳真本是山寨的首領，在孟邦傑的勸說下，決定帶領手下一萬多人與孟邦傑一起投奔岳飛。

岳真和孟邦傑帶著眾人浩浩蕩蕩向藕塘關而來。湯懷和施全知道他們打算來投靠岳家軍後，就帶著岳真和孟邦傑去見岳飛。

見到岳飛後，孟邦傑把自己不幸的遭遇講了出來，並請求岳飛派兵到山東捉拿劉猊。岳飛聽後，拉著孟邦傑的手說：「劉豫父子雖然投靠了金國，但那金兀朮非常討厭他們父子。我已經用計讓他們互相殘殺，過幾天等探子回來就能知道結果了。」孟邦傑聽後非常感激。

幾天後，探子回報說大金國派金眼駋魔和善字魔里兩位元帥領兵三千，將劉豫一家殺害，只有劉猊逃脫了。岳飛安慰孟邦傑說：「既然劉豫已經死了，賢弟心頭的怨恨也應該消去幾分了。等以後抓住劉猊，你就挖出他的心肝來祭奠你的父親吧！」

金兀朮消滅了劉豫後，派他大哥粘罕率領十萬人馬來攻打藕塘關。粘罕率領大軍在距離藕塘關十里的地方安營紮寨，準備與岳飛一較高下。

當天夜裡，吉青騎著馬打算出營。家將問他要去哪裡，他說：「以前在青龍山時，我因為中計放走了粘罕，受到了大哥的批評。今天他來到這裡紮營，我正好捉住他去見元帥。」說完，他就騎著戰馬衝進粘罕的軍營。金兵抵擋不住，只能四散而逃。他看到中軍大帳中坐著一個身材高大的人，臉色像黃土一樣，身穿大紅的戰袍，頭上戴著雙龍冠，便高興地叫道：「這不是粘罕嗎？」於是催馬向中軍大帳衝去。可是，他剛衝進大帳就跌到了陷阱裡。金兵一擁而上，將他綁到粘罕面前。

粘罕想起當年自己險些死在吉青手裡，便命令把吉青推出去斬首。這時，元帥鐵先文郎說金兀朮曾交代，如果捉住吉青，一定要押解到河間府，由金兀朮親自發落。粘罕想起這件事來，就派金眼郎郎和銀眼郎郎兩位元帥把吉青押送到河間府。

第二天，岳飛得知吉青一夜沒有回營後，就帶領所有將領去闖金軍大營。守營的金兵看到岳飛等人後，不但不上前迎戰，反而閃到一旁讓開大路。岳飛覺得其中有詐，就吩咐眾將分為四路，從敵人的後營攻進去。

金兵沒有想到他們會從後營攻進來，所以一點兒防備也沒有，反倒落入陷阱裡，把陷阱都填滿了。粘罕急忙率領兵將抵抗，但根本無濟於事。他看到形勢危急，趕緊帶著親信逃命去了。

這一仗，岳家軍大獲全勝，不但殺死大量金兵，還搶奪了大批糧草，但並沒有找到吉青。吉青那時候正被押往河間府。半路上，有一位叫張立的好漢看到一隊人馬押著一輛囚車向北走，推測被關押在車裡的是一名宋軍將領。張立是河間節度使張叔夜的大公子，他與弟弟張用到外面避難，後來與弟弟失散，他把身上的錢花光後只能靠乞討度日。他聽說岳飛率領大軍在藕塘山與金兵對峙，就想去投靠岳飛。後來，由於不小心誤闖了為岳家軍押送軍糧的軍隊，他感到非常羞愧，覺得沒臉去見岳飛。他看到那名將領後，突然想到：「我何不將這名宋軍將領救出來，將功贖罪與他一起去見岳元帥呢？」想到這裡，他衝下山去與金兵打了起來。

張立武藝高強，殺死了眾多金兵，金眼郎郎和銀眼郎郎也被他殺死。吉青在張立與金兵交戰時逃出了囚車，搶了一根狼牙棒和一匹馬，追打押解他的金兵。他看到張立穿著一身破爛衣服，以為張立是一個叫花子，所以就沒有理睬。

有些金兵向北逃命去了，吉青在後面緊追不捨，不知不覺來到了一個叫猿鶴山的地方。猿鶴山上有一個山寨，寨中有四名好漢，分別叫諸葛英、公孫郎、劉國紳、陳君佑，他們手下有四千多人。當得知有一隊金兵路過此地後，他們就率領手下下山來截殺金兵，搶奪金兵的糧草。

諸葛英等四人誤以為吉青是金兵將領，就與吉青打了起來。吉青被圍了起來，打也打不過，逃也逃不了，只得拼命與四人周旋。這時，張立趕了過來，他看到吉青快招架不住了，就上來幫助吉青。幾個人打在一起，難分高下。

粘罕被岳飛擊敗後向北逃命，來到了猿鶴山下。粘罕不知道打鬥在一起的是什麼人，還以為宋軍在前面擋住了去路，所以就從小路逃走了。過了一會兒，岳飛率領眾將追擊到猿鶴山下。牛皋和王貴在隊伍前面看到吉青與人交戰，馬上跑過去支援。於是，牛皋、王貴、吉青、張立四人對抗諸葛英等四人，雙方你來我往，打得異常激烈。

岳飛沒有看到逃命的金兵，卻看到吉青等人與別人在一起打鬥，便大喝道：「你們是什麼人，為何在此打鬥，卻把金兵放走？」

諸葛英等四人聽到後，連忙說：「大家先不要動手。」於是八個人都不再打了。

諸葛英問道：「你們是哪一隊兵馬？」

牛皋說：「你眼睛難道瞎了不成，看不到岳元帥的旗號嗎？」

諸葛英這才知道那位元帥就是岳飛，他連忙跪到岳飛面前，說：「小將名叫諸葛英，這是我的三位兄弟，我們在這猿鶴山落草為寇。聽說金兵被擊敗後跑到這裡，我們就來這裡截殺他們。我們看到元帥麾下的這位將軍，把他當成金國將領就廝殺起來，因此冒犯了元帥。」

岳飛說：「各位請起！目前國家正缺少人才，你們不如歸順朝廷，跟隨我抵抗金兵吧！」

他們聽後非常高興，馬上回山寨收拾財物、整頓人馬，追隨了岳飛。

岳飛看到了張立，就問他是什麼人，為什麼幫助吉青與諸葛英等人交戰。張立跪在岳飛面前，哭著講述了自己的身世和悲慘遭遇，還把打算去藕塘關投奔岳飛、解救吉青等事都講了出來。

岳飛聽後，說：「原來你是忠臣的後代啊！你今天立下大功，等我給皇上寫一封奏摺，請求皇上封你官職，跟隨我一起上戰場殺敵吧！」張立聽後不停地謝恩。

岳飛又把吉青叫過來，斥責道：「別人救了你，你怎麼不道謝呢？」吉青連忙向張立道謝。岳飛又對他說：「你沒有獲得本元帥的允許就領兵出戰本該斬首，不過念在你是初犯就從寬處理；如果以後再違抗軍令，我一定不會輕饒你的。」吉青聽後，連忙跪在地上謝恩。

正在這時，諸葛英等人已經率領山寨人馬趕到，岳飛便率領眾將返回藕塘關去了。

第二十七回　糧草失而復得

在擊退粘罕大軍後，岳飛便在藕塘關操練兵馬，準備與金人決一死戰。一天，聖旨傳來，高宗命令岳飛領兵去平定汝南曹成、曹亮叛亂。岳飛知道要去汝南必須經過茶陵關，而那裡已被曹成、曹亮的部隊所佔領，所以就派牛皋率領本部人馬先趕到茶陵關，他率領大軍隨後出發。

牛皋領兵來到茶陵關，安營紮寨後就來到關前挑戰。對方來迎戰的是一員步將，身材高大、臉色烏黑，手拿一根鐵棍作武器。牛皋與那個黑臉大漢交戰，只打了幾十個回合就招架不住，只好退兵三十里紮營，等待岳飛大軍到來。

兩天後，岳飛率領大軍趕到。岳飛問牛皋是否與敵人交戰過，牛皋打了敗仗覺得慚愧就撒謊說：「前天我去關前挑戰，對方一員步將出關迎戰。他不肯報上姓名，也不肯與我交手，我估計是與元帥有什麼仇怨，所以非得等到元帥前來才肯交戰。」

岳飛一聽就知道牛皋又打了敗仗，不過他並沒有揭穿牛皋的謊言。

第二天，岳飛在軍帳中問道：「哪位將軍願意去攻打茶陵關？」

張立站出來，說牛皐描述的那名步兵將領與他的弟弟十分相似，便請求岳飛派他出戰，讓他會會那個人。岳飛答應了他的請求。

張立領兵來到關前挑戰，仔細觀看來將，發現那人正是自己的弟弟張用。張用也認出對方就是自己的哥哥張立。他們也不說話揮棍便打，打了幾個回合後張立假裝不敵對手向前逃去，張用在後面緊緊追趕。來到偏僻的地方，張立才轉過身來與兄弟相認。

張立說：「弟弟，你怎麼會在這裡呢？」

張用答道：「自從與哥哥失散以後，我四處尋找卻一直沒有找到。我無處可去就投靠了曹成，他封我為茶陵關總兵。哥哥不如也歸順曹成，我們兄弟相聚一起享受榮華富貴。」

張立說：「弟弟，你這樣說就錯了。曹成和曹亮是叛國的賊寇，現在高宗在金陵登基，岳元帥手下兵多將廣、糧草充足，早晚會攻破此關。弟弟如果執迷不悟、一意孤行❶，後悔恐怕都來不及了。」

張用說：「那我聽哥哥的，不如我明天假裝失敗，把這關獻給哥哥吧！」

張立聽後高興地說：「我先假裝被你打敗，返回軍營把這件事告訴岳元帥。」說完，兄

---

❶【一意孤行】指不接受別人的勸告，按照自己的主觀想法去做事。

弟二人又來到關前，打鬥幾個回合後張立假裝戰敗，返回軍營去了，張用也收兵進關。

張立回到軍營後，把兄弟相認、張用答應獻關等事詳細地講了出來，岳飛聽後非常高興。第二天，張立又去挑戰，張用領兵迎戰，他們誰也不說話上來就打。打了幾個回合後，張用假裝戰敗向關內逃去，張立在後面追趕。來到關口，張用大聲喊道：「我已經歸順了朝廷獻出此關，你們願意歸降的就站到這邊來。」守關的兵將紛紛表示願意歸降。

岳飛毫不費力地就得到了茶陵關。他領兵進關，派人催促負責運送糧草的謝昆盡快把糧草送來好去搶佔棲梧山。

負責為岳家軍運送糧草的是湖口總兵謝昆，他押送著糧草向茶陵關趕來。走到九宮山時，遇到了一夥強盜。

強盜的首領叫董先，他手下有四個兄弟，分別叫陶進、賈俊、王信、王義，還有五千多手下。一天，探子來報：「大王，岳飛領兵去攻打汝南，有一位總兵運糧到汝南，正好從山下經過。」

董先聽後對四個兄弟說：「我一直打算佔了宋朝江山弄個皇帝當當，遠比在這裡打家劫舍好多了。宋朝只倚仗岳飛一人，如果將岳飛擒獲那就好辦多了。現在他的糧草經過這裡，我們不能輕易放過。」

董先帶著嘍囉衝向謝昆的隊伍，大叫道：「你們把糧草留下，我就放你們走；如果你們不答應，我就要你們的命！」

謝昆騎馬來到董先面前，看到董先身材高大、臉色漆黑、頭戴鐵盔、身穿鎧甲，手裡拿著一把虎頭月牙鏟，謝昆嚇得面如死灰，有氣無力地說：「我是湖口總兵謝昆。岳元帥下令讓我押送糧草去汝南，我聽令行事押送糧草從這裡經過。我已經上了年紀了，根本打不過大王。如果大王搶了糧草，岳元帥肯定會殺了我全家。希望大王發善心放我們過去，我們一定不會忘記您的大恩大德。」

董先仔細一看，見謝昆果然已是鬍子花白，就說：「謝昆，你的確很誠實。好吧，我不搶你的糧草，你就在這裡紮營，然後立即派人去通報岳飛，就說我九宮山鐵面大王董先攔住了他的糧草，讓他親自來到這裡與我交戰。」

謝昆只好按董先所說的做。岳飛知道此事後非常生氣，立即派施全領兵前去奪回糧草。施全來到九宮山進入謝昆的軍營，吃過午飯後就領兵與董先交手。董先看到施全後，大叫道：「你就是岳飛嗎？」

施全回答說：「你們這些小毛賊，根本用不著我們岳元帥親自出馬。我是岳元帥手下的統制施全，奉元帥的命令來此地擒拿你。」

董先聽後氣得火冒三丈，舉起月牙鏟便向施全的頭上打來。施全慌忙舉起手中的戟抵擋，雖然擋住了這一鏟，但他兩條胳膊被震得發麻。董先一連揮出幾鏟，施全根本無法抵擋，只能調轉馬頭逃走。董先在後面追趕，一連追了四五里，最後見施全跑遠了才沒有繼續追下去。

施全敗退的時候看見路上有一個英俊的少年，在十幾名家將的陪同下，正向前走便高聲叫道：「前面那個年輕人，不要再往前走了，前面有強盜。」

年輕人問道：「不知將軍是何人？」

施全答道：「我是岳元帥麾下的統制施全。九宮山的強盜攔住了護糧官謝昆，我奉元帥的命令來到這裡奪回軍糧。可沒想到的是那強盜武藝高強，我打不過他就逃到這裡來了。你們也不要往前走了。」

年輕人說：「多謝將軍的好意。」他又轉頭對家將說：「把我的鎧甲拿過來。」家將聽令，送上鎧甲。年輕人穿上了鎧甲，又拿上一把虎頭槍，看起來威風凜凜。施全覺得他有些本領，就跟著他回來找董先。

施全等人來到九宮山下，那個年輕的公子指名叫董先出來。董先下山來，看到施全帶著一個年輕人來挑戰，大罵道：「施全你怎麼帶一個孩子來送死？這可實在太可笑了。」

年輕人說：「你就是董先嗎？」

董先不屑地說：「既然知道我的名字，為什麼還不快逃命？」

年輕人說：「看你的樣子也像一條好漢，現在朝廷正需要人才，我原本是打算去投奔岳元帥的，你就和我一起去吧！如果你不聽勸，就別怪我不客氣了。」

董先氣憤地說：「你這個小毛孩兒！竟然敢如此猖狂？」說著，他便揮鏜向年輕人打來。

年輕人沉著應戰，幾十個回合後就殺得董先難以招架。董先逃上山去，一邊跑一邊喊兄弟們來幫忙。陶進等四人聽到喊聲後一起衝下山來，他們看到那個年輕人後，不但沒有動手反而慌忙跪在地上，說：「哎呀，原來是

在陶進等人的勸說人，董先決定去投奔岳飛。第二天，他放火燒掉山寨，率領手下一起來到謝昆的軍營，然後一起向茶陵關進發。

公子！」

那位年輕人說道：「你們為什麼會在這裡當強盜？我祖父不是叫你們去投奔岳元帥嗎？」

陶進等人答道：「我們本來是打算去投奔岳元帥的，但是我們經過這裡時被董哥捉住了，還與我們結拜為兄弟，因此我們才會當上強盜。公子怎麼會在這裡？」

年輕人說：「我在半路上遇到了施將軍，他說你們搶了岳元帥的糧草。你們在這裡當強盜，到頭來能有什麼結果呢？你們與董先是結拜兄弟，不如勸說他一起歸順朝廷，跟隨岳元帥一起抵抗金兵。」

原來，那個年輕人是大元帥張所的兒子張憲，陶進等人本來是張元帥的副將。張元帥去世後，他年邁的父親就讓張憲與陶進等人去投奔岳飛。陶進等人先行，結果被董先捉住，在九宮山上做了強盜。張憲安頓好家事後才出門，在路上與施全不期而遇，這才得以見到陶進等人。

在陶進等人的勸說人，董先決定去投奔岳飛。第二天，他放火燒掉山寨，率領手下一起來到謝昆的軍營，然後一起向茶陵關進發。

第二十八回　收服何元慶

岳飛知道糧草十分重要，所以他不僅命令謝昆運送糧草，還派湯懷和孟邦傑運送糧草。湯懷和孟邦傑運送軍糧向茶陵關進發。在路上，他們兩人覺得煩悶，就跑到山上去打野味。他們來到山上，看到一隻鹿在吃草，就搭弓射箭射中了鹿的後背。鹿受傷逃走，他們在後面緊追不捨，追了十幾里後看到鹿被兩個美麗的女子射死。雙方爭吵著說鹿是自己射死的，都不想把鹿讓給對方，結果動起手來。那兩名女將打不過湯懷和孟邦傑，戰敗後逃到了冀鎮總兵樊瑞的家裡，湯、孟二人也追到了那裡。樊瑞知道他們是岳飛手下的將領後，就擺下酒飯招待他們，還說那兩名女將是自己的女兒。看到湯懷和孟邦傑無論人品還是武藝都很出眾，樊瑞便決定把兩個女兒許配給他們二人。湯懷和孟邦傑自然喜不勝收。

這時，謝昆率領運送糧草的隊伍已經來到岳飛的軍營。他和施全把他們在九宮山的遭遇完整地講了一遍，還把張憲、董先等人引薦給岳飛。岳飛喜出望外，命人擺酒席為他們接風。

第二天，岳飛率領大軍前去攻打棲梧山，在離山十里的地方安營紮寨。棲梧山有一名叫

何元慶的將領，他聽說岳飛來挑戰後就下山迎戰。

岳飛看到何元慶身穿金鎖甲、頭戴銀盔、騎著一匹駿馬、手裡拿著一對銀錘，英姿颯爽，便心生收服之意。

何元慶先發話說：「我聽說過你領兵攻打太湖，收服楊虎、余化龍等人之事，你的確是一名文武雙全的將領。其實我早就有意追隨你，只是我有兩員家將不讓我這樣做。」

岳飛說：「你堂堂一員大將，怎麼會聽從家將的話？以後你如何統領大軍呢？」

何元慶提起手中的一對銀錘，向前擺了一下，說：「這就是我的兩個家將，你問一下它們是否願意歸降吧！」

岳飛知道難免一戰，就提起瀝泉槍向何元慶刺來。

何元慶用銀錘擋住了岳飛的槍，說：「岳飛，如果你能捉住我，我就投降；如果你捉不住我，我這銀錘打傷了你可千萬不要悔恨。」

岳飛說：「好！大丈夫一言既出駟馬難追！」說著，他又刺出一槍。

何元慶舉起銀錘抵擋岳飛的槍，於是兩個人展開了一場大戰。由於武藝相當，所以打了很久也沒有分出勝負。何元慶看到天黑了，就用銀錘架住岳飛的槍，說：「天黑了，我們明天再戰。」兩人就各自回營了。

回到軍營後，岳飛對各位將領說何元慶並沒有失敗卻突然收兵，晚上一定會來劫營。於是，他命令湯懷派人在他的大營前挖一個陷阱，命令張顯和孟邦傑派人埋伏在陷阱兩旁，又派牛皋和董先領兵在半路埋伏，阻斷何元慶的退路。岳飛還告誡眾將捉住何元慶後，千萬不能傷害他的性命。湯懷等人按照岳飛的吩咐做好了準備，只等何元慶夜裡來劫營。

當天夜裡，何元慶果然來劫營。他領兵來到岳飛的軍營前，帶頭衝了進去，結果連人帶馬一起跌進了陷阱裡。埋伏在陷阱左右的湯懷和孟邦傑領兵衝出來，把何元慶綁了起來。何元慶手下的士兵看到主帥被擒，一齊下跪求饒。牛皋收服了這些士兵，帶著他們回到軍營。

何元慶用銀錘擋住了岳飛的槍，於是，兩個人展開了一場大戰。由於武藝相當，所以打了很久也沒有分出勝負。

天亮後，張顯和孟邦傑綁著何元慶來見岳飛。何元慶被推到岳飛面前，卻站在那裡，沒有下跪。岳飛站了起來，笑著說：「大丈夫應當說話算話，將軍現在應該歸順朝廷了吧！」

何元慶不服氣地說：「要不是我貪功，怎麼會中你的詭計？要殺就殺吧，我是不會歸順的。」

岳飛說：「那好辦。」說著，他命令手下給何元慶鬆綁，讓何元慶帶上武器和兵馬離開，改天再戰。

何元慶回到山寨後越想越生氣，便努力地思考著打敗岳飛的辦法以報被岳飛擒獲之仇。在何元慶想辦對付岳飛的同時，岳飛也在想辦法讓他歸降。岳飛問張用說：「除了大路外，還有其他路通往棲梧山嗎？」

張用回答說：「後山還有一條小路。不過，那條路被一道溪水攔住了。」

岳飛聽後就命令張用、張顯、王信、王義等人，帶領三千名步兵悄悄地渡過小溪，從棲梧山的後山攻入何元慶寨中，又命阮良、楊虎、耿明初、耿明達等人按照自己的計策行事。

就在這時，何元慶來營前討戰。岳飛出營與何元慶交戰。他們兩個人從早上打到晚上，仍然沒有分出勝負。岳飛看到天已經黑了，就用槍架住何元慶的銀錘，說：「將軍，天已經黑了，你要是喜歡夜戰就讓士兵點上火把，咱們繼續打下去，你要是覺得累就回去好好休息，養足精神明天再打。」

何元慶非常氣憤地說：「岳飛，你不要逞能，看我與你打上三天三夜。」他叫士兵點上火把，繼續與岳飛交戰。雙方各自施展武藝，仍然沒有分出勝負。三更時，棲梧山上突然著起了大火。

岳飛看到後，說：「何元慶，你的山上著火了，你趕緊回去救火吧！」

何元慶回頭看了一眼，發現山上火光沖天，不由大吃一驚，連忙騎馬向山上跑去。他的手下從山上跑下來，對他說張用從後山衝入山寨，一把火把山寨給燒了。他聽後異常憤怒，大罵張用，道：「這個混蛋，我與你往日無冤，近日無仇❶，你為什麼要來搶我的山寨，讓我連安身的地方都沒有。」

他手下的將領說：「我們丟了山寨，前面又有岳飛大軍阻攔，不如回到汝南去把這件事報告給大王，讓大王發兵給我們報仇。」

何元慶覺得有理，就帶領手下向汝南大路而去。走到天亮時，他們來到江邊，何元慶看到江上的大橋被人拆斷了，也沒有船隻送他們過江。這時傳來一聲炮響，一隊小船向他們駛來，楊虎和阮良站在船頭，大喊道：「何將軍，元帥派我們在這裡等你，我們已經等了很久了！你還是歸順朝廷吧！」

❶【往日無冤，近日無仇】過去沒有仇恨現在也沒有怨恨。指彼此一向沒有冤仇。

何元慶不理他們，帶領手下人馬來到了白龍江口。那裡也沒有渡船，而後面岳飛的追兵馬上就到。何元慶焦急萬分，不知道該怎麼辦好。這時，突然有兩隻漁船向他們駛來，何元慶非常高興，連忙叫漁船送他過江。當漁船行駛到江中心時，漁夫把船弄翻，何元慶水性不好被漁夫捉住了。原來，那兩個漁夫是耿明初、耿明達兄弟假扮的。他們聽從岳飛的吩咐，專門在這裡等候何元慶。

耿家兄弟把何元慶綁了起來，送到岳飛面前。岳飛看到何元慶後立即下馬，並命人解開繩子，說道：「這一回將軍還有什麼話說？」

何元慶仍然不服氣。他說：「你接連使用詭計，有什麼好說的！我被你抓了，你要殺就殺吧！不過，我並不服你！」

岳飛說：「那好，你就帶著你的馬匹和銀錘回去吧！等你整頓好兵馬後再來與我交戰。」

何元慶什麼也不說，提起銀錘騎上馬就離開了。

眾將不明白岳飛為什麼要這樣做，岳飛說：「各位賢弟，以前諸葛亮七擒七縱孟獲，才使得南蠻不再叛變。現在我放過何元慶，就是想讓他心甘情願地來投降。」說完後，他又對湯懷說了幾句話，湯懷領命而去。

何元慶離開去，又來到了白龍江口。他想到自己多次被岳飛羞辱，覺得非常氣憤，又想到曹成也會被岳飛打敗，自己無處可去便打算自殺。就在他準備拔劍自殺時，湯懷騎馬趕了過來，大叫道：「岳元帥惦記著何將軍，特地派我來為將軍送行。請將軍稍等片刻，我準備好船隻後，就送將軍過江。」

就在此時，牛皋帶領一隊士兵，提著食物趕了過來。牛皋說：「元帥擔心將軍會感到饑餓，所以特地命我準備一些飯菜和水酒請將軍享用。」

這下何元慶徹底被岳飛的舉動所打動，他哭著說道：「岳元帥如此待我，我怎麼能不歸降呢？」說完後，他就與湯懷、牛皋一起來到岳飛面前，跪在地上表示願意歸降。岳飛非常高興，親自下馬扶他起來。

之後，岳飛便領兵返回茶陵關。他非常器重何元慶，還與何元慶結為兄弟。

第二十九回　金陵失陷

不久，聖旨到來，高宗命岳飛領兵前往洞庭湖平定楊么（ㄧㄠ）叛亂。岳飛得知曹成、曹亮兄弟領兵逃走後，認為他們不足為患❶便率領大軍向湖南進發。來到湖南澶州❷後，岳飛才知道楊么因懼怕自己而逃跑了。

金兀朮聽說岳飛領兵去澶州平定太湖水寇，就與軍師哈迷蚩商議攻佔金陵的計策。哈迷蚩提出兵分五路，讓岳飛來不及救援。金兀朮覺得這個計策好，就派四位兄弟各率領十萬大軍分別攻打湖廣、江西、山東、山西等地，而他則親自率領二十萬大軍去攻打金陵。

駐守金陵的是老將宗澤。他曾多次勸說高宗還都汴梁，以便在那裡發號施令收復失地。可是高宗覺得汴梁離前線太近，一直沒有同意。當得知金兀朮兵分五路侵犯大宋疆土，而岳飛又在湖南平定水寇無法及時救援，宗澤心急如焚❸，導致舊病復發氣絕身亡。在臨死前，他還一直高呼「過河殺賊」。

金兀朮率領大軍長驅直入，很快就來到長江邊上。長江總兵杜充得知金兵到來後，想到

宗澤已經去世，岳飛又在湖南，而朝中一群奸臣根本無力抵抗金國大軍，便向金兀朮投降，將長江防線拱手相讓。杜充的兒子杜吉擔任金陵總兵，杜吉打開了城門放金兀朮大軍進城。如此一來，金兀朮沒費一兵一卒就進入了金陵城。

高宗趙構得知金兵已經進入金陵城後，立即帶領李綱、王淵、趙鼎、沙丙、田思忠、都寬六位大臣倉皇逃走。金兀朮來到皇宮，得知高宗已經逃走就派手下將領守住金陵，他則親自率領人馬去追趕高宗。

高宗等七人逃了幾天，逃到了海鹽縣。路金是海鹽縣的縣令，他聽說高宗逃難到了海鹽縣趕忙出城迎接。路金說，當年水泊梁山的五虎上將之一呼延灼就在海鹽隱居，高宗如果召他前來一定能夠平安無事。

高宗聽後，就派路金去請呼延灼。呼延灼到來不久，就有軍士報告說金兵已經抵達城下。高宗聽後大吃一驚，不知道該怎麼辦好。呼延灼說：「請皇上登上城樓，觀看臣與敵人

---

❶【不足爲患】不構成威脅。

❷【澶（ㄊㄢ）州】唐武德四年（西元六二一年）置澶州，轄澶水、頓丘、觀城等縣，治澶水（濮陽市區西南）。

❸【心急如焚】心裡急得像著火一樣，形容非常著急。焚：燒。

較量。臣如果打敗了敵人，您就在這裡等候勤王的兵將，臣如果無法取勝，就請您立刻離開向臨安而去吧！」

高宗答應了，然後就帶領大臣上了城樓。此時杜充正在城外大叫，讓城內軍民把高宗獻出來。呼延灼騎馬出城，來到杜充面前，大喝道：「你是什麼人，竟然如此放肆？」

杜充答道：「我就是大金國的長江王杜充。你是什麼人？」

呼延灼說：「哦，你就是獻出長江的惡賊嗎？吃我一鞭！」隨即揮起手中的鞭向杜充的腦袋打去。

杜充舉起金刀擋住了呼延灼的鞭。呼延灼又揮起鞭照著杜充的腰打去，把杜充打落馬下，金兵看到主將被殺死紛紛逃走。呼延灼砍下杜充的人頭，回城去見高宗，高宗高興地說：「愛卿勇猛過人，寡人如果能回金陵，一定封你做大官。」

那些逃走的金兵回去向金兀朮報告，杜充在一座城下被一個老頭兒給打死了。金兀朮覺得奇怪，就親自領兵來到海鹽城下。高宗在城上看到金兀朮後，情不自禁地流下淚來，說：「他就是抓走了徽宗和欽宗的金兀朮。我與他仇深似海！」

呼延灼說：「皇上，現在不是傷心的時候，請您派人準備好馬匹，如果臣與他交戰無法取勝，您就前去湖南尋找岳飛，讓他幫您復國。」說完後，他就衝出城去與金兀朮交戰。

金兀朮看到來者是一位威風凜凜的老將便高興地說：「老將軍，你是什麼人，請報上姓名。」

呼延灼答道：「我是梁山泊五虎上將之一的呼延灼。你立即退兵，我饒你不死，否則我一鞭打死你！」

金兀朮說：「我是大金國四太子金兀朮，我早就聽說一百零八人在梁山泊聚義，大家像兄弟一樣親近，而且每個人都有一身本領。當初我還不相信，今天見到將軍才知道這是真的。不過，老將軍忠君愛國，最後還不是落得一個遭奸臣陷害的下場？我勸你還是歸順我，好好享受榮華富貴吧！」

呼延灼異常氣憤地說：「我以前與宋江征伐遼國，用鞭打死了大批遼國大將，如今多打死一個也不算多。」說著，他就舉鞭向金兀朮的頭上打來。

金兀朮連忙舉起金雀斧抵擋住呼延灼的鞭，他們二人打了二十多個回合，仍然沒有分出勝負。金兀朮知道呼延灼武藝高強，要不是年齡太大，自己根本不是他的對手。他們又打了十多個回合，呼延灼畢竟年齡大了，所以逐漸落入下風。他看到形勢對自己不利便催馬向後逃去，金兀朮在後面緊緊追趕。後來，呼延灼的馬在一座年久失修的吊橋前跌倒，呼延灼摔下馬來，金兀朮趕上來揮斧將他砍死。

高宗等人在城上看到呼延灼被殺死，匆忙騎馬沿著海塘逃走了。

金兀朮殺死呼延灼後歎了一口氣，說：「他在梁山上聲名響亮卻被我所殺，是我錯了！」說完後，他吩咐士兵好好安葬呼延灼。進城後，他才得知高宗等君臣八人已經逃走了，便吩咐士兵立即追趕。

宋高宗等人來到海邊，前面已經無路可走，而後面追兵將至。就在這時，海上突然出現一隻小船把他們救走了，他們被帶到了一座山寨裡，海盜的首領是梁山泊的浪子燕青，他命令手下眾人把高宗等人丟到海裡去，高宗等人看著寬闊無邊的大海驚恐不已。這時，幾個漁夫划船經過救了他們，把他們送到了黃州界牌關。他們進入界牌關後走了半天路，來到一個村莊中的一戶人家門前。他們由於過度勞累都想進去好好休息一下，可是李綱發現那裡正是老太師張邦昌的家。

高宗想起張邦昌因陷害岳飛被罷免了官職，知道他一定會懷恨在心。此時，張邦昌的家人在門口看到了高宗等人就進去向張邦昌報告，張邦昌請高宗等人到家裡休息，還說會派人去湖南請岳飛前來保駕。可實際上，他悄悄地去了粘罕的軍營，讓粘罕派人來捉拿高宗。

張邦昌的原配夫人蔣氏是一個心地善良的女人。她得知丈夫的詭計後，便於夜深人靜時悄悄地來給高宗等人送信，讓他們從花園翻牆逃走。高宗等人離開後，她便在一棵大樹上上吊自殺了。粘罕派了三千名士兵跟隨張邦昌來抓高宗，卻發現高宗等人已經逃走，蔣氏吊死在一棵大樹上。張邦昌非常氣憤，把蔣氏的腦袋砍了下來向粘罕請罪。粘罕認為高宗等人跑不遠，就派張邦昌領路追趕。

高宗等人逃了大半夜，終於走上了一條大路，卻遇到了王鐸和他的手下。王鐸本來是要去找張邦昌商量投靠金國的。他看到高宗等人後，裝出一副非常高興的樣子，邀請高宗去家裡休息，還說會派人把高宗送到湖南，讓他與岳飛相會。李綱知道王鐸也不是好人，便暗示高宗不要去。可是，高宗還是接受了王鐸的邀請。

高宗君臣來到王鐸家裡後，王鐸立刻派人將他們綁了起來關押在後花園裡，然後去向粘罕報信。王鐸的大兒子王孝如知道此事後，覺得父親的做法有違君臣之道便釋放了高宗等人，然後自殺而死。

王鐸見到粘罕和張邦昌後，說他已經將高宗等人囚禁。粘罕聽後非常高興就跟隨王鐸來到他的家中，卻沒有找到人，王鐸的家人說高宗等人已經被公子放走了。粘罕非常生氣，下令抄了王鐸的家、燒毀了房屋，讓王鐸與張邦昌帶路去追趕高宗等人。

高宗君臣逃到了一座高山下，打算翻過山去。這時，粘罕的追兵來到山下並發現了他們，粘罕立即命令士兵爬上山去把高宗等人抓回來。高宗等人爬到了半山腰，看到下面有大量金兵追趕嚇得魂不附體。就在這個時候下起一場大雨，那些金兵都穿著皮靴子，皮靴子遇水後變得特別滑，所以紛紛摔下山去。粘罕看到雨下個不停，就下令將那座山圍起來，打算等雨停後再上山抓人。

高宗等人冒著大雨爬到了山頂，看到一座靈官廟就進殿避雨休息。

第三十回　牛皋獨闖金營

金陵失守的消息很快就傳到了潭州。岳飛得知金陵失守、高宗率領大臣出逃後急得氣血上湧，他大喊道：「皇上，你要我們這些臣子有什麼用！」說著就拔出寶劍要自殺。張憲和施全連忙抱住，勸說道：「元帥這樣說就不對了！皇上在外逃難，您應該去保護聖駕，怎麼能夠自殺呢？」

在眾人的勸說下，岳飛冷靜了下來，立即派人去打探高宗的下落。諸葛英等人推測出高宗可能在牛頭山一帶，岳飛立即派牛皋率領五千人馬去那裡打探。

牛皋領命飛速向牛頭山進發，就在高宗等人爬山遇雨時來到了牛頭山下。得知金兵圍山後，牛皋認為高宗等人就在山上，於是領兵上了山。

高宗等人躲在靈官廟內偷偷觀看，發現來者是牛皋後，大叫道：「牛將軍，快來護駕！」

牛皋進殿來到高宗面前，跪在地上說：「岳元帥得知皇上出走之事險些自殺。他推測皇

上可能在這裡，就派我來保護皇上。」他把隨身攜帶的乾糧拿給高宗吃，還吩咐士兵守住上山的主要道路。

雨停之後，圍山的金兵想要上山抓高宗，卻發現宋軍把守著上山的道路，於是趕緊報告給粘罕。粘罕知道自己兵力不足無法攻山，所以就一面派人催促大軍趕快前來，一面派人通知金兀朮領兵來支援。

牛皋派人把高宗在牛頭山的消息報告給岳飛，請岳飛率領大軍來救駕。岳飛得到消息後，飛速趕到了牛頭山。牛皋帶領岳飛來到靈官殿拜見高宗。岳飛說：「微臣沒有保護好聖駕，實在罪該萬死。」

高宗哭著說：「奸臣導致國家動亂，不關愛卿的事。」眾位大臣趕緊扶著高宗去裡屋休息。這時，張保進來稟告岳飛說：「抓住一個奸細，請元帥發落。」

岳飛便下令把奸細帶上來。原來，那個奸細是一個年輕的道童，在山上的玉虛宮修行，他師父聽說有兵馬來到這裡就派他來打探。岳飛詢問他玉虛宮有多大，他說那裡有三十六個房間。岳飛聽後，便對吩咐他回去收拾出幾間房間以供高宗休息。

道童離開後，岳飛用拉糧的車子載著高宗來到玉虛宮。宮裡的道士聽說皇上要來都到門口迎接。岳飛請高宗進去，為他換了一身乾淨的衣服，讓他好好休息。岳飛救駕有功，高宗便封岳飛為「武昌開國公少保統屬文武兵部尚書都督大元帥」，牛皋等將領也都獲得封賞。

安頓好高宗後，岳飛便想著如何擊敗山下的金兵，保護高宗返回京城。

一天，岳飛把各位將領召集到中軍大帳，對他們說：「現在兩軍交戰，糧草非常重要，可是金兵駐紮在山下擋住了去路。哪一位膽大的將軍敢去相州催糧呢？」

牛皋上前說道：「末將願意去催糧。」

岳飛看了牛皋一眼，問道：「憑你的本事，怎麼能夠闖過金兵軍營呢？」

牛皋回答說：「這些毛賊有什麼好怕的？元帥，我如果闖不出金兵的軍營，情願獻上項上人頭。」

岳飛聽後說：「那好，這是文書和令箭，你路上多加小心。」

牛皋領命出營，騎著馬來到金兵的軍營前，大叫道：「老爺要去催糧，你們趕緊給我讓路！」隨即揮動雙鐧，看見金兵就打。金兵連忙向粘罕報告。粘罕氣得火冒三丈，上馬來與牛皋交戰。牛皋異常勇猛，打得粘罕難以招架，之後便衝出了金兵的軍營前往相州而去。

岳飛在山上聽說有四隊金兵趕來支援，心想：「牛皋雖然已經衝出了金兵大營，但他怎麼把糧草運到山上來呢？」這個問題讓他傷透了腦筋。

牛皋很快就趕到了相州，拜見了相州節度使劉光世，遞上了文書。劉光世派人準備好糧草，並派三千名士兵護送。牛皋帶著糧草往回趕，在半路上遇到大雨，就命令士兵將糧車推到一個大殿裡避雨。那殿是汝南王鄭恩的後代鄭懷的產業。鄭懷聽說有一隊兵馬佔了他的大殿後，就帶領手下前來並與牛皋廝殺在一起。他武藝高強，幾回合就把牛皋抓住了。當得知牛皋奉岳飛的命令要把糧草押到牛頭山後，鄭懷連忙道歉，並提出要與牛皋一起上山保駕。牛皋非常高興就與他結為了兄弟，一起護送糧草向牛頭山而去。

走了不久，他們在一座山前遇到一個年輕的將軍率領一群手下來搶糧。鄭懷與他交戰，雙方打了三十多個回合也沒有分出勝負。牛皋非常欣賞那個年輕人的武藝，就對他說：「我是岳元帥手下大將牛皋。小兄弟，我看你年紀輕輕卻有一身好武藝，為什麼要做強盜而不為朝廷效力呢？」

那個少年聽後大吃一驚，連忙下馬說：「原來是牛將軍！我是東正王的後人張奎，因為朝廷裡奸臣當道不願意做官，所以在這裡做了強盜。」

牛皋聽後，便讓他一起押送軍糧。張奎便與牛皋、鄭懷結為兄弟，一起護送糧草去牛頭山。

走了一天後，牛皋等人又被一隊人馬攔住了去路，為首的是一員年輕將領，身穿黃金打造的鎧甲，頭戴黃金打造的頭盔，手中提著一柄虎頭槍。他武藝高強，牛皋、鄭懷、張奎三個人一起上也不是他的對手。打了一會兒，那個小將停了下來，說：「我是開平王之子高寵，奉母親的命令趕往牛頭山保駕，正好遇到了幾位哥哥就向哥哥們展示一下武藝。」

牛皋聽後非常高興，便與他合兵一處，護送糧草向牛頭山而去。

牛皋等人又走了幾天，終於來到了牛頭山下。此時金兀朮已經率領大軍趕到，六十七萬金兵把牛頭山圍得水洩不通。牛皋便命高寵在前開路，命鄭懷和張奎一個在左、一個在右，他自己押後，衝入了金兵大營，成功地把糧草送到山上。

岳飛知道牛皋帶糧草上山後非常高興。牛皋把三位兄弟引薦給岳飛，岳飛問清了他們的身世後就帶著他們去見高宗，高宗封他們三人為統制。

第二天，岳飛召集眾將到大帳議事。他說：「現在糧草雖然已經到了，但金兵把我們圍了起來，我擔心糧草用完無法及時得到補給，所以我們必須將金兵殺退，保護皇上返回京城。哪位將軍有膽量去金兵大營送戰書呢？」

牛皋站出來說道：「末將願意前去。」

岳飛便讓張保給他換了衣服。牛皋向岳飛告辭後出了軍營，眾兄弟都出營來送牛皋，並告誡牛皋一定要小心，千萬不能亂說話。牛皋說：「各位哥哥，小弟自會隨機應變。我只有一件事要拜託各位，如果我有什麼不測，希望各位看在結拜的份上，好好照顧這三個小兄弟。」

眾兄弟聽後，熱淚盈眶地說：「這是我們應該做的，希望你能平安歸來。」說完後便回山去了。

牛皋擦乾眼淚，獨自下山去了，他自言自語道：「如果被金人看見了，還以為我貪生怕死呢！」他又看了看自己的衣服，覺得自己就像城隍廟裡的判官。過了一會兒，他就來到了金兵的軍營前。

金兀朮聽說牛皋來送戰書了，便下令讓他進營。

牛皋走進軍帳，來到金兀朮面前，說：「請下來行禮。」

金兀朮聽後，非常氣憤地說：「我是大金國的皇子，還是昌平王，你見我應該叩頭行禮，怎麼能讓我向你行禮呢？」

牛皋說：「我今天是奉天子的聖旨和岳元帥的將令來給你送戰書的。我是天子的使臣，咱們應該按照客人和主人的禮儀相見，我怎麼能向你行禮呢？再者說，我牛皋並不怕死，如果怕死也就不會到這裡來了。」

金兀朮說：「如此說來，倒是我錯了。真看不出來，原來你是一個不怕死的英雄。好，我現在就下去向你行禮。」

牛皋說：「好啊！這樣做才是英雄所為。下次在戰場上遇到你，一定要與你多打幾回合。」

金兀朮說：「牛將軍，我和你行禮了。」

牛皋回覆道：「末將也向你行禮了。」

金兀朮接過戰書，仔細看了一遍，在戰書後面寫上「三天後決戰」，交還給牛皋。

牛皋收好戰書，說：「我難得到這裡來，你應該好好款待我。」

牛皋說：「我今天是奉天子的聖旨和岳元帥的將令來給你送戰書的。我是天子的使臣，咱們應該按照客人和主人的禮儀相見，我怎麼能向你行禮呢？」

金兀朮說：「的確應該。」便吩咐軍官帶著牛皋去享用酒飯。

牛皋毫不客氣，大塊吃肉、大碗喝酒，直喝得大醉才騎馬回營。眾兄弟看到牛皋回來都非常高興，說：「辛苦了，牛兄弟。」

牛皋回答說：「不辛苦。金兀朮請我喝酒吃飯，我吃不下飯，只喝了幾杯酒。」說完後，他就來到岳飛的軍帳把戰書交給岳飛。岳飛看到牛皋平安返回異常高興，還給他記上一功。

第三十一回　高寵殞命

一天後，金兀朮親自率領大軍來到山前向岳飛挑戰。岳飛安排各將領把守各條要道，布置大量的檑木❶和炮石，又吩咐鄭懷專門管理鳴金的士兵，張奎專門管理叫陣的士兵，高寵掌管三軍大旗，而他自己則騎著馬、提著瀝泉槍，在張保和王橫的護衛下下山與金兀朮交戰。

金兀朮拍馬向前，對岳飛說：「岳飛，如今山西、山東、湖廣、江西都已經被我大金國佔領。你們君臣兵力不到十萬，被我大軍困在這裡，我估計你們糧草不足，根本就逃不出去。依我看，你不如將高宗獻出來，並歸順於我，我還會封你為王，你覺得怎麼樣？」

岳飛大聲呵斥道：「金兀朮！你們這些人實在太可惡了！你們把徽宗和欽宗囚禁在沙漠，還來到湖廣追殺高宗。本元帥兵力雖然不足，但我手下的士兵個個英勇，不將你們殺光，我是不會撤退的。」隨即大吼一聲，舉起瀝泉槍刺向金兀朮。

---

❶【檑木】古代打仗時從高處推下打擊敵人的大木頭。

金兀朮揮舞金雀斧迎戰，雙方大戰了十幾個回合難分勝負。這時，金兵大聲呼喊著向牛頭山上衝去，被守山的岳家軍將領擋住。岳飛雖然武藝高於金兀朮，但他擔心金兵衝上山去會驚動高宗聖駕，所以不敢繼續與金兀朮交戰。他擋開金雀斧，虛晃一槍就退回到山上去了。

張奎看到岳飛回山，立即鳴金收兵。負責掌管三軍大旗的高寵看到岳飛撤退後，暗暗想道：「元帥只和金兀朮打了幾個回合，為什麼這麼快就回山了呢？一定是金兀朮武藝高強，元帥打不過他。既然如此，讓我去會會他。」說著，他把大旗交給張奎就騎馬衝下山去。

高寵看到金兀朮正騎馬向山上衝來，便一槍朝金兀朮的腦袋刺去，金兀朮連忙抬起金雀斧抵擋。不過，由於高寵的槍實在太重，他的金雀斧並沒有抵擋住，只得低頭躲避，結果頭盔被高寵的槍挑落了，金兀朮嚇得調轉馬頭就向金兵大營逃去。

高寵在後面緊追不捨，跟隨金兀朮進了金兵大營。他揮舞長槍連挑帶刺殺得性起，在金國軍營裡來回穿梭，無人能擋，直殺得金兵四處逃竄。到了下午，高寵從金兵大營裡衝出來打算回山。這時，他看到西南角有一座軍營，便認為那是金兵囤糧的地方，他打算一把火把金兵的糧草燒毀，所以就衝了過去。

為了抵擋住高寵，金兵將「鐵華車」推了出去。高寵沒有見過這種戰車，所以覺得有些奇怪，但他自恃武藝高強，根本沒有把這些戰車放在眼裡。他用槍一挑，就把一輛「鐵華車」挑過頭頂，扔到一旁去。後面又有十輛車向他衝來，他如法炮製❷，用槍將那十輛車挑走。當第十二輛「鐵華車」衝過來時，高寵還想用槍挑，不過他所騎的馬由於過於疲憊蹲了下來，把他掀翻到地上，「鐵華車」便從他的身體上碾了過去，把他給活活碾死了。高寵死後，金兀朮派人把他的屍體懸掛在軍營前。

這時，岳飛正在打聽高寵的下落。牛皋看到金兵大營前吊起一具屍體，便立即騎馬向山下衝去。岳飛看到已經無法阻擊牛皋，連忙派張用、張保、張立、王橫四人趕去支援牛皋，又命董先、張憲、余化龍、何元慶四人前去接應。

牛皋騎馬來到金軍營前，有一些金兵衝上前，牛皋二話不說揮起雙鐧就打。牛皋一直殺到吊著高寵屍體的木樁前，拔出劍砍斷繩子，牛皋看到屍體的慘狀，一時悲傷過度，跌下馬來。金兵正準備上前捉拿牛皋，張用等八人適時趕到將金兵殺退。張立和張用在前後抵擋金兵，王橫把牛皋扶上馬，張保把高寵的屍體搬到自己的馬背上，然後就向山上衝去。何元慶和余化龍負責殿後，將追擊的金兵殺退。

金兀朮得知牛皋等人來搶高寵的屍體後，急忙領兵趕來，等他趕到時，牛皋等已經上山了。金兀朮感慨道：「這些宋朝人太講義氣，而且膽子也太大了。」

---

❷【如法炮製】本來指按照一定的方法製作中藥，後來比喻照著現成的樣子做。

牛皋回到山上後不停地大哭，在場的人看到牛皋傷心的樣子無不感到難過。岳飛擔心牛皋傷心過度，就命湯懷住在他的軍帳中多勸一勸他。

金國大軍雖然把牛頭山團團圍住，但岳飛精通兵法，而且手下將領個個勇猛，所以雙方一時之間都無法擊敗對方。

一天，金兀朮正在大帳中發愁如何擊敗岳飛，坐在一旁的軍師哈迷蚩說：「我想出一條捉拿岳飛的妙計，不知道四太子是想要活的還

這時，他看到西南角有一座軍營，便認為那是金兵囤糧的地方，他打算一把火把金兵的糧草燒毀，所以就衝了過去。

是想要死的？」

金兀朮以為軍師在故意戲弄他，所以有些生氣地說：「你怎麼淨說夢話！前兩天我想捉他兩個小兵，你說如果能夠成功，那麼牛頭山早就被我們攻下了。連兩個小兵都抓不回來，又怎麼能夠抓住岳飛呢？你簡直是胡說八道。」

哈迷蚩說：「上山抓宋軍的小兵的確很困難，要抓岳飛則另當別論。我有一個計策，就算岳飛有再大的本領也逃不出我的手掌心。」

金兀朮趕忙說道：「快快講來。」

哈迷蚩說：「臣聽說，岳飛從小就失去了父親，是他母親一手把他養大的，所以他對他母親極為孝順。他的母親姚氏和家人就居住在湯陰縣。現今我們在這裡對峙，他根本不會想到我們會對他的親人下手。我們派人悄悄地把他的親人抓來逼迫他投降，他除了投降之外別無選擇。這不就是活的嗎？如果想要死的，我們就把他的親人送到大金國去，他一定會憂傷而死。所以說他的生死完全掌握在我們手裡。」

金兀朮聽後非常高興，立即派元帥薛禮花豹和牙將張兆奴率領五千士兵去湯陰縣捉拿岳飛的親人。金兀朮叮囑他們只許抓活的，不許傷人性命。薛禮花豹和張兆奴領命，領兵向湯陰縣而去。

第三十二回　岳雲投軍

轉眼間，岳飛的大兒子岳雲已經十二歲了，不僅相貌英俊瀟灑，而且非常聰明。岳雲十分好學，他找出父親留下來的讀書筆記和兵書細心研讀，讀書之餘就練習武藝。

岳雲還常帶著家將去看相州節度使劉光世操練兵馬，有時候也去郊外打獵。有一天，他瞞著姚氏和李氏，帶著兩名家將去城外散心。當時正值盛夏，傾盆大雨不期而至，他便帶著家將去一座古廟避雨。在古廟裡，他覺得有些睏就睡了一覺並做了一個夢。在夢中，他看到兩名將軍在舞錘，他們的錘法非常高明，他看到後不禁大聲叫好。那兩名將軍聽到喝采聲後就停了下來，問他是什麼人。當得知他是岳飛的兒子後，便決定把錘法傳授給他。岳雲夢醒後回到家中，就讓家將打造兩柄銀錘，每天都按照夢中兩位將軍傳授他的錘法練習。

一年後，岳雲已經十三歲了。有一天，姚氏突然對他說：「雲兒，你都長這麼大了，相州節度使劉光世大人在你父親尚未做官時就非常照顧我們家，現在經常讓你去他的軍營接受訓練，還教你很多知識，你應該去好好謝謝人家。」

岳雲答道：「我今天就帶著禮物去向劉大人致謝。」說完後，他又來到母親房中，把這件事說給母親聽，之後就帶著四名家將進城了。他在路上暗暗想道：「我父親在外征戰，我想去幫助他，卻不知道他在哪裡；這次去拜見劉大人，正好去打聽一下父親的消息。」

他們主僕五人很快就來到了劉光世的軍營。岳雲見到劉光世後非常客氣地說：「祖母讓我來給劉大人問好。」

劉光世說：「多謝老夫人。公子回家後代我問候老夫人，並告訴她老人家我改天再去拜訪。」

岳雲說：「多謝大人！侄兒想請問大人，我的父親最近在什麼地方？」

劉光世想起姚氏曾囑咐他不要把岳飛的行蹤告訴岳雲，所以就隨口回答說：「你父親自從進京後就沒有給我寫過信，所以我不知道他是在京城，還是被派到其他地方征戰去了。等我得到消息再告訴你吧！」

聽到劉大人這樣說，岳雲便告辭了。走到門口時，他的一名家將對守門人說：「這面鼓怎麼破了？」

那個守門人回答說：「你不知道，你們家岳老爺在牛頭山保護皇上，他派牛將軍來催糧，牛將軍是個急性子，他擔心耽誤了期限，便提起鞭子來擊鼓就把這面鼓給打破了。」

岳雲聽到了這些話，得知父親在牛頭山。他心裡十分高興，出城回到了家裡。

姚氏問他：「你去見劉大人，他都說了什麼話？」

岳雲答道：「劉大人說，我父親在牛頭山保護皇上，我不去幫忙，只知道在家裡享樂。」

姚氏說：「胡說！趕緊去書房讀書。」她喝退了孫子，對李氏說：「劉大人為什麼要對孫兒說這些話啊！孫兒既然已經知道了他父親在牛頭山，很有可能會瞞著咱們去找他父親，咱們一定要把他看好。」

李氏答道：「娘說得對，咱們要好好看管他。」

第二天，家將突然來報告，說有大量金兵到來要捉拿岳飛的家人。姚氏和李氏都非常驚慌，不知道該怎麼辦好。這時，岳雲說：「祖母，母親，你們不用擔心，有我在。」

姚氏說：「你小小年紀不知道天高地厚，怎麼能說出這樣的大話來？」

岳雲說：「祖母，您就放心吧，我不會讓您失望的。」說著，他穿上鎧甲、戴上頭盔、提起雙錘，帶領一百多名家將去路上阻攔金兵。

岳雲看到金兵後，大聲呵斥道：「你們是不是去岳家莊？小將軍在此，趕緊把你們的主帥叫來受死！」

薛禮花豹看到岳雲只是一個孩子，便非常輕蔑地說：「你是什麼人？」

岳雲回答說：「我就是岳元帥的大公子岳雲。你們為什麼要到這裡來送死？」

薛禮花豹說：「我奉金國四太子之命來抓你們。」

岳雲大叫一聲，說：「先吃我一鎚！」說著便舉起雙鎚向薛禮花豹頭上打去。

薛禮花豹沒有提防，被岳雲一鎚打下馬來。張兆奴大吃一驚，提著宣花斧向岳雲頭上砍去。岳雲舉鎚架開宣花斧，一鎚打向張兆奴的頭頂，張兆奴躲避不及，腦袋被打得粉碎。那些金兵看到主帥被殺死，紛紛轉身向後逃去。岳雲追上前去，揮動雙鎚打死了眾多金兵。這時，劉光世節度使也率領人馬趕到。原來，他聽說金兵要捉岳飛的親屬，便立即率領兵馬趕來救援。金兵遭到前後夾擊，最後全部被殺死。

劉光世隨後跟著岳雲回家，給岳老夫人請安。這次如果不是岳雲英勇，岳飛的家人恐怕已經被金兵抓走了，他頓時感到非常自責。因此，決定派軍隊小心地保護岳飛的家人。

劉光世離開後，岳雲對姚氏說：「祖母，我要去牛頭山幫助父親殺敵，希望您不要阻攔。」

姚氏看岳雲年紀太小，不想讓他去，便說：「你再等幾天，等我派人把你的衣服收拾好，我就派家將帶你去。」

岳雲早就想去牛頭山幫助父親，他擔心幾天後姚氏仍不放他走，所以就留下一封信，悄悄地離開了岳家莊。第二天，家裡的僕人發現岳雲不見了，就把那封信拿給姚氏看。姚氏看過信後，知道孫子的心意已決，所以連忙派了幾個家將，帶著行李和盤纏向牛頭山方向追去。

走了十幾里後，岳雲發現自己的馬由於過度勞累，已經變瘦而不堪使用了。他知道去牛頭山還有很長一段路要走，沒有一匹好馬需要很長一段時間才能趕到那裡。就在他為此事而苦惱時，他發現樹林中拴著一匹赤兔寶馬，那匹馬的主人是與他年紀相仿的一個孩子，岳雲為了得到那匹馬，與那個孩子大戰了數百個回合，直到天黑都沒有分出勝負。後來，那個孩子回家了，岳雲無處可去，只好在樹林裡過夜。一個叫陳葵的員外從樹林經過，看到了岳雲。岳雲把自己的身世和白天的經歷講了出來。陳葵聽後，把岳雲帶到自己家中，還派人把那個孩子叫了過來。原來那孩子是他的外甥，名叫關鈴，是梁山泊大刀關勝的後代。關鈴十分佩服岳雲的功夫，不但與岳雲結拜，還把自己的赤兔寶馬送給了岳雲。

第二天，岳雲辭別了陳葵和關鈴繼續趕路。到了下午，他來到一座山前，不小心跌進強盜們挖下的陷阱。強盜們正要用鉤子來捉岳雲，只見岳雲大吼一聲，雙腿用力在馬肚子上一夾，那匹馬一下子就從陷阱中跳了出來。岳雲揮動雙錘擋住強盜們的鉤子，拍馬揚長而去。

原來，那夥強盜的首領正是山東節度使劉豫的兒子劉猊。金兀朮中了岳飛的反間計，派人將劉豫一家人處死，劉猊因為外出打獵逃過了劫難。此後，劉猊便帶領家將落草為寇，做盡了壞事。劉猊非常喜歡岳雲所騎的赤兔馬，為了奪得那匹馬，他就率領手下一夥強盜去追岳雲。

岳雲騎著赤兔馬一路狂奔，傍晚時來到了鞏家莊，並決定在那裡借宿一晚。劉猊等人一路追來，追到了鞏家莊。他想道：「我早就想搶走鞏家小姐做押寨夫人，現在既然來到了這裡，就直接打進去吧！」於是就率領手下攻了進去。

鞏家莊莊主鞏致得知有強盜攻進莊來，慌忙組織家丁抵抗。岳雲知道有強盜來搗亂，便提著雙錘前去支援。他看到強盜後，二話不說掄起錘就打，一錘就把劉猊給打死了。那些強盜看到首領被打死，紛紛逃跑。

鞏致非常感激岳雲的救命之恩，當得知岳雲就是岳飛的兒子後，他更加高興了。他的夫人看到岳雲長得一表人才，便打算把自己的女兒許配給岳雲。岳雲以婚姻大事須由父母作主為由，不肯答應。

鞏致是一個十分精明的人，他就讓岳雲留下一件信物，等徵求父母同意後再來迎娶自己的女兒。岳雲把祖母讓他壓驚用的十二文金太平錢取出來當作定情信物，並保證天下太平後就來迎娶鞏小姐。

第二天，岳雲向鞏員外一家道別，繼續向牛頭山而去。

第三十三回　重逢

岳飛在牛頭山雖然多次擊退金軍的進攻，但他知道金軍已將牛頭山團團圍住，山上的糧草總有吃完的一天，到時候情況就會非常不利，所以他想盡快瓦解金國大軍，保護高宗返回京城。

八月十五中秋節那天，住在牛頭山玉虛宮內的高宗覺得心中煩悶，便讓太師李綱陪他下山看月色解悶，陶進、諸葛英等人紛紛阻攔，但沒有攔住。高宗和李綱一邊看著山下金兵的軍營，一邊大罵金兀朮。沒想到金兀朮和軍師哈迷蚩就在他們附近。金兀朮派哈迷蚩回營率領大軍攻山，而他自己則去捉高宗。

高宗和李綱看到金兀朮後嚇得魂飛魄散，連忙騎馬向山上跑去。金兀朮在後面緊緊追趕。張憲知道高宗遇險後，騎上岳飛的馬趕去救駕。他用槍刺傷了金兀朮的耳朵，金兀朮打不過他，只好向金兵大營逃去。張憲一路追趕，衝進金兵大營殺死了很多金兵。

當天晚上，牛皋去高寵的墳前祭拜，他隱約聽到打殺聲，便提起雙鐧騎上馬衝向金兵大

營。金兀朮得知牛皋來犯後，非常氣憤地說：「牛皋也來欺負我？」說著，他便騎馬來迎戰牛皋。看到金兀朮後，牛皋心裡一陣慌亂，這時他隱約聽到耳邊有人說：「牛大哥，小弟來幫你，你不必擔心。」他於是放心地揮鐧向金兀朮打去，打中了金兀朮的肩膀。金兀朮疼痛難忍，調轉馬頭逃走了。那些金兵見狀，迅速把牛皋包圍起來。牛皋奮勇殺敵，殺得胳膊都快抬不起來了。

當牛皋被金兵包圍快要招架不住了的時候，岳雲剛好趕到牛頭山，他衝入金營看到金兵舉錘就打，打得金兵毫無還手之力。金兀朮聽說有一個小孩子衝入軍營，提起斧子來與岳雲交戰。岳雲武藝高強，一錘打在金兀朮肚子上，金兀朮差點從馬上跌下去。金兀朮見打不過岳雲，只好逃走。岳雲並沒有追趕他，而是直接向前衝去，一路上殺死大量金兵。來到前營，他看到牛皋被金兵包圍，便立即衝過去將金兵打散。牛皋不知是岳雲，舉起鐧就向岳雲打去。岳雲大喊道：「牛叔叔，別動手，我是岳雲。」牛皋這才認出岳雲，兩人一起殺出了金兵大營回山去了。

牛皋來到岳飛的軍帳，對岳飛說：「小將得知侄兒殺入金兵大營，所以下山營救，現在侄兒正在營外。」岳飛下令讓岳雲進營相見。岳雲進營後，跪下來向岳飛叩頭。

岳飛問道：「你不在家裡好好讀書，到這裡來做什麼？」

岳雲便把金兵去家裡抓人，他將金兵殺退這件事講了出來。之後，他又把一路的遭遇詳細地講了一遍。岳飛聽後，便命他去後營休息。

第二天，岳飛吩咐張保為岳雲準備馬匹和乾糧，對岳雲說：「你去金門鎮傳光總兵那裡送信，讓他馬上發兵支援牛頭山，保護皇上返回金陵。這是一件非常重要的事，一定不能耽誤日期。還有，你路上要多加小心。」

岳雲領命，騎上赤兔馬、提起銀錘離開了軍營。他想：「此事十分緊急，為了節省時間，不如我從粘罕的軍營殺出去。」想到這裡，他騎馬來到粘罕的軍營前，大叫一聲：「小將軍來闖營了。」說著，他揮舞雙錘衝進粘罕的軍營，上前抵擋的金兵非死即傷。粘罕得知岳雲來闖營後，立即拿起武器，騎上馬來迎戰。他看到岳雲後，大叫道：「小子休得猖狂！」隨即舉起流星錘向岳雲打來。岳雲左手舉錘抵擋粘罕的錘，右手揮錘向粘罕打去，打在粘罕的左胳膊上。粘罕大叫道：「不好！」忍著疼痛逃走了。岳雲沒有追趕，繼續向前殺去，殺出金兵大營後飛速趕往金門鎮。

幾天後，岳雲趕到了金門鎮，去衙門拜見總兵傅光把書信呈上。傅總兵看到書信後，對岳雲說：「請公子在這裡暫住一宿，明天再回去。我這就調兵遣將去牛頭山保護皇上。」

第二天一大早，傅總兵就送岳雲上路，然後趕到教場整頓兵馬。他突然聽到營外有人吵鬧，就派士兵出去查看。過了一會兒，那個士兵回來說：「軍營外有一個乞丐，他想進營來觀看被我們攔住，他就亂打起來。」

傅總兵聽後，下令將那名乞丐帶進來。傅總兵看到他身材魁梧、面露凶光，問道：「你為何在軍營外吵鬧？」

乞丐回答說：「小人不敢吵鬧，只是想進來看看老爺任命哪個人做先鋒。軍士們阻攔小人，不讓小人進來，於是與他們爭論起來。」

傅總兵便吩咐手下把他的大刀拿來，讓那個乞丐展示一下武藝。乞丐接過刀後，飛快地舞動起來。傅總兵暗暗想道：「我這把刀重五十多斤，他舞動起來彷彿沒有重量一般，看來他有一身力氣啊！」

乞丐舞完刀後，傅總兵非常高興，問他叫什麼名字。乞丐回答說：「小人叫狄雷，是平西王狄青的後代。」

傅總兵聽後高興地說道：「我看你武藝高強，就封你為先鋒領兵去牛頭山救駕，等你立下戰功另有封賞。」

狄雷領命，挑選好兵馬後就向牛頭山而去。

第三十四回　將功贖罪

粘罕被岳雲打傷後回到軍帳中，對眾將說：「岳飛的兒子居然這麼厲害，實在讓人想不到。前些天，薛禮花豹元帥領兵去捉拿岳飛的親人，我猜測他已經被岳飛的兒子殺死了。」就在這時，有士兵前來稟報，說二殿下完顏金彈子在營外等候。完顏金彈子是粘罕的二兒子，他雖然年紀輕輕，但武藝高強、異常勇猛。

粘罕非常高興，立即讓他進來，並領著他去拜見金兀朮。完顏金彈子對金兀朮說：「四叔，你們來中原這麼久了，為什麼還沒有捉住岳飛和高宗，導致皇上爺爺經常惦記？」

金兀朮回答說，岳飛武藝高強而且精通兵法，他手下的將士個個勇猛，所以才沒有捉住他和趙構。

完顏金彈子非常不屑地說：「四叔，現在離天黑還有一段時間呢，我去捉了那個岳飛，回來再喝酒吃飯吧！」

金兀朮暗暗想道：「他還不知道岳家軍的厲害，讓他出去見識一下也好。」於是命令完

顏金彈子領兵去山前挑戰。

岳飛得知有金國將領來挑戰後，便詢問眾將道：「哪位將軍敢去迎戰？」

他的話音未落，牛臯就答道：「末將願意前去。」

岳飛叮囑說：「千萬不可大意。」

牛臯領命下山，來到完顏金彈子面前，大叫道：「你是什麼人，趕緊報上姓名！」

完顏金彈子回答說：「我是大金國的二殿下完顏金彈子。」

牛臯說：「我管你什麼金彈子銀彈子的，就是鐵彈子我也要把你打成肉彈子。」說著，他舉鐧向對方打去。

完顏金彈子使用一對鐵錘。他用錘架開牛臯的鐧，連續攻了三四錘把牛臯的胳膊打得又酸又麻。牛臯知道自己不是對手，便騎馬逃回山上了。他見了岳飛，說：「那個金國將領是新來的，使用兩柄鐵錘，力大無窮，末將打不過他只好回來了。」這時，探子來報說完顏金彈子在山下要岳飛親自出戰。

岳飛便帶領眾將來到半山腰，看到完顏金彈子掄著兩柄大錘在陣前大喊大叫。岳飛問眾將說：「哪位將軍願意去迎戰？」

余化龍說：「末將願意前去。」

余化龍騎馬衝下山來，同完顏金彈子打了十幾個回合，漸漸招架不住，只得騎馬敗走。

董先看到余化龍被完顏金彈子打敗，一時氣憤便騎馬下山來戰完顏金彈子。他與完顏金彈子只打了七八個回合就被打得毫無還手之力，只好騎馬回山。

何元慶又衝下山與完顏金彈子交戰。完顏金彈子看到何元慶所用的兵器也是一對大錘，便想與他一較高下。他們各自揮舞大錘打在一起，場面非常壯觀。打了二十幾個回合後，何元慶漸漸感到招架不住完顏金彈子的進攻，只好向山上逃去。

金兀朮得知完顏金彈子接連打敗岳飛手下幾名大將後非常高興，他擔心侄兒體力不支，便下令鳴金收兵。完顏金彈子回到軍營對金兀朮說：「四叔，我正要去捉拿岳飛，你為什麼要收兵呢？」

金兀朮回答說：「侄兒，你遠道而來，今天就回營休息吧，明天再去捉拿岳飛也不遲。對了，岳飛有一個兒子叫岳雲，他年齡和你相仿也使用一對大錘，你要想捉住岳飛，必須要先打敗他。」完顏金彈子不服氣地說：「那我明天出戰就先把岳雲抓來。」

第二天，完顏金彈子又領兵來挑戰。岳飛派張憲下山迎戰。他們在山下打了四十多個回合，張憲覺得自己打不過對方，只得退回山上向岳飛覆命。岳飛看到完顏金彈子武藝高強，手下眾將無人能夠打敗他，只好高掛「免戰牌」。

完顏金彈子想盡快活捉岳飛，所以命人大聲咒罵想以此逼迫岳飛出戰。岳飛只能連續掛出七道「免戰牌」。金兀朮得知此事後，便派人叫完顏金彈子回營。完顏金彈子把打敗張憲之事詳細地講了一遍，金兀朮聽後非常高興。

岳雲從金門鎮回到牛頭山，穿過粘罕的軍營來到半山腰上。他看到那裡掛著七道「免戰牌」，便暗暗想道：「真是奇怪！我從金兵的軍營進出都沒有遇到勇猛的將領阻攔，父親為什麼要掛『免戰牌』呢？一定是哪個膽小怕事的人瞞著父親偷偷地掛在這裡的，這樣做不是讓我們岳家丟人嗎？」想到這裡，他異常氣憤地把「免戰牌」打得粉碎。

岳雲見到岳飛後，把傅總兵很快就會發兵來牛頭山救援之事說了出來，他還說他把半山腰懸掛的七面「免戰牌」全部打碎了。

岳飛知道後正要責怪岳雲，牛皋在一旁說道：「完顏金彈子勇猛過人，沒有人能打敗他，因此元帥才下令懸掛『免戰牌』。公子之所以打碎『免戰牌』，是因為他年輕氣盛、不懂得軍法。我看不如讓公子領兵與完顏金彈子交戰將功贖罪，如果公子擊敗了完顏金彈子，那麼元帥就不要再追究他打碎『免戰牌』之事了。」

岳飛覺得牛皋的話有道理，就讓他帶領岳雲去與完顏金彈子交戰。

牛皋領命，帶領岳雲走出大帳。這時，有探子報告說完顏金彈子在山前討戰，牛皋便與岳雲衝下山去。路上，牛皋說：「侄兒，你聽我說，過會兒你與完顏金彈子交戰，如果能打敗他自然是好，如果打不過他就從金兵的大營殺出去，逃回家去見你祖母，你父親就不會為難你了。」岳雲聽後點頭稱是。

岳雲騎馬衝下山，來到完顏金彈子面前。完顏金彈子大聲叫道：「你是什麼人？趕快報上姓名。」

岳雲說：「我是岳元帥的兒子岳雲。」

完顏金彈子說：「來得正好，我正要抓你。」說著揮錘就向岳雲打去。

岳雲舉錘相迎。他們互不相讓，你來我往，轉眼間就打了四十多個回合。

岳雲暗暗想道：「這個傢伙的確厲害，難怪父親要掛『免戰牌』呢！」

他們又打了四十多個回合，岳雲逐漸感到有些力不從心了。牛臯看到後，心裡非常著急。他知道憑自己的武藝根本幫不上忙，於是只好學著金兀朮的聲音大叫道：「千萬不要把他放走！」

完顏金彈子以為金兀朮在後面叫他，便回頭看了一眼。岳雲看準時機，一錘打在完顏金彈子的肩膀上。完顏金彈子疼痛難忍從馬上跌下來。岳雲下馬，拔出寶劍砍下完顏金彈子的腦袋，回山向岳飛覆命。岳飛看到岳雲殺死完顏金彈子就饒恕了他。

完顏金彈子的副將只好把完顏金彈子的屍體搶了回去。粘罕看到後痛哭不止，金兀朮也非常傷心，他命木匠雕了一個木頭腦袋湊成一具完整的屍體，然後裝進棺材裡派人送回金國安葬。

金兀朮看到完顏金彈子被殺死，牛頭山又久攻不下，便對軍師哈迷蚩說：「如果宋朝各路兵馬趕來，我們該怎麼辦呢？」

哈迷蚩無奈地說：「我已經沒有什麼好辦法了，只有整頓兵馬與對方決一死戰。」

金兀朮聽後沉默不語，苦苦思索應對宋朝各路援軍的辦法。

完顏金彈子說：「來得正好，我正要抓你。」說著揮錘就向岳雲打去。岳雲舉錘相迎。他們互不相讓，你來我往，轉眼間就打了四十多個回合。

第三十五回　韓世忠大戰黃天蕩

當岳飛在牛頭山保駕時，兩狼關總兵韓世忠在汝南征服了曹成、曹亮、解雲、賀武等人的叛亂，收服了十萬降兵，駐紮在漢陽。

漢陽距離牛頭山只有五六十里路。韓世忠知道高宗被困在牛頭山便打算去救駕，於是派自己十六歲的兒子韓彥直給岳飛送信。韓彥直帶領親兵走了二十多里路，遇到了被粘罕追殺的藕塘關總兵金節。金節說後面有金兵並勸他趕緊離開。過了一會兒，粘罕果然領兵趕到。韓彥直雖然年幼，卻武藝高強異常勇猛，使用一杆虎頭槍。他看到粘罕後，舉槍就向粘罕刺去。粘罕連忙舉棍抵擋。韓彥直又連續攻出數槍，粘罕招架不住轉身就逃。韓彥直大叫一聲，一槍將粘罕挑落馬下，之後砍下了粘罕的頭顱。

又走了一段路後，韓彥直來到牛頭山下。他看到金兵軍營連綿數十里，擋住了上山的道路，便毫不猶豫地衝了進去，上前阻攔的金兵非死即傷。不一會兒，他就殺出金兵大營上了牛頭山。

見到岳飛後，韓彥直說：「我奉家父之命來拜見元帥，沒想到在路上遇到了金國元帥粘罕，他正在追殺藕塘關總兵金節。我用槍將他挑死，這是他的頭顱。」說完他將粘罕的頭顱呈上，又把韓世忠寫的信交給岳飛。

岳飛看過信後十分高興，就帶著他去見高宗。高宗看到奏章，得知韓彥直挑死粘罕，便下令韓世忠官復原職，封韓彥直和他的哥哥韓尚德為平虜將軍。由於當時各種兵馬已經紛紛到來，與金兵決戰的兵力已經足夠，所以高宗就讓韓世忠率領本部人馬去奪取金陵。

韓彥直謝恩後便準備下山，岳飛派岳雲護送韓彥直離開。金兵看到打死完顏金彈子的岳雲後無不畏懼，所以岳雲和韓彥直毫不費力地衝出了金兵大營。他們二人意氣相投就結拜為兄弟。

岳雲回到山上後，把他與韓彥直結拜之事告訴給岳飛。韓彥直回到漢陽把高宗的旨意傳達給父親。韓世忠聽後，隨即命令兵船向金陵進發。

岳飛看到各路勤王兵馬已經到齊，便準備與金兀朮決一死戰。金兀朮非常著急，便召集眾位將領商議對策。這時，有探子報告說宋朝各路人馬共三十餘萬就在距離金兵大營不遠處安營紮寨。金兀朮聽後大吃一驚，急忙派四位將領去四方探路。那四位將領回來後報告說，東、南、西三個方向都有大量宋軍把守，只有正北一條大路守軍人少。金兀朮聽後便下令說：「與宋軍交戰，取勝就繼續前進，如果無法取勝，就向正北方向退兵。」

決戰那天，岳飛命令牛皋、湯懷、張憲、董先、何元慶、余化龍、岳雲、張顯等人為先鋒，率領士兵向金兵大營殺去，各路總兵和節度使從旁邊夾擊。各路人馬奮勇殺敵，直把金兵殺得鬼哭狼嚎、血流成河。

金兵潰敗，金兀朮率領剩餘人馬匆忙地向北逃去。岳飛看到順昌元帥劉琦和南斡（ㄨㄛˋ）元帥張浚的旗號後就派人把他們請來，讓他們保護高宗和眾位大臣回京，他自己則親自率軍去追擊金兵。

金兀朮率領金兵逃到金門鎮附近，遭到了狄雷的截殺，金兵死傷大半。金兀朮狼狽向北逃去來到江口。他看到前面大江攔住了去路，後面岳飛的追兵很快就會到來，不知如何是好，便感慨道：「老天要讓我滅亡啊！我自從進入中原以前，從來沒有吃過這樣的敗仗。如今大江在前，追兵在後，該怎麼辦呢？」

就在這時，軍師哈迷蚩指向前方，說：「主公快看！有船來了！」

金兀朮仔細一看，看到那些船都打著金兵的旗號。哈迷蚩趕緊叫船駛向岸邊，讓金兀朮上船。由於船少人多，所以很多金兵都無法上船。就在這時，岳飛的追兵趕到，那些無法上船的金兵只好跳江，結果大多被淹死，沒被淹死的也都被殺死了。

岳飛看到金兀朮坐船逃走了，立即派人尋找船隻以便捉拿金兀朮。就在此時，探子報告說：「啟稟元帥，韓世忠元帥已經攻下了金陵，他派水軍紮營在郎復山下，金兀朮已經無路可逃了。」岳飛想道：「就把這個功勞讓給韓元帥吧！」於是吩咐岳雲率領三千兵馬前往天長關阻擊金兵，自己則率領大軍返回潭州去了。

從金陵逃出來的金國士兵與金兀朮的人馬會合。金兀朮看到韓世忠的兵馬在長江北岸紮營，阻斷了自己的退路，便下令清點人馬和戰船、結果只剩下幾百條戰船和四五萬士兵。他不禁感慨道：「我剛進入中原時，手下有幾百名戰將、數十萬精兵。如今被岳飛殺得只剩下四五萬人，大王兄和二殿下也被殺死，我怎麼有臉回去見父王啊！」說完後，他就放聲大哭起來。

金兀朮向長江北岸望去，看到韓世忠的戰船排列整齊綿延了十多里，便想道：「我們只有五六百條戰船，根本就衝不過去，該怎麼辦呢？」他非常苦惱，便與軍師哈迷蚩商議。哈迷蚩說：「長江北岸都是宋軍的戰船，我們必須派人去探聽對方的虛實，才能找出過江的方法。」

金兀朮覺得有道理，便決定親自前去。

韓世忠看到金兵駐紮在長江南岸，便對眾將說：「我推測那金兀朮今晚一定會來探聽我軍的虛實。」於是，他派副將蘇德帶領一百名士兵埋伏在龍王廟裡，又讓韓彥直率領一百名士兵埋伏在龍王廟左側，命韓尚德率領三百名士兵埋伏在長江南岸，切斷金兀朮的退路。各將領命而去，做好了準備只等金兀朮到來。

韓世忠看到金兵駐紮在長江南岸，便對眾將說：「我推測那金兀朮今晚一定會來探聽我軍的虛實。」

到了晚上，金兀朮帶著哈迷蚩和小元帥黃炳奴上岸，悄悄地騎馬登上金山來到龍王廟前，在他們身後有數百名金兵跟隨以保護他們的安全。就在他們打算窺探宋軍大營時，埋伏在金山塔頂上的蘇德發現了他們便發出信號。埋伏在廟裡的士兵聽到信號後殺了出去，埋伏在龍王廟左側的韓彥直也領兵殺出。金兀朮等人大吃一驚，急忙調轉馬頭向山下逃去。韓彥直高聲叫道：「金兀朮別跑！趕快下馬投降！」金兀朮等人聽到喊聲，逃得更快了。由於天黑路險，有一個人從馬上摔了下來。韓彥直提起虎頭槍向他刺去，金兀朮急忙舉斧向韓彥直砍來救了那個人，之後與韓彥直打在一起。

那些金兵急忙往山下逃，跑到岸邊登上接應的船隻向黃天蕩逃去。韓尚德率領幾艘小船在後面追趕，卻沒有追上。

韓彥直與金兀朮只打了七八個回合就將他擒住，宋軍看到金兀朮被擒都非常高興。韓彥直帶著金兀朮來到韓世忠的軍帳，韓世忠仔細一看才知道是黃炳奴假扮的，於是命人將他押下去。

韓世忠因為沒有抓住金兀朮而悶悶不樂。梁紅玉看到後，說：「將軍根本沒有必要煩惱。這次我們雖然沒有抓住金兀朮，但金兵糧草不足堅持不了多久。他一定急著返回金國，今天晚上他一定會來偷襲。金人非常狡詐，我擔心他兵分兩路，一路從正面進攻，一路來劫我軍大營。將軍和兩個孩子率領我軍機動部隊在江面上截殺金兵。我堅守中軍大營防備他來偷襲。金兵如果來偷襲，我只領兵防守，不主動出擊。我在大船的船樓上觀察金兵的一舉一動，並給你們發信號，告訴你們金兵的方位。你按照我指定的方位截殺金兵，一定會取得大勝。」

韓世忠覺得梁紅玉的計策非常高明，才轉憂為喜。

金兀朮從金山逃回軍營後，與軍師哈迷蚩商議渡江的策略。哈迷蚩提議趁宋軍疏於防備連夜過江。金兀朮覺得有道理，於是傳令讓金軍做好準備。

夜裡，三萬金軍駕著五百隻戰船悄悄向宋軍大營駛去。梁紅玉收到消息後，就命人架起火炮和弓弩。當金兵的戰船接近宋軍大營時便一齊吶喊起來，可是宋軍營中卻毫無動靜。金兀朮所坐的戰船位於船隊後方，他正感到奇怪時，只聽一聲炮響，宋軍的火炮和弓箭一齊發射，把金兵的戰船打得千瘡百孔。

金兀朮急忙命令戰船向北進發。梁紅玉在高處看清金兵的動向後，就派人給韓世忠發信號。韓世忠和兩位公子率領機動部隊趕上金兵的戰船，殺死大量金兵。戰鬥從半夜持續到黎明時分，金兵已經無力招架了，金兀朮無奈只得命船隊退入黃天蕩。

韓世忠看到後大喜：「金兀朮不知道黃天蕩是一個死港，只能進不能出。我們只要堵住江口，金兵就會被困在那裡，過不了幾天糧草耗盡就只能等死了。」於是派韓彥直率領大軍守在黃天蕩的出口。

金兵慘敗後，只剩下不到兩萬人，戰船只剩下四百多隻。金兀朮不知道黃天蕩的路，便向漁翁問路。漁翁說黃天蕩河面雖寬卻是一條死路，進出只有一條路。金兀朮這才知道已經無路可走，他在無奈之下給韓世忠寫了一封信，請求韓忠世放他回國。

韓世忠派人回話，除非金國釋放徽宗和欽宗，並將汴梁還給大宋才能夠講和，否則必然與金兀朮決一死戰。金兀朮正在發愁，軍師哈迷蚩建議張貼榜文，出重金招募有能力使他們逃出黃天蕩的人。金兀朮覺得這個辦法可行，就命人寫好榜文並張貼出去。

不久，有一個秀才求見，說他可以幫金兵逃出黃天蕩。金兀朮聽後，急忙請他進帳相見。那個秀才說：「我不會領兵打仗，但可以幫你們從這裡逃出去。」

金兀朮欣喜地說：「我如果能夠逃離此地返回大金國，一定會好好報答先生。」

秀才說：「從這裡一直向北走，走十多里就是老鸛河。多年之前，有一條河道通向那裡，不過由於年代久遠河道淤塞了。您可以命令士兵將泥沙挖開、疏通河道，把秦淮水引過來，你們就可以直接乘船去金陵了。」

金兀朮聽後非常高興，立即下令按照秀才所說的方法去做。那些金兵都渴望盡快離開黃天蕩，所以幹起活來極其賣力，只用了一夜就挖通了河道。金兀朮率領金兵坐船來到老鸛河，從那裡上岸向金陵而去。

第三十六回　遷都

韓世忠的水軍在江口守候了十多天，發現金兵沒有任何動靜，進去查看才發現金兵早已逃走了。韓世忠知道此事後氣得火冒三丈。

金兀朮從金陵逃到了天長關。他看到四周沒有宋軍，不禁仰天大笑，說：「岳飛和韓世忠雖然善於用兵，但還是沒我想得周到。如果他們在這裡埋伏一支人馬，我就逃不出去了。」

他話剛說完，突然一聲炮響，三千人馬一齊衝了出來。這支人馬的首領是一名十三歲的小將，頭戴紫金冠、身穿銀色鎧甲、手提兩柄銀錘、騎著赤兔寶馬。這小將正是岳雲，他按照岳飛的指示在這裡伏擊金兀朮。

岳雲對金兀朮說：「小將在這裡已經等候很長時間了，你趕快下馬投降吧！」

金兀朮惱羞成怒，大叫：「小雜種，你太欺負人了，我要與你決一死戰。」隨即舉起金雀斧向岳雲砍來。

岳雲舉起銀錘架住了金兀朮的斧，攔腰將金兀朮抓到自己的馬上。這個時候，哈迷蚩命

令金兵去搶天長關，那些金兵蜂擁而上[1]與岳雲手下的士兵打了起來。那三千名宋兵奮勇殺敵，殺死了大量金兵，最後只有三百六十名金兵逃了出去。金兀朮率領數十萬人馬進入中原，此時只剩這三百多人逃回了金國。

岳飛得知金兀朮被韓世忠打敗後逃入黃天蕩，之後挖通老鸛河向金陵逃去，感到非常遺憾。沒過多久，就有探子報告說岳雲擒獲了金兀朮。岳飛非常高興，急忙下令將金兀朮押進大帳。他看到金兀朮時才知道那根本是金兀朮帳下元帥高太保假冒的。

這時韓世忠來見岳飛，要與岳飛一起去見高宗。

岳飛和韓世忠先後打敗金兀朮，迫使他狼狽地逃回金國。宋軍的大勝極大地鼓舞了人心，高宗回到金陵後命令岳飛和韓世忠班師回朝。韓世忠與岳飛約定一起班師回朝，他們率領大軍從水陸和旱路趕到金陵。高宗宣召他們入朝並擺宴犒勞。

兩天後，臨安節度使苗傅和總兵劉正彥上書請求高宗遷都臨安。高宗准奏，下令選擇吉日遷都。朝中官員有的認為金陵城已經非常破舊了，應當遷都；有的認為金陵是六朝的首都，憑藉長江天險進可以攻、退可以守，所以不應當遷都。

太師李綱聽說此事後，急忙進宮求見高宗，對高宗說：「從古至今，那些重振國家雄風

---

[1]【蜂擁而上】形容一群人一起向前湧來。

的皇帝，全都是在西北崛起的，所以關中是定都最合適的選擇。如今以金陵為首都，雖然不是最佳選擇，但仍然能夠號令四方，從而將丟失的國土收回。如果把首都遷到臨安，天下百姓就會認為我們畏懼金國不想再收復失地，這是下下策。臣懇切請求陛下不要下旨遷都到臨安，從而導致民心動搖。」

高宗回答說：「老太師，自從金陵被金兵佔領後，大部分百姓已經離開，只剩下一座空城，無法一直堅守下去。臨安交通便利，北臨江淮地區、南接福建和廣州，而且物產豐富，有利於休養生息。等到糧草充足、軍隊戰鬥力提高之後，再收復失地才是萬全之策，愛卿又何必不讓朕遷都呢？」

李綱知道高宗已經拿定了主意，失望之餘便請求高宗允許他告老還鄉。高宗本來就是一個昏庸的君主，根本不想收復失地，只想著去富庶❷的地方享樂，所以巴不得李綱早些離開朝廷，免得整天在自己耳邊嘮叨，所以馬上就准奏了。李綱沒有通知朝中大臣，連夜就返回老家去了。

岳飛聽說高宗準備遷都後，入朝對高宗說：「我們剛剛擊敗金國大軍，陛下應該堅守金陵，選擇英明的將領和英勇的士兵守衛各處要塞；囤積糧草，將各地的兵馬召集起來長驅直入攻下黃龍府，將徽宗和欽宗接回中原。您怎麼能夠把首都遷到臨安，到那裡苟且偷安❸呢？況且臨安位於海邊，位置偏僻容易被敵人包圍，非常不安全。苗傅和齊正彥都是奸臣，陛下不可輕易相信他們的花言巧語。微臣希望陛下再仔細思考一下遷都之事。」

高宗根本不想把徽宗和欽宗兩位皇帝接回來，而且岳飛說他去臨安苟且偷安讓他感到很不高興，於是他不耐煩地回答，說：「金兵入侵中央，戰爭沒完沒了，百姓遭殃，將士們也都感到非常疲倦。現在金兵剛剛失敗，我打算派使者去金國議和，讓百姓得到喘息的機會，以後再圖謀收復失地。這件事我已經決定了，你就不要再多說了。」

岳飛知道高宗貪生怕死，不想收復失地，只好請求高宗允許他回鄉探望母親。高宗擔心岳飛手中握有太多的兵權對自己的統治不利，所以立即答應他的請求。岳飛手下的將領們也都請求高宗准許他們還鄉探望親人，高宗賞賜一些財物把他們打發走了。

高宗擔心韓世忠也來勸諫自己不要遷都，所以就派人傳旨封韓世忠為咸安郡王，讓他留守鎮江，不要到京城來。韓世忠接到聖旨後，就領兵離開了金陵。

李綱、岳飛、韓世忠等人離開了朝廷，再也沒有人能阻止高宗遷都了。高宗選擇好吉日、準備好車駕後，正式下達了遷都的命令把首都遷到了臨安。苗傅和劉正彥把高宗迎入新修建的宮殿裡，高宗看到宮殿建造得富麗堂皇十分高興，加封苗傅和劉正彥為左右都督。

---

❷【富庶】物產豐富、人口眾多。

❸【苟且偷安】不管以後，只顧眼前的安逸。

金兀朮逃回金國後，被完顏阿骨打狠狠地罵了一頓，還險些被處斬。此後，他每時每刻都想著如何打敗岳飛、報仇雪恨。哈迷蚩對他說：「四太子此前之所以能領兵取得大勝，主要倚仗的是宋朝奸臣的力量。你喜歡忠臣、憎恨奸臣，將張邦昌等人殺死，怎麼能夠攻佔中原地區呢？」

金兀朮思考了一下，說：「軍師說得對，我第一次領兵攻打中原，的確多虧了那一群奸臣。現在我們去哪裡尋找這樣的奸臣呢？」

哈迷蚩回答說：「我們這裡就有一個。當初跟隨徽宗、欽宗兩位皇帝被捉來的共有五個大臣，秦檜（ㄎㄨㄞ）是其中之一。我看這個秦檜就是一個奸臣，四太子可以派人把他找來養在府裡一年半載，給他一些恩惠，再把他送回宋朝讓他做臥底。如此一來，您就可以輕鬆獲得大宋江山了。」

金兀朮覺得這個計策好，立即派人去打聽秦檜的下落。找到秦檜和他的夫人王氏後，金兀朮就把他們養在府裡，給他們許多財物。

一年過後，金兀朮看到秦檜夫婦已經對自己死心塌地，就決定將他們送回中原。他還讓秦檜夫婦去五國城向徽宗和欽宗討要詔書以便順利入關。秦檜按照金兀朮的指示，前往五國城討得詔書。第二天，金兀朮帶領文武官員送秦檜夫婦回國。在他們臨行前，金兀朮說：「如果你回到中原得了富貴，千萬不能忘了我。」

秦檜信誓旦旦地說：「我們夫妻如果過上好日子，一定會把大宋江山送給四太子。」

金兀朮說：「你敢對天發誓嗎？」

秦檜聽後，立即跪在地上發誓說：「皇天在上，我秦檜如果忘記四太子的大恩大德，不把大宋江山送給四太子，就讓我後背生瘡而死。」

說完後，他們夫婦就告別了金兀朮等人向南而去。來到臨安後，秦檜面見高宗把徽宗和欽宗的詔書拿給高宗看。高宗看過詔書後非常高興，因秦檜保護兩位皇帝有功，封秦檜為禮部尚書，封王氏為二品夫人。秦檜謝過高宗就去禮部上任了。

第三十七回　計除奸臣

岳飛回家看望病重的母親，韓世忠領兵鎮守鎮江後，年逾九旬的大元帥王淵執掌了朝廷的兵權。王淵忠君愛國，盡心竭力地保衛大宋江山。

一天，王淵召集各位將領，說：「明天就是霜降了，朝中各位將領全都要去教場操練兵馬。」第二天，各位將領都早早地趕到了教場，只有左都督苗傅和右都督劉正彥沒有到。王元帥派人去請他們，派去的人回來說他們都不在家，家人說他們陪同皇上去西山打獵了。

王元帥對此深信不疑，就率領各位將領操練兵馬，操練結束後就騎馬回府去了。走到眾安橋時，王元帥看到苗傅和劉正彥兩人喝得酩酊大醉❶，騎著馬帶著家將迎面而來。他們兩個人躲避不及，只好下馬來見。王元帥非常氣憤，大罵道：「你們這兩個大膽的混帳！你們說陪皇上去西山打獵了，為什麼會在這裡？」隨即吩咐左右將他們各打二十大板。

二人連忙下跪求饒。王元帥說：「你們仗著天子寵愛，不把朝廷重臣放在眼裡，我本應該狠狠地懲罰你們。不過，念在你們是初犯就不追究了，如果你們再敢無禮，我一定要稟告

皇上，讓他砍下你們的腦袋。」

苗傅和劉正彥被臭罵一頓後都非常氣憤，便商議如何報復。苗傅說：「王淵老匹夫，竟然在街上讓我們出醜，實在可惡至極。現在岳飛已經退隱山林，韓世忠又去了鎮江，朝廷之中已經沒有人能讓我們畏懼了。不如我們各自率領手下將王淵那個老匹夫殺死，之後進宮捉住高宗，我們兄弟二人平分天下，共享榮華富貴。」

劉正彥聽後，說：「好！我們今天晚上就召集人馬在王淵家門前會合。此事關係重大，千萬不能走漏了消息。」商量好後，他們就分頭去準備了。

當天夜裡，苗傅和劉正彥領兵殺入王元帥的家裡，王元帥毫無防備，一門近百口人全都被殺死，財物被搶劫一空。苗、劉二人又領兵衝入皇宮，殺死御林軍後直接闖進了大殿，高宗得知後嚇得躲了起來。苗、劉二人在四處尋找高宗時，遇到了劉妃。劉妃是劉正彥的侄女，她說：「王淵因為戰功卓越不把高宗放在眼裡，引起了很多大臣的不滿。高宗是一個無道的昏君，很難統治天下，你們的舉動正符合我的心意。如果你們把高宗囚禁起來，各地勤王的兵馬趕到，你們會被打得毫無還手之力。況且岳飛正在湯陰老家，他手下的將領個個本領高強，如果他們趕來，你們如何應對呢？依我看，你們不如把高宗留在皇宮裡逼迫他退

---

❶【酩酊（ㄉㄧㄥˇ）大醉】形容醉得非常厲害。酩酊：沉醉的樣子。

位，讓太子登基。岳飛聽說新君繼位後，一定會帶著手下將領來朝賀。到那個時候，你們設計除掉岳飛等人，此後天下大事就全由你們作主了。」

苗傅和劉正彥聽後，不由地歎道：「好主意。」苗傅對劉正彥說：「事成之後，我一定封她為皇后。」

劉正彥笑著說：「侄女婿，不要講閒話，先幹正事吧！」

他們把從王家搶奪的財物分發給手下將士，寫了一道偽詔書，說高宗主動退位將皇位傳給太子，並哄騙岳飛入朝。

尚書僕射朱勝非對苗、劉二人的行為感到不滿，他寫了一封信派家人朱義火速趕往湯陰縣，請岳飛趕來解救高宗。

岳飛回到湯陰老家後，就安排岳雲與鞏家莊的鞏小姐完婚，一家人共享天倫之樂。可沒過多久，岳母就因病去世了，岳飛辦理好母親的喪事後就在家中守孝。由於太過傷心，他茶飯不思，身體日漸消瘦，好在有許多兄弟陪在身邊聊作安慰。

一天，岳飛正與兄弟們在外打獵，朱義來拜見他，呈上朱勝非的書信。岳飛讀過信後大吃一驚，連忙回到家中寫好一封回信交給朱義，並說：「你回去後讓你家老爺按照信中所寫去做。一定要小心，不能洩露出去。」說完後，他命人取來二十兩銀子給朱義當路費。朱義收好回信和銀子後就離開了。

岳飛又寫了一封信，派牛臯和吉青給韓世忠送去，並交代他們幾件事。牛臯和吉青火速趕到鎮江，把岳飛的信交給韓世忠。韓世忠看過信後同樣非常震驚，他讓牛臯和吉青按照岳飛的計策行事，自己馬上領兵前往臨安。

牛臯和吉青向韓世忠道別後，就火速趕往臨安。來到臨安城外，牛臯對吉青說：「吉哥，我先行一步，你隨後趕來。」他來到城下，大聲叫道：「我是岳元帥手下將領牛臯，有非常重要的事要拜見苗大人和劉大人。」

苗傅和劉正彥當時正在城上巡視，他們看到牛臯一人前來，就下令打開城門放牛臯進城。牛臯來到他們面前，說：「請求二位大人讓你們的手下退下，我有話要說。」苗傅和劉正彥說，他們的手下對他們忠心耿耿，有什麼話可以直接說。牛臯聽後非常神秘地說：「岳元帥讓我給兩位大人捎話，我家元帥擊退金兵、平定叛亂立下無數大功，高宗不但不加以封賞，反而罷免他的官職，讓他在家無所事事，而那些毫無功勞的人卻在朝廷裡作威作福❷、享受榮華富貴。每當我家元帥想起這些都會感到非常氣憤。現在二位大人為什麼不把高宗打入冷宮呢？太子還只是個三四歲的孩子，根本做不了皇帝。你們為什麼不平分天下呢？如果二位大人想這樣做，我家元帥願意幫忙。」

❷【作威作福】形容當權者濫用職權，橫行霸道。

苗傅和劉正彥聽後十分高興，他們對牛皋說如果岳飛願意幫忙就封他為王。說完後，他們帶著牛皋來到午門商議著如何給岳飛寫信。這時，吉青來到城門外求見。

牛皋說：「吉青是我的兄弟。他當年在牛頭山保駕時立過大功，由於無法受到高宗的重用，便跑到太行山做了強盜。我希望他能跟隨兩位享受榮華富貴，所以特地寫信給他讓他來投靠你們。」

苗傅和劉正彥聽後，就下令打開城門放吉青進來。吉青到午門下馬，進入大殿拜見苗、劉二人。過了一會兒，有軍士報告說韓世忠已經率領大隊人馬趕到城下。苗、劉二人聽後驚慌失措，不知道該怎麼辦好。這時，又有軍士報告說尚書僕射朱勝非已經去給韓世忠開城門了。

苗傅和劉正彥大吃一驚，怒氣沖沖地說：「誰願意去把朱勝非抓回來？」話音未落，牛皋高聲答道：「讓我去。」說著，他伸出雙手一把將苗傅抓住，吉青也一把抓住劉正彥。

苗、劉二人這才知道自己上了當。皇宮中的護衛軍聽說苗、劉二賊被抓，全都衝了出來將二賊的手下全部殺死。韓世忠已經率領大軍進城將城中的局勢穩定下來，牛皋和吉青把苗、劉二賊押解到韓世忠面前，韓世忠當即下令將他們斬首。

叛亂很快就被平定下來，被囚禁多日的高宗重新坐上龍椅。他降下聖旨，稱：「朕遭受苗傅和劉正彥的迫害險些丟掉性命，韓世忠及時趕來救援立下大功，加封為蘄（ㄑㄧˊ）王，仍然駐守鎮江。牛皋和吉青擒獲了反賊，朕封你們為左右都督，命你們留在朝中負責保衛朕的安全。」

牛皋氣憤地說：「你這個皇帝之所以會遭受這樣的禍事，完全是因為你把我大哥的話當耳旁風。我本不該來救你，但是我大哥讓我來又不得不來。現在那兩個賊人已經被殺，我和吉哥還要回去向大哥覆命，根本沒有興趣做官。」說完，他就走出皇宮騎馬回湯陰去了。韓世忠隨後也領兵返回了鎮江。

第三十八回　楊再興歸降

叛亂過後，高宗更加不思進取了。每天沉溺於酒色之中，完全忘記了父親和兄長還被囚禁在大金國，也早把收復失地的事拋在了腦後。

高宗紹興七年（一一三七年），朝廷接連收到告急文書，稱山東九龍山楊再興作亂，湖廣太湖水寇戚方、羅綱、郝先謀反，洞庭湖楊么殺死朝廷命官。高宗只好召集大臣商議。太師趙鼎說只有岳飛能夠擔此重任。高宗此前曾派人召岳飛入朝做官，但遭到牛皋和吉青的阻攔，高宗擔心岳飛不肯入朝，所以十分為難。魏皇后知道此事後，對高宗說：「岳飛不看重名利，對國家卻有赤誠忠心。臣妾繡了一對龍鳳旗，上繡『精忠報國』四個字，陛下派人賜給岳飛，說不定他就會前來。」

岳飛接到聖旨和龍鳳旗後果然被打動，便召集眾兄弟一起入朝拜見高宗。高宗非常高興，命岳飛官復原職，領兵十萬前去平定各地賊寇，並賜酒為岳飛壯行。岳飛領旨謝恩，命牛皋率領三千精兵為前鋒，命岳雲押運糧草，自己親自率領大軍討伐楊再興。

牛皋領兵來到九龍山，打算先搶下九龍山後再紮營，就命士兵在山下吶喊。楊再興得知牛皋來挑戰，就率領手下來到山下與牛皋交戰。打了十幾個回合後，牛皋招架不住了只好領兵而去，在距離九龍山三十里的地方紮營，等待岳飛大軍到來。

幾天後，岳飛率領大軍趕到。牛皋出營迎接，岳飛問牛皋說：「牛皋，你與敵人交過手嗎？」

牛皋回答說：「我與一個騎著白馬使用銀槍的人打了十五六個回合，但打不過他，他也沒有追擊。」

岳飛又問：「是不是楊再興？」

牛皋不住地點頭說：「的確是他。」

岳飛大笑道：「既然是他，你吃敗仗也就不奇怪了。我明天親自勸說他歸降吧！」

第二天一大早，岳飛便率領眾將挑戰楊再興。眾將紛紛表示，不用岳飛親自出馬就能夠將楊再興擊敗。岳飛對他們說：「今天我親自出戰，並不是要立功。楊再興本領非凡，我要收降他，讓他幫助匡扶社稷。我與他交手時，不管勝負你們都不要上前幫我，如果有人違抗我的命令就按軍法處理。」

說完後，他便來到九龍山下挑戰，眾位將領在後面觀看。楊再興得知岳飛來挑戰後，便領兵下山來到陣前。

岳飛看到楊再興威風凜凜、神采奕奕，心中十分欣賞，上前說道：「楊將軍，我們一別數年，你最近可好？」

楊再興聽後說：「岳飛，你不要胡說，我根本就沒有見過你。」

岳飛說：「我曾在汴梁的比武場與將軍見過面，將軍難道忘了嗎？」

楊再興仔細回想了一下，說：「難道你就是槍挑小梁王的岳飛嗎？」

岳飛答道：「沒錯！我有些話要對將軍說。將軍武功高強，而且先祖滿門忠烈，做強盜豈不是讓祖宗蒙羞？將軍如果肯歸順朝廷，為國家出力消滅金國，將徽宗和欽宗兩位皇帝解救出來，能夠名垂青史，豈不更好？」

楊再興笑著說：「我楊再興也是明白事理的人。當年徽宗任命蔡京❶、童貫❷等一群奸臣，大肆搜刮民脂民膏、修建宮殿；又聽信讒言與金人一起討伐遼國，導致金兵入侵。後來繼位的欽宗同樣也懦弱無能，因此才被金人擄走。如果有一位奮發圖強的皇帝能夠遠離奸佞、任用賢臣，報仇雪恨並不難。可是，當今高宗皇帝毫無大志，只貪圖享樂、任用奸佞，將大好河山弄得支離破碎，根本就不值得效忠。不如你跟我一起造反，先奪下宋朝江山，再收復失地。如果你不聽我的話，恐怕將來會後悔。」

岳飛說：「將軍這樣說就不對了，作為臣子本來就應該為國盡忠。你在大宋出生就是宋朝的子民。況且你們楊家世代都是忠臣良將，你怎麼能當反賊讓祖宗蒙羞呢？你如果不聽從我的勸告，咱們只能決一死戰了。」

楊再興說：「岳飛，既然你不聽我的勸告，那也沒什麼好說的了，放馬過來吧！」

岳飛隨即與楊再興打了起來。他們打了三百多個回合也沒有分出勝負，一直打到天黑，他們約定第二天再戰。

第二天岳雲押解糧草回營，得知岳飛親自出馬與楊再興交戰，就騎馬來到陣前觀看。牛皋看到岳雲後便對他說：「侄兒，你來得正是時候。趕緊上陣助你父親一臂之力，抓住那個強盜就萬事大吉了。」

岳雲不知道岳飛下達過禁止助戰的命令，他催馬上陣對岳飛說：「父親，您先休息一下，讓我來擒拿這個反賊。」

楊再興看到岳雲前來助陣，就大叫道：「岳飛，你是怎麼當元帥的，連手下都管教不好？」說完就騎馬回山寨去了。

回到軍營後，岳飛惱羞成怒就打了岳雲四十軍棍。

第二天，岳飛來到九龍山下，楊再興早就在那裡等他了。他們二話不說上來就打，打了

---

❶【蔡京】蔡京，字元長，北宋相之一，以貪瀆聞名。

❷【童貫】北宋權臣，助蔡京爲相，掌握兵權長達二十年。

十幾個回合後，岳飛假裝失敗騎馬向前逃去。楊再興笑著說：「今天你怎麼不行了呢？」說完後，他就催馬追趕岳飛。岳飛看準時機調轉馬頭，左手持槍向楊再興刺去。楊再興連忙舉槍抵擋，岳飛右手抽出銀鐧，在楊再興的後背上輕輕一撥就把楊再興打落馬下。

看到楊再興落馬後，岳飛也急忙下馬雙手扶起楊再興，說：「本元帥得罪了將軍，還望將軍恕罪。如果將軍不服氣，可以繼續與我交戰。」

楊再興非常羞愧地跪到地上說：「元帥，小將既然敗了就情願歸降。」

岳飛聽後十分地高興，說：「將軍如果願意與我一起為大宋效力，我就與將軍結為兄弟。」

楊再興說：「我心甘情願地為元帥效勞，不敢有非分之想。」

在岳飛的堅持下，兩人結為了兄弟。之後，楊再興請求回山寨整頓人馬、收拾糧草，岳飛答應下來，先回營去了。楊再興收拾好人馬和糧草後，就放火燒掉了山寨來見岳飛。岳飛非常高興，吩咐手下擺酒設宴。

第二天，岳飛下令班師回朝。一路上，大家都為打了勝仗而高興。大軍行至臨安附近時，探子報告說水寇戚方領兵攻打臨安，臨安的形勢非常危急。岳飛派楊再興率領三千士兵立即去臨安救援。

楊再興領兵向臨安衝去，在半路上遇到了戚方，他不等戚方的人馬安營紮寨就前去挑

岳飛聽後十分高興地說：「將軍如果願意與我一起為大宋效力，我就與將軍結為兄弟。」

戰。戚方武藝不及楊再興，被楊再興擒獲。接著楊再興又擒獲了戚方手下的羅綱和郝先，帶著他們向岳飛報功。岳飛非常高興地說：「賢弟一連擒獲三名賊寇，實在可喜可賀。有你相助，掃平金國、恢復河山指日可待❸。」

隨後，岳飛命人帶上戚方等三名賊寇，勸說他們為國效力。戚方等人是在被逼無奈的情況下才去太湖當水寇的，他們看到岳飛真心實意地招降，便決定投靠岳飛為國效力。岳飛大喜，一面把人馬駐紮在臨安城外，一面把收服戚方等人之事上報朝廷。

高宗聽說岳飛平定了楊再興、戚方的叛亂並且將他們招降後也十分高興，又派岳飛領兵去洞庭湖征剿楊么。

---

❸【指日可待】很快就可以實現。指日：可以指出的日期。

第三十九回　赴宴

岳飛接到去洞庭湖征剿水寇楊么的命令後，立即率領大軍向潭州而去。

來到潭州後，岳飛向潭州總兵高明打聽楊么的情況。張明告訴岳飛：楊么在洞庭湖的君山上建造宮殿，自稱為王；他的弟弟楊凡被稱為「小霸王」，異常勇猛；他手下還有一名叫雷亨的元帥，雷亨有五個兒子，分別叫雷仁、雷義、雷禮、雷智、雷信，這五兄弟被稱為「雷家五虎」；他手下還有軍師屈原公、太尉花普方、長沙王羅延慶、潭州王鍾孝、德州王崔慶、奇王鍾義、西耳木寨西聖侯嚴奇、東耳木寨東聖侯王佐、水軍元帥高老虎與高老龍、元帥伍尚志；除此之外，還有上千員戰將、數十萬士兵，大小船隻不計其數。

岳飛聽後感慨道：「真是沒有想到，只幾年時間楊么便有如此大的勢力了。」他把張明叫到面前，在張明耳邊悄悄地說了幾句話，張明聽後就離開了。

第二天，岳飛派張保去東耳木寨給王佐送請帖。王佐看過請帖後，知道岳飛邀請他去潭州赴宴。他讓張保去耳房吃飯，自己拿著請帖去見楊么，說：「今天岳飛派人來給我送請帖，邀請我去澶州赴宴。臣不敢作主，特意來請示大王。」說完後就呈上岳飛的請帖。

楊么看完請帖就詢問軍師屈原公：「這件事該如何處理呢？」

屈原公答道：「大王可以派東聖侯去澶州赴宴，等他回來時臣自有計策。」

楊么聽後，便讓王佐去赴宴。第二天，王佐來到澶州城下，岳飛率領眾將來到城外迎接，並派人用八抬大轎將王佐抬進城。酒過數巡後，王佐勸說岳飛歸降楊么，岳飛以不談公事、只敘舊情為由制止了他。酒足飯飽後，王佐起身告辭，岳飛又命人抬轎把他送出城。

王佐回去後立即去見楊么。楊么問屈原公說：「軍師，現在你有什麼計策？」

屈原公回答說：「大王命王佐明天派人去請岳飛來赴宴，岳飛一定會來。我們派人在酒席上舞兵器取樂，趁岳飛不注意砍下他的頭顱。如果此計未能得手，就在四周埋伏四百名標槍手，王佐摔杯為號，命令他們一齊殺出，岳飛就算有天大的本領也難以逃脫。東耳木寨的頭門和二門兩邊都是軍房，房裡可以放置大量桌椅板凳。如果岳飛逃出來，就把桌椅板凳都拋出去，讓他無路可逃。此外，派士兵站到屋頂上不斷地向下扔瓦片；再命令雷家五虎將率領五千名士兵切斷岳飛的歸路。」

楊么聽了非常高興，就命令王佐按照這個計策去辦。

第二天，王佐派家將王德去澶州給岳飛送請帖，邀請岳飛來赴宴。岳飛對王德說：「你回去對你家老爺說我明天一定去赴宴。」

牛皋得知岳飛要去赴宴，便問岳飛道：「小將的俸銀❶還有嗎？」

岳飛答道：「賢弟的俸銀一直沒有動，怎麼會沒有呢？為什麼這樣問？」

牛皋說：「我要支五十兩。」

岳飛問道：「為什麼？」

牛皋回答說：「我準備一桌好酒好菜來請元帥，元帥不要去王佐那裡。他沒安好心，元帥前去不是白白送死嗎？」

岳飛知道牛皋是為自己的安危著想，便安慰道：「賢弟，我並不是貪圖他的酒飯，只是有國家大事要商議。再說，我既然答應了他，又怎麼能不去赴約呢？」

牛皋說：「元帥非去不可，就帶著我一起去吧！」

岳飛道：「好。」

第二天，岳飛命令楊再興和岳雲在路上接應，然後帶著牛皋、張保去赴宴。王佐得知岳飛到來立即出寨迎接，把岳飛迎入大堂。喝過茶後，王佐吩咐擺酒，與岳飛坐下喝酒。

牛皋擔心岳飛的安危，就讓張保在外面看守馬匹，自己走進大堂觀看。岳飛向王佐介紹說：「這是我的家將牛皋，他性格粗魯，賢弟不要見怪。」王佐吩咐手下取酒肉點心給牛皋

---

❶【俸銀】官員的工資。

吃。牛皋吃完後，就站在岳飛身邊。

岳飛對王佐說：「為兄酒量很小，現在已經喝不下了，所以要向賢弟告辭。」

王佐說：「這怎麼行！我還要給兄長敬酒呢！我手下有一個叫溫奇的人，他的狼牙棒使得非常好，不如叫他上來，讓他耍一回為兄長助興。」

岳飛說：「那可太好了，就叫他上來吧！」

溫奇上來後便耍起了狼牙棒，有好幾次都快要打到岳飛了。牛皋站在岳飛面前，手裡拿著兩條鐵鐧，大喝道：「離遠些！」溫奇只得向後退去。過了一會兒，他又來到岳飛面前，牛皋三番五次把他喝退。

溫奇停了下來，說：「你這個將軍總是讓我向後退，我怎麼耍得好呢？」

牛皋說：「你一個人耍不好看，我與你一起耍。」說著，他走到溫奇面前用鐵鐧架住溫奇的狼牙棒。溫奇舉起狼牙棒向牛皋的腦袋打來，牛皋哪裡肯吃虧，他架開狼牙棒，一鐧就打死了溫奇。

王佐看到溫奇被打死，就把酒壺向地上一摔，然後轉身向後跑。埋伏在四周的標槍手一齊殺出，將岳飛和牛皋包圍起來。牛皋大叫道：「元帥快走，我來斷後！」岳飛連忙拔出寶劍，與牛皋一起向外殺出。來到二門後，張保大喊道：「元帥！牛將軍！趕快上馬，讓小人斷後！」

岳飛和牛皋急忙騎馬向前衝去，可是前面有人不斷地扔下桌椅板凳把路堵死了，後面標槍手又追了上來。張保大喝一聲，向標槍手衝去奪過一杆標槍，接連挑死幾個人。牛皋也打死十來個人，把那些標槍手嚇得站在原地。張保用標槍挑開地上的桌椅板凳，他們三人向前剛走不遠，瓦片又從兩邊的屋頂上打下來。他們被打得鼻青臉腫，但為了逃命只得不顧一切地向大門衝去。

好不容易衝出大門，他們又遇到了雷家五虎的阻攔。這個時候，楊再興單槍匹馬衝了過來，一槍就將雷仁刺死。雷義舉起鐵錘向楊再興打來，楊再興舉槍架開鐵錘，一槍刺中雷義的心窩將他刺死。岳飛等人與楊再興會合，楊再興護送著他們出了水寨。雷家三兄弟率領士兵在後面緊緊追趕。楊再興異常氣憤，調轉馬頭向對方衝去，用槍接連挑死了雷禮、雷智、雷信三兄弟，又殺死了很多士兵，然後才護送岳飛等人回潭州去了。

楊么得知岳飛逃脫後非常懊惱，他非但沒有殺掉岳飛，反而還賠上了雷家五虎的性命。他命王佐回營再另想辦法對付岳飛。

岳飛得知韓世忠率領十萬水軍在水口駐紮後，就帶著張保去探望韓世忠。在回營的路上，他們遇到了楊么的族弟楊欽。楊欽說他的族兄楊么造反，他不想全宗族的人都因此而喪命，所以打算去見岳飛。他還說如果岳飛相信他，請在第二天來見他，他會幫岳飛滅掉楊么。

岳飛答應下來，第二天派張保去見楊欽。楊欽得知岳飛沒有到來後就對張保說：「我這裡有一件物品，麻煩你當面獻給岳元帥，千萬不能讓其他人知道。」說著，他從身邊取出一個包裹得嚴嚴實實的小冊子交給張保，再三叮囑張保務必小心。張保收好小冊子，回城見到岳飛把小冊子呈上。岳飛看過之後頓時喜笑顏開。

第四十回　韓世忠大破藏金窟

第二天，岳飛帶著那本小冊子去見韓世忠，對韓世忠說：「我要送給元帥一件功勞。」說著，他就把小冊子遞給了韓世忠。

韓世忠接過來仔細一看，才知道那是一幅標注得非常清晰的敵軍地圖。他非常高興地說：「岳元帥把這個功勞讓給我，我應該怎樣感謝你呢？」

岳飛答道：「都是為國家出力，根本用不著感謝。」

韓世忠請岳飛分撥手下幾位將領來幫忙，岳飛回營後就命令湯懷、牛臯、王貴、趙雲、周青、梁興、張顯、吉青等人前往韓世忠的水寨。韓世忠命令大兒子韓尚德與曹成、曹亮等人看守水寨，自己率領二兒子韓彥直、牛臯等八名統制以及五千兵馬去了蛇盤山，在離山十幾里的地方安營紮寨。

蛇盤山位於亂石高嶺深處，不易辨認，山中有個藏金窟是楊么的老巢。楊么的父親楊梟（ㄒㄧㄠ）帶領三兒子楊賓、五兒子楊會、護山丞相鄔（ㄨ）天美、輔國元帥燕必達、鎮國元

帥燕必顯、左衛將軍管師彥、右衛將軍沈鐵肩及數萬士兵守衛。楊欽把蛇盤山的道路畫成小冊子獻給岳飛，因此韓世忠才能夠領兵來到山下。

楊梟得知宋軍到來後，非常吃驚地說：「宋軍怎麼來到這裡呢？一定是我的兒子身邊有了奸細。」說完後，他派燕必顯和楊賓一起下山去捉拿宋將。

燕必顯和楊賓帶領士兵下山，來到宋軍營前挑戰。韓世忠派韓彥直迎戰，韓彥直將燕必顯和楊賓生擒押入軍帳中。楊賓是一個貪生怕死的小人，連忙跪在地上，而燕必顯卻不肯下跪。韓世忠呵斥道：「你這個反賊，現在已經被擒，為什麼不下跪？」

燕必顯回答說：「我既然被擒，要殺就殺，我是不會向你下跪的。」

韓世忠不與他計較，只吩咐左右道：「先把他們帶到後營關押起來，等我破了藏金窟，抓住楊梟後再把他們一起斬首。」左右領命，帶領燕必顯和楊賓向後營而去。

第二天，韓世忠給岳飛寫了一封密信。岳飛看過信後，就派人到死囚牢中找來一個叫蔡勳的囚犯，讓他冒充自己的侍衛王橫。

蔡勳來到韓世忠的軍營，韓世忠讓他帶領四個士兵押解楊賓去岳飛營中。蔡勳接到命令後就將楊賓推進囚車，率領四個士兵向澶州趕去。

路上他們來到一個靈官廟，廟裡的老道士帶著蔡勳去後殿喝酒，只給那四名士兵端來一些米飯和蔬菜。四個士兵非常氣憤，便商議將假王橫殺死。楊賓在囚車內聽到他們的談話後就對他們說：「我看你們四個相貌不凡，怎麼甘受那小人的氣？不如跟我去投靠我家大王，我勸他封你們為殿前統制。」

那四人聽後非常高興，立即打開囚車將楊賓放出來，之後去了後殿將假王横殺死。楊賓非常感激他們的救命之恩，就帶著他們去了藏金窟。楊梟得知自己的三兒子回來後非常高興，他聽說那四個士兵救了兒子的性命就把他們封為統制。他還對燕必達說：「你的兄長現在被關押在韓世忠的大牢裡，你悄悄地從後山去洞庭湖見大王，讓他趕快發兵來擒韓世忠，只有這樣你的兄長才能夠重獲自由。」燕必達領命，騎馬去了洞庭湖。

韓世忠得知四個士兵殺死假王横與楊賓一起逃走後，就派人帶上燕必顯並對他說：「我看你相貌不凡，所以才沒有下令將你押往潼州。你為什麼不歸順朝廷為國效力呢？」

燕必顯說：「我的弟弟燕必達現在是輔國大元帥，我的家人都在山上，我怎麼能不顧他們的性命呢？」

韓世忠說：「你倒也是條講忠義的漢子。既然如此，我就放你回去吧！」他吩咐手下將燕必顯的兵器和馬匹奉還讓他回山。燕必顯回到藏金窟後，楊梟擔心他已經歸順韓世忠，所以下令將他斬首。楊會為燕必顯求情，請求楊梟暫時將燕必顯關押起來，於是楊梟命人將燕必顯關進大牢。

楊梟看到援兵一直沒到，就擔心燕必達會歸降宋軍，便派楊賓帶領四名統制去接應。韓世忠了解到蛇盤山的動向後，就給岳飛寫了一封信，請求岳飛領兵阻擊敵人湖口的救兵；又派王貴、湯懷、張顯、牛皋領兵埋伏在蛇盤山半路。岳飛接到韓世忠的信後，派楊再興、徐慶、金彪三人領兵在青雲山下埋伏。

燕必達來到洞庭湖君山後，把楊梟的書信向楊么呈上。楊么得知蛇盤山被宋軍圍困後，立即派五千兵馬趕去救援。鍾義與燕必達率領援軍渡過洞庭湖，剛抵達湖口就遇到了楊賓及四名統制。兩路人馬會合火速地向蛇盤山而去。來到青雲山下時，楊再興率領伏兵殺出。鍾義二話不說舉刀就向楊再興砍去，楊再興提槍相應，雙方交戰了不到十個回合，楊再興就生擒了鍾義。楊賓看到形勢不妙打算逃命，四名統制一齊上來把他抓住。楊再興仔細一看，才發現那四個人原來是周青、吉青、趙雲和梁興。原來是韓世忠安排他們四人扮作士兵殺死假王横將楊賓釋放，贏得楊賓的信任從而打入藏金窟內部。楊再興命徐慶和金彪帶著鍾義和楊賓回城，他則領兵去援助韓世忠。

周青等四人騎馬來到蛇盤山，對楊梟說：「燕元帥果然有異心，他前往潭州城投靠岳飛了。現在三大王與奇王領兵攻打韓世忠的軍營並點火發信號，如果大王現在領兵下山，韓世忠便無路可逃。」話還沒說完，就聽士兵來報告：「山下大火熊熊燃燒，喊殺聲沖天，可能是救兵到了。」楊梟不知是計，立即命令楊會領兵接應。

楊會等人領兵剛走下蛇盤山數里，就遭到牛皋等四將的伏擊。楊梟在山上得知楊會等人中了埋伏後，就親自率領兩千名士兵下山營救。

山下牛皋等人正與敵人殺得難分難解，楊再興突然殺了進來將楊梟活捉。楊會看到形勢不妙便打算衝出去，牛皋看到後一鐧打去將他打下馬來。一會兒，韓彥直衝入戰陣，用槍將管師彥挑落馬下。沈鐵肩正要逃命，被吉青一棒打在腦袋上當場斃命。

韓世忠率軍來到了蛇盤山下。燕必顯的家將趁山中亂作一團，悄悄地把燕必顯放了出來。燕必顯想投降卻有些猶豫，周青等人對他說：「燕將軍，你的弟弟已經去了潭州，現在楊梟已經被活捉，你不如投降大宋保住你弟弟的性命。」

燕必顯說：「既然如此，不如把楊家人抓起來報功。」他就與周青等人一起將楊么的家人抓住，並獻出藏金窟。

韓世忠帶領眾將上山，把楊么的家人裝進囚車還一把火燒了山寨，然後領兵去見岳飛。岳飛下令將楊么的家人及燕必顯全部斬首，派人帶著他們的人頭去臨安報捷。韓世忠看到事情已經了結，就領兵返回水口水寨。

楊么得知宋軍大破蛇盤山，家人全部被斬首後痛哭不止，他決定與岳飛決戰為親人報仇。

高宗收到岳飛的奏章後，知道岳飛和韓世忠搗毀了楊么的老巢非常高興。他派內臣❶田

---

❶【內臣】古代皇宮中的官員，包括太監、護衛長官等。

思忠帶著三百罈御酒前往澶州嘉獎將士們。御酒需要禮部加封，田思忠便帶著御酒來到禮部侍郎秦檜的府中，秦檜正好因公務外出。他的夫人王氏自從回到中原後，一直想要加害岳飛，她看到這是一個好機會，就派人往御酒裡放了毒藥。秦檜回到家裡後，就把御酒加了封交給田思忠。

田思忠帶著御酒趕到澶州。岳飛與韓世忠一起接了聖旨。岳飛覺得三百罈御酒不夠三軍將士飲用，就派人把御酒送到教場，另派人再去買些酒來摻到一起。

牛皋聽說高宗派人送來了御酒，就犯了酒癮想先偷偷地喝一些。他來到教場，打開一罈御酒，卻覺得酒味不對。牛皋就讓自己的車夫喝了一些。車夫喝完酒，沒過多久就中毒而死。牛皋大吃一驚，叫道：「這個昏君，我們為他立下汗馬功勞❷，他卻用毒酒來害我們！」說完，他就提起雙鐧將所有的御酒罈子都打碎了。

岳飛得知牛皋打碎了御酒，就責問他為什麼這樣做。牛皋回答說御酒有毒。岳飛根本不信，還命令左右將牛皋推出去斬首。韓世忠和田思忠連忙為牛皋求情，岳飛看在他們的面上饒了牛皋死罪，把牛皋趕出了軍營。牛皋騎馬跑了幾十里來到碧雲山，那裡有一個叫鮑方的老道士，在老道士的勸說下牛皋出家做了道士。

之後岳飛向田思忠打聽御酒的來歷，田思忠回答說御酒是工部製造的，高宗命禮部加封，他派人把酒送到秦檜府上，秦檜因公外出，直到第二天才加封。岳飛聽後才覺得酒可能真的有問題，由於沒有確鑿證據只好對田思忠說：「請大人先回京覆命，等本元帥平定了洞庭湖的賊寇，回到京城後再追查此事。」

岳飛心中十分惦記牛皋，送走田思忠後就派人去尋找，可一直沒有找到。

❷【汗馬功勞】比喻征戰勞苦，泛指大的功勞。汗馬：戰馬由於過度勞累而出汗。

第四十一回　火牛陣

自從岳飛和韓世忠搗毀藏金窟後，楊么就一直想著要消滅岳飛和韓世忠。一天，他與軍師屈原公商議對付岳飛的策略，屈原公說：「微臣有一個計策。大王可以派王佐請岳飛來看君山，就說有小路可以繞到宮殿。岳飛如果前來，我們就派人放火，將他和王佐一起燒死。如此一來，我們就可以將內憂外患全部清除。如果王佐不肯去，我們就把他的家人囚禁起來，那樣他就不得不去了。」

楊么聽後非常高興，就叫來王佐商議。王佐卻覺得岳飛不會輕易上當。楊么認為王佐念及與岳飛的舊情，所以故意推託，就派人將王佐的家人囚禁起來，迫使王佐去請岳飛。

王佐被逼無奈，只好去潭州城請岳飛。見到岳飛後，他說：「上次的事完全是屈原公安排的，小弟根本就不知情。我今天前來，一是要向兄長請罪，二是要告訴兄長一件事。」他拿出洞庭湖的地圖，說：「今天夜裡兄長與我一起上君山，洞庭湖中有一條直通宮殿的路，如果大哥摸清這條道路就可以輕而易舉地擊敗楊么了。」

岳飛聽後，立即表示願意去探路。王佐走後，眾將擔心王佐不懷好意，所以紛紛勸阻岳飛不要前去。岳飛仍執意要去。他給韓世忠寫了一封信，讓韓世忠晚上去接應，然後就帶著張保、岳雲、張憲、楊虎一同前往東耳木寨。

王佐得知岳飛到來後趕忙出來迎接，帶著岳飛向君山而去。走到七里橋時，岳飛派楊虎守住那座橋。楊虎躲在石碑後面。過了一會兒，果然看到楊么的水軍元帥高老虎駕著小船向橋邊而來，高老虎上岸後就吩咐手下拆掉七里橋。楊虎悄悄地走到高老虎的身後，一鞭將他打死。他手下的士兵嚇破了膽，立即四散而逃。

王佐帶著岳飛等人登上君山。岳飛正在察看四周地形，突然火箭從四周一齊射來，落在事先準備好的柴草上，柴草瞬間燃燒起來。岳飛等人都被困在大火之中，他們只好冒著熊熊大火和滾滾濃煙向山下衝去。眾人逃到水口時遇到了楊虎，楊虎告訴他們橋已經被拆無法過去。眾人正焦急萬分，韓彥直駕船趕到把他們送到斷橋另一邊。岳飛等人上岸後，來到了東耳木寨門前。

岳飛對王佐說：「賢弟，我走了，請回去吧！」

王佐送走岳飛等人後，暗暗想道：「我兩次加害岳飛，可他並不追究；我為楊么鞠躬盡瘁[1]，他卻囚禁我的家人要脅我，實在太可惡了。」

王佐向楊么覆命說岳飛又逃脫了。楊么釋放了王佐的家人，因為沒有燒死岳飛而悶悶不樂。就在這時，有人稟告說德州王崔慶領兵趕到。楊么聽後非常高興，就命令元帥伍尚志領兵攻打潭州城。

伍尚志領兵來到潭州城下。岳飛率領眾將出城迎戰。伍尚志騎著銀鬃馬、手拿方天畫戟，大叫道：「你就是岳飛？」

岳飛答道：「沒錯！你是什麼人？」

伍尚志說：「我是通聖大王楊么手下大元帥伍尚志。」

岳飛勸說他歸順朝廷，伍尚志哪裡肯聽，提起方天畫戟就向岳飛刺來。岳飛提起瀝泉槍與伍尚志交戰。他們武藝相當，打了一百多個回合也沒有分出勝負。由於天很快就要黑了，他們只好收兵。

伍尚志回去後對楊么說要對付岳飛只能智取。他提議準備三百頭水牛，將鋒利的匕首綁在牛角上，把瀝青和松香❷澆在牛尾巴上；與敵人交戰時把牛尾巴點著，牛疼痛難忍一定會向前衝去。他還說即使岳飛本領高強，也抵擋不住這「火牛陣」。楊么聽後非常高興，立即下令準備三百頭水牛交給伍尚志。伍尚志帶著水牛回營做好準備。

第二天，伍尚志帶著水牛，來到潭州城下挑戰。岳飛領兵出城迎戰。雙方尚未交戰，伍尚志就下令將水牛的尾巴點著。那三百頭水牛受驚後，發瘋一般向岳飛陣中衝去。岳飛看到形勢不妙，立即下令後退。由於水牛跑得太快，很多士兵因來不及逃跑而被牛角上的利刃戳死。

隔天，伍尚志又領兵來挑戰。岳飛無法破解「火牛陣」，只好高掛「免戰牌」。伍尚志十分得意，回山對楊么說：「岳飛被我的『火牛陣』打敗後，不敢出城與我交戰。」楊么聽後很是高興，還把自己的女兒許配給伍尚志。

當天夜裡，伍志尚正準備休息，沒想到新娘子卻突然從胸前抽出一把刀，對伍尚志說：「我並不是楊么的女兒，你如果想要和我成親，必須要請我哥哥作主；否則的話，我寧死不從。」

伍尚志非常吃驚地說：「你哥哥是誰？」

公主便流淚說，她本姓姚，在她三歲那年，楊么將她的家人全部殺死；楊么看她可憐，就把她收留下來並撫養成大；她的姑母就是岳飛的母親姚氏，她希望表兄岳飛能殺死楊么為她報仇雪恨。她還勸說伍尚志投奔岳飛為國效力。

伍尚志聽後十分感慨地說：「楊么貪婪殘暴，的確無法成就大業。你的表兄是我們的敵人，我無法去見他。不過請娘子放心，既然你這樣說了，我一定照辦。」

---

❶【鞠躬盡瘁】指勤勤懇懇、盡力竭力地效勞。鞠躬：彎著身子，引申爲恭敬謹愼的樣子。瘁：勞累。盡瘁：竭盡心力。

❷【松香】指松脂蒸餾過後產生的一種透明、堅硬的物質，淡黃色或棕色，易燃燒。

出戰，我們一時之間也無法取勝。依我看，不如派人與他議和暫時罷兵，等到有利的時機到來。」

幾天後，楊么看到岳飛不肯出戰，就召集手下商議攻打澶州城。伍尚志說：「岳飛不肯

伍尚志的話剛說完，軍師余尚文就上前說道：「臣有破澶州的計策。大王派人在七星山上搭一個臺子，我登臺作『五雷法』，召天將進入澶州城砍掉岳飛的頭顱。岳飛一死，其他人就如同一盤散沙❸，成不了大事。」楊么聽後就立即命人搭臺。

牛皋雖然在碧雲山出家做了道士，但他生性好動，忍受不住寂寞。一天，他趁鮑方道長不注意，偷偷地下山來遊玩。他坐在一個樹林裡休息，突然看到一頭角上綁著鋒利的匕首的水牛衝了過來。那頭水牛是伍尚志的「火牛陣」逃脫出來的。牛皋每天吃素，早就吃得不耐煩了，於是抓住水牛將牛角上的匕首解下來把牛殺死，生火烤起牛肉來吃。

牛皋回到山上後，鮑方道長讓他下山幫助岳飛捉拿楊么。牛皋說他的兵器被收了起來、馬被放走了，沒有兵器和馬匹根本無法上陣殺敵。鮑方道長就派人取來牛皋的兵器和馬匹，命他下山。

牛皋下山走了沒多久，來到一座山前看到一個人在臺上作法。那個人就是楊么的軍師余尚文。余尚文念了半天咒語，突然看到一個黑臉大漢前來，還以為是自己的法術成功，召來了神將，就拍了一下權杖，大叫道：「神將聽令，我命你立即去澶州城將岳飛的腦袋砍下

來！」牛皋答應一聲，舉起鐵鐧向余尚文的腦袋打去將他打死。牛皋砍下余尚文的腦袋，騎著馬趕向澶州城。

牛皋見到岳飛後，把自己在路上偶遇余尚文作法並將他打死之事詳細地說了出來。岳飛看到牛皋回來喜出望外，連問牛皋這段時間去了哪裡。

牛皋不想說自己出家之事，便故意撒謊說：「我一直在各處閒逛無處安身，所以才會回到這裡。」

❸【一盤散沙】比喻力量分散。

第四十二回　結義

王佐帶著家人回到左耳木寨後，想起岳飛至仁至義❶就打算勸說西耳木寨的嚴奇與自己一起歸順岳飛。嚴奇認為楊么並不是一個能成大事的人，而岳飛忠義無雙、德才兼備，便有了歸順之意，可是他的兒子嚴成方卻不贊成。嚴成方雖然只有十四歲卻異常勇猛，使一對八稜紫金錘，罕遇敵手。他對嚴奇說：「孩兒聽說岳飛的兒子岳雲也使錘作武器，而且武藝超群。孩兒明天與他較量一番，如果他能打敗孩兒，我們就歸降；如果他打不過孩兒，就讓岳飛趕緊撤軍，否則休怪我不客氣。」嚴奇聽後，對王佐說：「孩子的話也有道理，如果就這樣去歸降，岳飛一定會小看我們父子的。」

王佐去潭州城拜見岳飛。軍士向岳飛報告時，牛皋在旁聽了，生氣地罵道：「王佐這個混蛋，多次欺騙我們，我這就去宰了他，出一出心頭的惡氣。」說著，他就提起雙鐧要衝出去。岳飛連忙制止並對他說：「賢弟，我兩次險些遇害身亡，就是要讓他歸順我。他雖然多次要加害於我，但我並不怪他。今天他來見我，一定是帶來了好消息。就讓他進來，聽聽他

說些什麼吧！」牛皋只好作罷。

王佐見到岳飛後跪在地上，說：「我兩次欺騙元帥，讓元帥受驚。元帥非但不殺我，反而還寬恕我，實在讓我感到羞愧。」

岳飛說：「賢弟，趕緊起來。你那樣做也是逼不得已，我怎麼會怪罪你呢？」

王佐慚愧地說：「為了感謝元帥的大恩大德，我邀請西耳木寨的嚴奇一起來歸順。不過他的兒子嚴成方卻不同意他歸降。嚴成方年紀雖小卻非常勇猛，他聽說元帥的公子武藝高強，就想與公子比試一下。如果公子打敗了他，他和他父親就會來歸順。」

岳飛聽後，說：「原來如此，賢弟先回去，我明天就讓小兒出城與嚴成方一較高下。」

第二天，岳飛命令岳雲出城與嚴成方比武。可是楊么在水寨練兵，嚴成方無法脫身，王佐就派兒子王成亮去通知岳雲。王成亮來到營前，卻被不知情的統制戚方一刀砍死。

岳雲知道後埋怨戚方魯莽，但已於事無補。岳雲只好派人把王成亮的腦袋送回去，一面去向岳飛請罪。

岳飛聽後，說：「王成亮是戚方殺死的，與你沒有關係。」岳飛命士兵重打戚方三十軍棍，之後派張保帶著戚方去找王佐，向王佐說明事情原委。

---

❶【至仁至義】指最大限度地爲別人提供幫助或善意。至：最。

王佐知道此事已經無法挽回，也就不再追究戚方的責任。他對張保說，嚴成方有事還沒有回來，請岳雲耐心等候。張保與戚方回營後，岳飛對戚方說：「本元帥接受邀請參加金蘭會、探君山，目的就是要收服王佐。眼看就要成功了，你卻殺死王佐的兒子，險些壞了我的好事，幸虧我派人將此事解釋清楚才不至於讓此前的努力全都白費。好了，你先回營養傷吧！」說完後，他又讓岳雲出城等候嚴成方。

嚴成方騎馬出營迎接挑戰，嚴成方恭敬地說：「小弟聽說公子武藝高強，今天特意前來領教。」說罷，兩人揮舞雙錘打了起來，打了八十多個回合也沒有分出勝負。岳雲故意示弱，說：「你的錘法果然厲害。」隨即催馬向前逃去。嚴成方大喊道：「不要跑！我要不把你打下馬就稱不上英雄。」說著就拍馬追去。

岳雲逃了十幾里，看準時機，突然回馬一錘把嚴成方手中的錘震到地上，緊接著又一錘把嚴成方打落在地。嚴成方見自己落敗只好認輸，表示願意歸降。

岳雲把嚴成方扶起來，說：「我早就聽說了嚴公子的大名，今天相見實在榮幸之至。公子如果願意歸降，共同為國效力，我情願與公子結拜為兄弟，不知道公子是否願意？」

嚴成方說：「小弟也有這個想法。」

兩個少年就跪在地上發誓結為兄弟。結拜過後，他們就各自騎馬回營去了。

嚴成方沒有直接回西耳木寨，而是去了東耳木寨。他把與岳雲結拜之事告訴了王佐，王

岳雲逃了十幾里，看準時機，突然回馬一錘把嚴成方手中的錘震到地上，緊接著又一錘把嚴成方打落在地。

佐聽後非常高興，就與嚴成方一起去了西耳木寨，與嚴奇商議歸降之事。

岳雲回到潼州城，把與嚴成方結拜之事講給岳飛聽，岳飛也喜出望外。過了一會兒，有人報告說楊么手下的長沙王羅延慶來到城外挑戰。楊再興聽到後上前說道：「小將是羅延慶最好的朋友，請元帥派我出戰，讓我勸說他歸降。」岳飛聽後就派楊再興出城。

楊再興出城，來到陣前，大叫道：「誰敢與我楊再興交戰？」

羅延慶騎馬上前，看到楊再興後使了一個眼色，大叫道：「羅延慶在此，來將不要放肆！」說著便提槍向楊再興刺去。

楊再興舉槍相迎，與羅延慶打了起來。他們打了十幾個回合，楊再興故意露出破綻詐敗而逃，羅延慶在後面緊緊追趕。楊再興騎馬跑了四五里路，來到一個茂密的樹林裡。他看到四周無人，就停了下來對羅延慶說：「兄弟，很久不見，別來無恙啊？沒想到你竟然會投靠在楊么麾下。兄弟何不跟我投降大宋，以後為國效力、建功立業呢？」

羅延慶說：「小弟早有此意，不如等岳元帥與楊么交戰時，我殺死賊人作為見面禮吧！」

楊再興聽後非常高興，但為了不露出破綻，他們仍騎馬回到戰場上又打了幾個回合。楊再興故意不敵羅延慶逃回潭州城內，羅延慶也不追趕，領兵回去了。

楊再興回去拜見岳飛，將羅延慶願意歸降並回到楊么那裡做內應之事講了出來。岳飛大喜，給楊再興記了一功。

第四十三回　大破五方陣

楊么的軍師屈原公創造了一個五方陣，各路人馬到齊後就加緊演練，打算與岳飛決一死戰。

岳飛知道此事後就在夜晚帶著張保出城，悄悄地去觀察敵營動靜。他們來到一個樹林，岳飛爬到樹上向敵營望去。突然，有人射出一枝箭，正好射中了岳飛的肋部。岳飛因為抱住了樹枝，才沒有摔到地上。張保看到岳飛中箭，立即上樹把岳飛扶下來。他看到岳飛臉色慘白，就忙背著岳飛匆匆忙忙地返回了潭州城。

回到元帥府後，張保把岳飛放在床上。岳飛昏迷不醒，岳雲非常擔心，連忙將箭頭拔出。頃刻一股黑血順著箭頭流了出來，眾將這才知道原來箭頭有毒，紛紛驚慌起來。這時牛皋突然想起鮑方道長曾送給他兩粒仙丹能夠解毒。他急忙拿出一粒給岳飛服下，果然救了岳飛一命。

牛皋仔細看那箭頭，說：「元帥，這枝不是敵軍的箭，而是本營的將領所放啊。」

眾將聽後都很吃驚。可是岳飛卻將那枝箭折斷，不讓眾將再追究這件事。

眾將回營後，岳飛來到後堂，岳雲問道：「父親，我已經知道是誰害你了，你為什麼不殺死他呢？」

岳飛說：「孩子你有所不知，是他怪我賞罰不明❶，所以才會這樣做。我用仁義來感化他，他一定會為自己的行為感到後悔的。」

楊么手下的各路大軍雖然已經到齊，但他並沒有擊敗岳飛的把握，所以召集手下眾將商討萬全之策。屈原公上前說道：「臣的五方陣已經演練得爐火純青❷。大王派王佐去引誘岳飛出兵，並讓他切斷岳飛的退路，派崔慶和崔安在左路，羅延慶和嚴成方在右路，二大王楊凡率領中路大軍，從四面圍攻岳飛大軍。為了防止韓世忠趕來救援，大王派花普方率領水軍攻打韓世忠。如此一來，岳飛就插翅難飛了。」

楊么聽後便吩咐屈原公去做準備。此前曾偷偷送給岳飛地圖的楊欽站出來說：「軍師的計策非常高明，不過岳飛的手下個個智勇雙全，千萬不能輕視。臣願意親自去潭州城見岳飛與他議和。如果他肯罷兵，那麼雙方就不用拼個你死我活，我們也可以節省大量錢財和糧食。」

楊么深知岳家軍不容易對付，所以說：「御弟如果前去議和，那可實在太好了！岳飛如果肯退兵，我寧願拿出一些財物送給他。」

這個時候，伍尚志站了出來，說：「微臣願意一同前往。」

楊么說：「駙馬一起去的話，我就更加放心了。」

楊欽不知道伍尚志也打算歸降岳飛，所以不想帶他一起去，但是為了不引起楊么的懷疑也只得同意。

楊欽和伍尚志來到潭州城，進入帥府拜見岳飛。楊欽說：「我家主公派我與伍尚志來講和，如果元帥肯退兵，我家主公願意送上糧草和財物，每年向大宋進貢，不知道元帥是否答應？」

岳飛說：「本元帥很快就會平定洞庭湖，楊么早晚都會被擒，他根本沒有資格講和。」說著，他便吩咐手下把楊欽和伍尚志囚禁到不同的地方。

到了深夜，岳飛派張保請楊欽到後營相見，岳飛對楊欽說：「剛才冒犯了將軍，希望將軍原諒。」

楊欽當然知道岳飛是故意這樣安排，便說道：「小將此次前來有要事相告。屈原公召集各路大軍擺下『五方陣』，在陣的前後左右都埋伏了兵馬，希望元帥做好準備找出破敵的方法。另外，我擔心元帥大軍到來會傷及我的家人，希望元帥命令手下將領不要傷害他們。」

---

❶【賞罰不明】該獎賞的不獎賞，該懲罰的不懲罰，賞罰非常混亂。

❷【爐火純青】比喻達到了非常熟練的程度。純：純粹。

岳飛說：「要不是將軍獻上地圖，我軍怎麼能攻破蛇盤山呢？本元帥還打算上奏朝廷，請求朝廷封賞將軍，自然也會保護你的家人。」說著，他交給楊欽一面小旗，並告訴楊欽，把旗插在門上，岳家軍就不會進門。

送走楊欽後，岳飛派王横帶伍尚志前來。岳飛知道伍尚志是一個人才，就好言相勸希望他能夠歸降。伍尚志就把受到楊么器重、與公主成親之事說了一遍，還把公主對他講的話說了出來。岳飛聽後，急忙站起來說：「如此說來，你就是我的妹夫了。」說完後，他就派人請岳雲前來拜見姑父。之後，他又派家將請楊欽來相見。

伍尚志聽說要請楊欽，便非常吃驚地說：「我在這裡不方便與他相見。」

岳飛說：「沒事，他也有事才會到這裡來的。」

過了一會兒，楊欽到來，他看到伍尚志後顯得有些不知所措。岳飛把此前的事詳細地說了出來，他們聽後都大笑起來。

岳飛探明楊么的虛實後，就與韓世忠約定由水路和陸路發兵聯合圍剿楊么。他知道韓世忠手下將領不足，就調牛皋、楊虎、耿明初、耿明達、阮良五人前去助陣。

楊么聽說岳飛率領大軍到來後，就派屈原公擺五方陣迎敵。岳飛知道五方陣非常厲害，因此對眾將領說：「屈原公調集各路兵馬擺下五方陣。該陣分為金、木、水、火、土五路，每一路都有埋伏，而且四周互相救應。各位將領一定要小心應對。」

眾將紛紛表示一定奮勇殺敵。岳飛命令余化龍、周青、趙雲三人率領三千兵馬從正西殺入陣中；命令岳雲、張顯、王貴三人率領三千兵馬從正北殺入陣中；命令張憲、張奎、鄭懷三人率領三千人馬從正東殺入陣中；命令何元慶、施全、吉青率領三千人馬從正南殺入陣中；命令楊再興、張用、張立率領三千人馬從中央衝入陣中，將敵人的帥旗砍倒。他則親自率領大軍在後方接應。

就在岳飛率領大軍準備從陸路進攻時，韓世忠按照約定從水路殺來。楊么收到消息後，急忙派楊欽守衛洞庭湖宮殿，命伍尚志保護他的家人，他則與太尉花普方去迎戰韓世忠的水軍。

岳飛手下眾將按照岳飛的指示衝入五方陣中。陣中羅延慶、嚴成方雖然武藝高強，但他們早就想投降岳飛了，所以並沒有出力，只有小霸王楊凡奮力抵抗。

此時，王佐和嚴奇將東耳木寨和西耳木寨獻出，岳飛命令他們立即收拾寨中財物，躲進潭州城內。伍尚志派人引岳飛上山，岳飛領兵來到楊么的水寨，放火將水寨燒毀。楊欽來接應岳飛大軍，將叛軍將領的家人全部殺死。

楊么得知楊欽和伍尚志叛變後十分氣憤，但是他此時正領兵與韓世忠激戰根本無暇顧及。

岳飛將洞庭湖宮殿燒毀後，領兵來到岸上駐紮。這時突然有探子報告說金國四太子金兀朮率領兩百萬大軍來犯中原，馬上就要到朱仙鎮❸了。岳飛聽後大吃一驚，說：「我還沒有平定楊么叛亂，現在金國大軍又來進犯，這可怎麼辦呢？」思考了一會兒後，他就命令軍政司[4]調集七隊人馬等候命令，又發文書給各路總兵和節度使，讓他們聚集到朱仙鎮。

在五方陣內，何元慶、吉青、施全領兵從正南殺入，崔安領兵抵抗，被何元慶一錘打死。余化龍、周青、趙雲領兵從正西殺入，崔慶領兵抵抗，被余化龍用槍刺死。岳雲、張顯、王貴領兵從正北殺入，又滅掉了敵將金飛虎。然後領兵向內殺去，三路兵馬合在一起將敵人殺得呼天搶地。

張憲、鄭懷、張奎領兵從正東殺入，敵將周倫領兵抵抗。周倫揮舞雙鞭正要向張憲打去，被鄭懷一棍打死。楊再興領兵從中路殺入，遇到了三大王楊凡。楊再興與楊凡武藝相當，他們打了很久也沒有分出勝負。嚴成方看到楊再興一時無法取勝，就大叫道：「嚴成方來助你！」楊凡以為嚴成方是來幫助自己的，所以沒有任何防備。嚴成方上前一錘將楊凡打下馬，楊再興趕過來將他的頭顱砍了下來。羅延慶看到楊凡已死，便殺死幾員副將，大叫道：「我已經歸順岳元帥了！你們不想死的就與我一起歸降。」陣中人馬看到主帥已經被殺便紛紛逃命去了。

屈原公收到五方陣已經被攻破、伍尚志與楊欽引岳飛大軍燒毀宮殿、花普方投降、楊么被韓世忠圍困等消息後，知道大勢已去便棄船逃命去了。

---

❸【朱仙鎮】地名，位於現在的河南省開封市開封縣縣城西南部。

❹【軍政司】管理軍隊裡各種事務的官員。

第四十四回　楊再興小商河遇難

韓世忠的水軍將楊么打得毫無還手之力，楊么看到形勢不妙就棄船跳逃命去了。楊虎和阮良等人一起追趕楊么，並派探子向岳飛報告，岳飛聽後十分高興。

不一會兒，楊再興得勝回營。岳飛對他說：「賢弟，你來得正是時候。剛才探子來報告說金兀朮率領二百萬大軍進犯中原，就要到達朱仙鎮了。賢弟率領五千兵馬作為第一隊，火速前去朱仙鎮救援，路上千萬小心。」楊再興領命而去。

一會兒，岳雲進營覆命。岳飛把金兀朮率領大軍進犯之事講了一遍，命岳雲率領五千人馬作為第二隊去救援。此後，岳飛又命嚴成方、何元慶、余化龍各率領五千人馬趕往朱仙鎮。

羅延慶來到軍營見岳飛，跪在地上說：「末將現在才來歸降，希望元帥原諒。請元帥收留！」

岳飛連忙把他扶起來，說：「我自從上次在汴梁見過將軍後就非常思念將軍，現在將軍棄暗投明，我高興還來不及，怎麼會怪罪你呢？我本想與將軍暢飲一番，不過金國四太子金兀朮率領大軍進犯中原，很快就要到朱仙鎮了。我已經派遣五路人馬趕去救援，將軍可率領五千士兵作為第六隊人馬前去。將軍立下戰功後，我會奏明聖上，到時候聖上一定會重重封賞將軍。」

羅延慶聽後非常感動，他說：「元帥待我恩重如山，我一定擊退金兵，報答元帥的大恩大德。」說完後，他就領兵向朱仙鎮而去。

羅延慶走後，伍尚志進營拜見岳飛。岳飛讓伍尚志去潼州城內與他表妹完婚，第二天率領五千兵馬作為第七隊救援朱仙鎮。伍尚志領命而去。

岳飛派牛臯去各地催糧，然後與韓世忠一起向朱仙鎮進發。

楊再興率領第一隊人馬，火速向朱仙鎮趕去。當時是十一月份，天氣非常寒冷，一場大雪不期而至。楊再興率領五千士兵馬不停蹄地走了兩個晝夜，來到距離朱仙鎮不遠的地方。他看到漫山遍野都是金國的人馬，就命令士兵在原地紮營，他則單槍匹馬向金兵大營殺去。

金兀朮上次被岳飛打敗後，就一直想要報仇雪恨。這一次，他率領六十五萬人馬，號稱二百萬向小商橋[1]而來。楊再興向金兵衝去，首先遇到了金兀朮的第一隊先鋒雪里花南。楊再興一槍就將雪里花南挑死，金兵見狀嚇得不敢抵擋，紛紛向兩邊散開讓出一條道路。楊再興縱馬向前，很快就遇到了第二隊先鋒雪里花北的隊伍。雪里花北迎上前去與楊再興交戰，楊再興一槍刺去就把他刺死了。那些金兵嚇破了膽，又讓出了一條路。楊再興越戰越勇，很快就來到了金兵第三隊人馬前。三隊先鋒雪里花東得知楊再興連挑了前面兩員將領，便提著刀上前迎戰。他的刀還沒有舉起，楊再興的槍就已經刺到了他的頸下，他招架不住翻身落馬而死。殺死雪里花東後，楊再興向金兵殺去，金兵死傷無數紛紛逃竄。第四隊先鋒雪里花西得知前面三隊的情況後，騎馬上前迎戰楊再興。他剛與楊再興交手就被楊再興刺死。楊再興單槍匹馬連殺四名金國大將，那四隊金兵看到主將被殺死都爭先恐後地逃命。

楊再興看到金兵沿著大路向北逃去，想道：「前面有一條小路，我不如從這條小路追去，趕到金兵的前面截住他們，讓他們無處可逃。」那條小路上有條小商河，河水雖然不深，裡面卻滿是淤泥和爛草。由於天氣寒冷，河水已經結冰，而且河面被厚厚的積雪覆蓋起來讓人無法辨認。金兵知道這條小商河，所以全都沿著大路逃跑。楊再興不知，只顧著催馬追趕金兵，結果連人帶馬跌入河中。那些金兵看到後便一齊向他射箭將他射死。

岳雲率領第二隊人馬趕到時天已經快黑了，得知楊再興被金兵射死之事後，懊悔自己沒有及時趕到，他吩咐手下士兵安營紮寨，然後就騎馬向金兵大營衝去為楊再興報仇。

岳雲衝入金兵大營，揮舞兩把銀錘逢人便打，金兵死傷大片。岳雲懷著滿腔怒火越戰越

---

❶【小商橋】位於河南省漯河市臨潁縣與郾城區交界的小商河上。小商河爲古時商王經此而得名，橋因河而取名，河因橋而出名。

楊再興看到金兵沿著大路向北逃去，想道：「前面有一條小路，我不如從這條小路追去，趕到金兵的前面截住他們，讓他們無處可逃。」

勇，不斷地向前衝殺。

岳雲在金兵大營奮勇殺敵時，嚴成方率領第三隊人馬趕到了。他吩咐手下安營紮寨，自己催馬向金營衝去。他來到金營揮舞著紫金錘，找到岳雲後與他一起向前衝殺。

金兀朮命令各營元帥立即迎戰，並下令一定要將岳雲和嚴成方活捉，金國將領便領兵把岳雲和嚴成方包圍起來拼命地廝殺。

何元慶率領第四隊人馬趕到後，士兵們便對他說了楊再興被射死、岳雲和嚴成方闖入金兵大營為楊再興報仇之事。何元慶聽後就命令手下士兵安營紮寨，然後騎馬向金營衝去。余化龍、羅延慶、伍尚志趕到後也都單槍匹馬向金營衝去。

岳雲、嚴成方、何元慶、余化龍、羅延慶、伍尚志六個人被金兵團團圍住，他們毫不畏懼，各自施展武藝殺得金兵屍橫遍野。金兵人多勢眾，把岳雲等人團團包圍起來。岳雲等人奮力拼殺，殺了一天一夜也沒有衝出重圍。

岳飛和韓世忠率領大軍趕到便下令放炮，岳雲等人聽到炮聲知是大軍已到便奮力向外殺去。岳雲一馬當先，何元慶、余化龍、羅延慶、伍尚志跟在後面一齊向外衝。岳雲回頭看到嚴成方還在與金兵廝殺，就帶領著何元慶等人衝入金兵陣中。岳雲來到嚴成方身邊，大叫道：「賢弟，趕緊跟我回營。」嚴成方打了一天一夜已經昏頭了，根本分不清敵我，舉錘就向岳雲打來。岳雲一手揮舞銀錘抵擋金兵，一手拉住嚴成方的左手。何元慶趕上來，拉住了嚴成方的右手，羅延慶抱住嚴成方往外衝。余化龍和伍尚志一前一後抵擋著不斷衝上前來的金兵。經過一番殊死拼殺，他們終於衝出了金兵大營，來到軍營向岳飛覆命。

岳飛看到嚴成方身體虛弱，就讓他去後營調理。羅延慶因為楊再興被射死而異常悲痛，岳飛安慰道：「賢弟，不要再難過了。身為武將，能死在戰場上也是一種榮耀。只不過他如此英雄，卻沒有受到朝廷的封賞。」隨即吩咐手下準備祭祀用品，帶領眾將前往小商河祭奠。

岳雲等人從金軍大營離去後，金兀朮看到軍營裡到處都是金兵的屍體，還有大量金兵受傷，便下令將屍體掩埋，讓傷者去後營治療。他對手下眾將說：「岳飛這麼厲害，等宋軍各路人馬到齊肯定又有一番大戰。想那秦檜當初曾對天發誓，回到大宋後一定暗中幫助我們，難道他忘了我的恩情，不肯為我出力嗎？」軍師哈迷蚩說：「四太子放心，秦檜一定會幫助四太子的。四太子再耐心等待幾天。」

幾天後，宋朝各路節度使、各總兵共率領二十萬大軍趕到了朱仙鎮。高宗派欽差賞賜岳飛一把「尚方寶劍」，憑此可以自行封賞立功的將領，對有罪者先斬後奏。岳飛送走欽差後，有探子報告說趙太師因病去世，高宗封禮部尚書秦檜為太師。岳飛及各位節度使、總兵都派人送禮祝賀秦檜升遷。

第四十五回　寧死不降

秦檜被高宗提拔為太師後，便開始玩弄權術、提拔親信，打壓異己。新科狀元張九成去拜見他時沒有送禮，他異常惱火，就勸說高宗讓張九成去岳飛的軍營做參謀。

張九成奉旨來到岳飛的軍營，岳飛請他進營，問道：「狀元都是非常有才華的人才能夠考中的，你為什麼不在朝廷裡為皇上分憂，卻來到這裡當參謀呢？」

張九成回答說：「天子大恩大德，讓我高中狀元。我出身貧寒，去拜見秦太師時沒有帶禮物，所以被派來當參謀。」

岳飛對眾將們說：「實在太過分了！那秦太師也是十年苦讀才一步步做到丞相的，他怎麼能夠收受賄賂、輕用賢良之才呢？」

眾將聽後也非常氣憤。過了一會兒，聖旨到來，欽差進營讓張九成接旨，張九成連忙跪下接旨。聖旨命張九成持信物前往五國城，到那裡向被金人囚禁的徽宗和高宗問安。欽差讀完聖旨後，又對岳飛說：「皇上命岳元帥立即派張九成出發。」

送走欽差後，眾將紛紛議論道：「這根本不是皇上的旨意，一定是秦檜玩弄權術故意陷害狀元。」他們都非常氣憤，還說朝廷中有這樣的奸臣，忠臣就要遭殃了。

岳飛問張九成：「狀元打算什麼時候出發？」

張九成答道：「既然皇上下旨，我又怎敢拖延呢？我今天就能出發，不過在出發之前，我要寫信通知我的老母親和弟弟。」

岳飛聽後，說：「既然這樣，你現在就可以寫信，送信的事就交給我去辦好了。」張九成知道此去凶多吉少，很可能再也無法見到母親和弟弟了，想到這裡眼淚情不自禁地流了下來。信寫好後，他把信和一個香囊❶裝在信封內交給岳飛。岳元帥接過信，命一名家將把信送到常州張九成的家裡。

張九成悲傷地說：「請求元帥派一位將領送我去金軍大營。」

岳飛說：「理應如此。」隨即對眾將說：「哪位將軍願意送狀元去金營？」

岳飛的話音剛落，下面就有人答道：「末將願意前去。」

岳飛抬頭一看，發現那個人是湯懷。岳飛知道此去非常凶險，所以悲傷地說：「湯將軍，千萬小心。」

岳飛率領各節度使、總兵及眾將把湯懷和張九成送到小商橋。張九成與岳飛等人道別後，湯懷說：「各位大人，末將去了。」

岳飛帶領眾將回到營中，依然難以抑制難過之情。

湯懷護送張九成來到金兵大營。他衝著金兵大叫道：「你們這群可惡的金兵聽著，這位是我大宋新科狀元張九成，他奉大宋皇帝之命前往五國城問候徽宗和欽宗。你們趕緊去通報，讓出道路放我們過去！」

金兵聽後，急忙進帳向金兀朮報告。金兀朮聽後，感慨道：「大宋有這樣的忠臣，實在讓人敬佩啊！」隨即吩咐打開大營的門讓出一條路，並派一名將領率領五十名士兵護送他們前往五國城。

號令傳下後，金兵各營都將哨卡打開讓出路來。張九成和湯懷一前一後橫穿金營而過。兩旁的金兵都誇獎他們是忠臣。金兀朮看到也不住地讚歎。他看到湯懷有些眼熟，就問軍師哈迷蚩說：「走在後面的小將，是不是岳飛手下的湯懷？」

哈迷蚩回答說：「的確是姓湯的小子。」

金兀朮說：「真是沒有想到中原竟會有這樣不怕死的人。看來想奪取大宋江山談何容易！」說著，他吩咐手下將領道：「把大營關閉，等湯懷回來時一定要將他活捉，不能讓他丟了性命。如果有人敢違抗我的命令就斬首。」

---

❶【香囊】盛香料的小囊，戴在身上或懸掛在帳前作為飾物。

湯懷護送張九成出了金兵大營，將張九成交給金國將領，並說：「一路上你們要好好服侍。」說完後，他又依依不捨地對張九成說：「張大人，末將只能送到這裡了，你路上小心。」

張九成說：「今天分別後，恐怕這輩子再也見不到將軍了。」說著，他的眼淚就情不自禁地流了下來。

湯懷也流下淚來。看著張九成走遠，他擦乾眼淚、騎上馬返回金兵大營。金兵上前把他包圍起來，並說：「姓湯的！我們四太子派我們前來抓你，你今天別想回營去了！」

湯懷聽後憤怒地大叫道：「我早就把生死置之度外了。」說著就騎馬衝上前去與金兵交戰。金兵大營長五十多里，而且湯懷的武藝並不出眾，因此他單槍匹馬根本不可能殺出去。

湯懷拼盡全力與金兵交戰，但金兵實在太多，他感到越來越難以招架。他想道：「看來我是衝不出去了！還不如一死了之。」

那些金兵說：「姓湯的，還不投降！」

湯懷呵斥道：「你們想得倒美！你湯老爺怎麼會向你們投降呢？我大哥岳元帥一定會率領大軍前來將你們趕出中原，到時候會殺進金國活捉完顏阿骨打那個老賊，將你們這些金兵全部殺光。」他大叫道：「岳大哥，小弟這輩子再也看不到你了！」說著，他提起手中的槍向自己的喉嚨刺去，自殺而亡。金兀朮吩咐將湯懷的屍體掩埋，頭顱掛在軍營前。

得知湯懷死訊，岳飛痛哭失聲，說：「我們從小一起學藝，比親兄弟都要親。你還沒有得到朝廷的封賞、過上太平日子卻被金人所殺。」眾將得知此事後也都非常悲痛。岳飛派人準備祭祀用品，在軍營前祭奠湯懷。

就在岳飛等人為湯懷以身殉國❷而悲傷時，有一個年僅十六歲的孩子來到了金兵大營。他是金兀朮的義子，名叫陸文龍，武藝出眾，被稱為「金國第一人」。

陸文龍進營參見金兀朮後，便問道：「父王率領大軍來到中原已經有些日子了，為什麼不領兵前往臨安將宋朝的皇帝捉住，反而在這裡安營紮寨呢？」

金兀朮回答說，他率領大軍來到這裡，宋軍將領楊再興接連殺死四位元帥，後來落入小商河，被亂箭射死；岳雲、嚴成方等人來闖營，殺死大量士兵。他還說，宋軍各路人馬在對面紮下十二座大營，而且岳飛用兵如神，所以才難以前進。

陸文龍聽後，說：「現在離天黑還有一段時間，兒臣領兵去捉幾個宋將，免得父王無聊。」

金兀朮聽後非常高興，他說宋將非常厲害，叮囑陸文龍多加小心。

---

❷【以身殉國】爲了報效祖國而犧牲。殉：死。

第四十六回　王佐斷臂

陸文龍領兵來到岳飛營前挑戰。岳飛派呼天慶和呼天保兩兄弟迎戰。兩兄弟來到陣前，見對方將領是個威風凜凜、年僅十六七歲的小將，心中暗暗叫好。呼天保高聲叫道：「金將報上姓名。」

陸文龍說：「我是大金國昌平王殿下陸文龍。你是什麼人？」

呼天保答道：「我是岳元帥帳下大將呼天保。你年紀輕輕，為什麼要來送死呢？依我看，你立即回去換一個年長的前來，免得別人說我欺負小孩子。」

陸文龍聽後哈哈大笑起來，說：「我聽說你家岳元帥本領高強，所以來捉他。你們這些小兵，我根本沒有放在心上。」

呼天保聽後非常氣憤，拍馬向陸文龍衝去。陸文龍左手提槍擋住呼天保的刀，右手舉槍向他刺去，一下就刺死了呼天保。呼天慶又驚又怒，舉刀就向陸文龍砍去。陸文龍舉起雙槍，抵擋住對方的攻勢。雙方打了不到十個回合，陸文龍就把呼天慶刺下馬，然後再補一

槍，呼天慶也隨他哥哥去了。

陸文龍殺得興起，對著宋營大叫道：「宋營中有沒有本領高強一些的人？趕緊出來與我交戰，這樣沒本事的將領只能白白送死。」

岳飛得知呼天慶和呼天保被殺死後非常悲痛，他問眾將道：「有哪位將軍願意去捉拿那個金國將領？」

岳雲、嚴成方、何元慶、張憲四人走上前來，說願意一起上陣。岳飛知道陸文龍不好對付，便讓他們四人使用「車輪戰」，一個一個地與陸文龍交戰。四人領命，領兵來到陣前。

岳雲第一個上前，大叫道：「誰是陸文龍？」

陸文龍答道：「我就是！你是什麼人？」

岳雲說：「我是大宋岳元帥的大公子岳雲。你這個小將不要害怕，趕緊上來領教我的銀錘吧！」

陸文龍說：「這個名字倒是有點兒耳熟，我在金國的時候就聽人提起過。不過，你今天遇到了我，恐怕就要丟掉小命了。」說著，他舉起手中的槍向岳雲刺去。

岳雲舉錘相迎，與陸文龍打到了一起，轉眼間就打了三十多個回合。嚴成方上前，衝著岳雲喊道：「大哥，你先休息一下，讓我來對付他。」說著便舉錘向陸文龍打去。他與陸文龍又打了三十幾個回合。何元慶拍馬上前換下嚴成方，張憲也舉槍來戰。陸文龍揮舞雙槍左右抵擋，雙方打得不可開交。

金兀朮得知宋軍四員將領先後出戰後，說道：「岳飛用『車輪戰』來對付文龍，實在可惡，趕緊鳴金叫文龍回來。」

陸文龍聽到鳴金聲後，架開張憲的槍轉身奔回營去了。

第二天，陸文龍又來到岳飛的軍營前挑戰。岳飛仍派岳雲等四人出戰。余化龍想見識一下陸文龍的武藝，就主動向岳飛請戰。岳飛答應，派他與岳雲等人一起上陣。

岳雲等人來到陣前，仍然按照岳飛所布置的「車輪戰」，先後與陸文龍交戰。金兀朮得知此事後，擔心陸文龍的安危，就帶領手下眾將來到陣前觀看。陸文龍與岳雲等五人輪番交戰絲毫不落下風，雙方各不相讓，直殺到傍晚時分。宋軍五將看到無法打敗陸文龍，便一齊上前與陸文龍交戰。金兀朮擔心陸文龍吃虧，就率領手下將士一齊上前廝殺。雙方混戰在一起，直殺到天黑才收兵。

岳雲等人回營後對岳飛說：「這陸文龍實在厲害。」岳飛命人掛出「免戰牌」，又安撫眾將一番，回到後營苦苦思索破敵的計策。

統制王佐得知全營將士都在為無法破敵而苦惱，便尋思道：「我自從歸降以來，沒有立過任何功勞。我要想一個破敵的辦法，既可以報答皇恩，也可以替岳元帥分憂，還能名垂青史❶。」他苦苦思索，終於想起《春秋》裡面「要離斷臂刺慶忌❷」那段故事。他打算像要離那樣砍掉手臂潛入金營，尋找合適的機會刺殺金兀朮。想到這裡，他就從腰間拔出寶劍將右臂砍了下來。他手下的士兵看到後十分驚恐，忙問他為什麼要這樣做。王佐說：「你們在營中好好看守，千萬不要把這件事傳出去。」

說完他就將砍下來的右臂包好裝在袖子裡，悄悄去見岳飛。岳飛看到他渾身上下沾滿了鮮血，驚問：「賢弟，你怎麼會弄成這個樣子？」

王佐說：「元帥，請不要驚慌。我看到元帥為金兵進犯中原、陸文龍武藝高強無人能敵而憂心，想到元帥對我的大恩大德，便想為元帥分憂以報答元帥的恩情。我要仿效當年吳國『要離斷臂刺慶忌』的故事，所以就把右臂砍了下來，特來請求兄長准許我前往金營。」

岳飛聽後非常難過，眼淚不由自主地流了下來。他說：「賢弟，我肯定能想出破敵的策略，你為什麼要把手臂砍下來呢？現在趕緊回營請醫官治療吧！」

王佐說：「大哥，我的手臂已經砍下來了，即便留在營裡也只是一個廢人。如果大哥不

---

❶【名垂青史】形容功業巨大，永遠不會被人忘記。垂：流傳。青史：史書。

❷【要離斷臂刺慶忌】要離是春秋時期吳國著名的刺客。吳王闔閭（ㄏㄜˊ ㄌㄩˇ）登基後，慶忌逃到了衛國。慶忌是吳國的第一勇士，他在衛國招兵買馬，打算殺掉闔閭。闔閭的大臣伍子胥推薦身材瘦弱的要離去衛國刺殺慶忌。要離自己砍掉右臂取得慶忌的信任，找機會殺死了慶忌。

讓我去，我就死在這裡。」

岳飛聽後大哭著說：「既然賢弟已經決定了，那就放心去吧！你儘管放心，我一定會照顧好你的家人。」

王佐向岳飛道別後，就連夜出營向金營趕去。他趕到金營時天已經亮了，他對守營的金兵說：「請幫我通傳一下，就說宋朝將領王佐有事求見四太子。」

金兀朮下令讓王佐進營相見。看到面無血色、渾身上下沾滿了鮮血的王佐後，金兀朮問道：「你是什麼人？到這裡來做什麼？」

王佐回答說：「小人本是洞庭湖楊么手下大臣，被楊么封為東聖侯。岳飛領兵打敗了楊么，致我國破家亡，只好歸順他，做了他手下一名統制。如今四太子率領大軍來到這裡，陸文龍殿下武藝超群，打得岳飛手下將領無法招架。岳飛想不出擊敗殿下的辦法，只好高掛『免戰牌』。昨天晚上，他召集手下眾將一起商議對付殿下的辦法。我對他說：『現在中原地區四分五裂，徽宗和欽宗兩位君主遭到囚禁，高宗寵信奸臣、逼走賢臣讓人心寒。如今金國派遣二百萬大軍來到中原，宋軍很難取勝，為了保住大家性命不如跟金人講和。』我好言相勸，岳飛不但不聽，還說我打算賣國求榮，所以就命人砍掉了我的右臂，讓我來向四太子報信，說他很快就會活捉四太子踏平金國。」說著，他大哭起來，從袖子裡取出右臂給金兀朮看。

金兀朮聽了氣憤地說：「這岳飛實在太過分了！」他轉過頭對王佐說：「你因為我被他

砍去手臂，遭受這樣的痛苦，我就封你為『苦人兒』，讓你一輩子衣食無憂。」

王佐聽後心裡暗暗高興。

自從王佐走後，岳飛一直為他擔憂，不斷派人打探金營的動靜，得知王佐的頭顱沒有掛在金營前，他才稍微放心一些。

王佐被封為「苦人兒」後，每天都在金兵各個營寨裡走動，偷偷察看敵情。一天，他來到陸文龍的軍營前，進營後，看到一個老婦人，他便向老婦人行禮。王佐聽那老婦人說話是中原口音，便問道：「老人家，您不是金國人吧？」

老婦人難過地說：「我是河間府人。」

王佐問道：「原來您是中原人啊！那您怎麼到金國的？」

老婦人說道：「聽將軍的口音，將軍好像也是中原人？」

王佐回答自己是湖廣人。

老婦人說：「如此說來，咱們還是同鄉呢！既是同鄉，有些事說給你聽也沒關係，只是你千萬要保守這個秘密。我是陸文龍的奶媽。陸文龍本來是潞安州陸登老爺的公子，他三歲時被四太子帶到了金國。如今他已經十六歲了，我在金國待了整整十三年。」

王佐聽後心裡就開始想如何勸說陸文龍歸降。

之後，王佐就有意無意地接近陸文龍與他拉近關係。

第四十七回　曹寧殺父

完顏阿骨打得知金兀朮領兵在朱仙鎮與岳飛大軍對峙後，就派曹榮的兒子曹寧領兵前去幫助金兀朮。曹寧領兵趕到朱仙鎮，金兀朮讓他回營休息，他問起金兀朮與岳飛交兵的情況。金兀朮無奈地說：「岳飛十分厲害，手下的兵將也非常英勇，要想取勝實在困難。」

曹寧聽後，很不服氣地說：「我這就去會一會岳飛。」說完後，他就領兵來到岳飛營前叫陣。

曹寧使一杆碗口粗細的鐵槍，武藝比陸文龍還要高強。他看到岳飛的軍營前掛著「免戰牌」後，大叫道：「我聽說你們岳家軍非常厲害，為什麼不嫌害臊掛出這面『免戰牌』？現在曹將軍來挑戰，有本事的可以出來和我較量一番。」

守營士兵急忙進營向岳飛報告。徐慶和金彪非常氣憤便對岳飛說：「我們自從來到元帥的帳下還沒有立過功，外面的金將實在狂妄，請求元帥讓我們出戰。」

岳飛只得答應下來。

徐慶和金彪領兵出營，來到陣前。徐慶上前大叫道：「金國的將領，趕快報上姓名。」

曹寧說：「我是大金國四太子帳下大將曹寧，你是什麼人？」

徐慶答道：「我是岳元帥帳下的統制徐慶。先吃我一刀。」隨即舉刀向曹寧砍去。

曹寧催馬上前，幾個回合就挑死了徐慶。金彪看到後，提起三尖刀向曹寧刺去。曹寧舉槍架開對方的刀調轉馬頭而去，金彪在後面緊緊追趕。曹寧看準時機，回馬一槍刺向金彪的心窩，金彪也被刺死。曹寧手下的士兵看到宋軍將領已死，便一齊衝上前去把宋軍殺得大敗而逃。曹寧砍下徐慶和金彪的頭顱後，就領兵回營報功去了。

張憲得知徐慶和金彪被殺後，就請求岳飛讓他出戰。岳飛答應了，並叮囑他一定要多加小心。張憲領兵來到金營前指名要曹寧出戰，曹寧知道後就領兵來到陣前與曹寧交戰。他們二人打了四十多個回合也沒有分出勝負，由於天快黑了只好各自領兵回營。

一夜過後，曹寧又來到陣前挑戰。嚴成方被岳飛派去迎戰。嚴成方領兵來到陣前與曹寧交手，他們一直打到天黑才收兵。曹寧連續幾天前去挑戰，岳飛手下領將最多與他打個平手，根本無法擊敗他。岳飛無奈，只好再次掛出「免戰牌」。

王佐得知曹寧逼得岳飛掛出「免戰牌」後，心裡十分焦急，覺得自己得做點什麼了。一天，他看到陸文龍在軍營內就進營拜見。

王佐說他要給陸文龍講一段非常有意思的故事，但陸文龍必須將所有士兵都打發走。陸文龍讓士兵離開後，王佐拿出一張圖來，說：「殿下先看一下這幅圖，看完之後我再給你講。」

陸文龍將圖打開，看到圖上畫著一位將軍和一個婦女死在一座大堂上，一個小孩子在那個婦女的身邊哭泣，邊上還有很多金兵。陸文龍看過之後表示不明白。

王佐指著圖說：「這個故事發生在中原的潞安州。這個死去的將軍是節度使陸登；這個死去的婦人，是陸登的夫人謝氏。這個小孩子叫陸文龍。」

陸文龍吃驚地問道：「你在胡說什麼？」

王佐說：「殿下先聽我說。金國昌平王金兀朮侵佔了潞安州，陸文龍的父親以身殉國，母親也死了。金兀朮看到陸文龍長得可愛，就帶著他和他的奶媽回到金國並認他作乾兒子。這件事發生在十三年前，如今他已經長大成人。可是他不想為父母報仇雪恨，卻管仇人叫父親，這實在讓人難過。」

陸文龍聽後說：「你分明是在胡說。」

王佐說：「我說的每一句話都是真的，如果你不信，進去問問你的奶媽就知道了。」他的話還沒有說完，陸文龍的奶媽就哭泣著走了進來，說：「王將軍的話都是真的。老爺和夫人死得實在太慘了。」說完後就放聲大哭起來。

聽完奶媽的講述後，陸文龍淚流滿面，他跪在地上說：「我今天才知道父母的冤情，我發誓一定要為父母報仇。」說著，他又跪在王佐面前，說：「感謝恩公把實情告訴我，請受我一拜，恩公的大恩大德我永遠都不會忘記。」說完後，他站起身、拔出劍，十分氣憤地說：「我現在就去殺了金兀朮，然後跟隨恩公一起返回大宋。」

王佐急忙攔住他，告訴他不可輕舉妄動。

隨後王佐向陸文龍問起曹寧的來歷。

陸文龍答道：「他是曹榮的兒子，在金國長大。」

王佐說：「我看他倒也像一個忠厚耿直的人。請公子將他請來，我要試探他一下。」

陸文龍便派人請來曹寧，陸文龍對曹寧說王佐很會講故事。曹寧有些好奇，就讓王佐講一個。王佐就把此前給陸文龍講的故事又講了一遍。

之後陸文龍問他說：「曹將軍知不知道你的祖父是哪裡人？」

曹寧答道：「我不知道。」

陸文龍說：「他是宋朝人。」

曹寧疑惑地問道：「殿下，你是怎麼知道的？」

陸文龍說：「王佐會把實情告訴給你。」

曹寧轉向王佐，王佐說：「你父親受山東節度使劉豫的慫恿投靠了大金國，被封為趙王。自從去了金國後，他就忘記了自己的祖宗，把國家的恩情也忘得一乾二淨。我剛才之所以講這個故事就是想要提醒你。」

曹寧無法相信這個事實，激動地說：「你不要胡說八道。」

陸文龍為了讓曹寧相信，就把王佐自斷手臂來到金營尋訪以及自己悲慘的身世講了出來。說完後，他又對曹寧說：「我們之所以請將軍前來商議，就是因為我們覺得將軍身處金國，無法為國效力，實在太可惜了。」

曹寧聽後，說：「如果這些都是真的，那我現在就去投奔大宋。不過我擔心岳元帥不肯相信我。」

王佐說：「這並不難。我現在就寫一封信，將軍帶著去見岳元帥就行了。」

第二天，曹寧就帶著信去見岳飛。他跪在岳飛面前，誠懇地說：「末將曹寧甘願歸降，請元帥收留。」說著，他把王佐的信交給岳飛。

岳飛讀過信後非常高興，說：「我那賢弟自己砍下手臂假裝降金，立下這樣大的功勞，他沒有白受苦啊！」他把信藏好，然後對曹寧說：「將軍不忘家鄉和祖宗，可以稱得上是忠義勇敢之人，實在令人敬佩。」隨即吩咐手下給曹寧換了衣服和鎧甲。

曹寧歸宋的消息很快就傳到了金兵大營。金兀朮又氣又惱。這時，手下士兵報告說趙王曹榮押送糧草到來。曹榮進帳後，金兀朮二話不說命令手下將他綁起來。曹榮還以為金兀朮怪他沒有及時把糧草送到，連忙求饒。

金兀朮非常氣憤地說：「你兒子曹寧歸宋，是不是受到你的指使？你們忘恩負義，還有什麼好說的？趕緊給我拉出去斬首。」

曹榮這才知道兒子竟然歸順了大宋。他說：「臣的確不知道曹寧會這樣做。請求四太子開恩，讓我去把他抓來交給四太子處置。」

金兀朮聽後便命人給曹榮鬆綁，讓曹榮上陣擒拿曹寧。

曹榮領兵來到岳飛的軍營前，指名要見曹寧。岳飛便讓曹寧出營相見，叮囑他見機行事，勸說曹榮盡快歸降。曹寧聽命，騎馬出營。曹榮看到曹寧穿著宋軍的軍服，非常氣惱地罵道：「你這個逆子竟敢如此無禮，見了父親也不下馬。」

曹寧答道：「父親，並不是孩兒無禮。如今我已經是宋朝將領，恕我無法下馬參拜。父親為什麼不離開金國，重新回到宋朝？那樣做的話，子孫後代都會感到榮幸。希望父親好好考慮一下。」

曹榮異常憤怒，大叫道：「可惡！難道你不顧及父母的養育之恩，甘願做出賣主求榮的事情來嗎？趕緊跟我回去向四太子請罪。」

曹寧說：「我最近才得知父親身為宋朝節度使，竟然背叛自己的國家投降金國。現在還幫金國入侵我們大宋，這種行為與禽獸有什麼分別？如果你不歸降，就請回去吧，不要再說了。」

曹榮聽後更加氣憤，他大罵道：「畜生！竟然這樣辱罵你的父親！」說著，他就舉起大刀，向曹寧砍去。

曹寧一時氣憤揮舞長槍，一下子就把曹榮挑死了。他吩咐手下士兵帶著曹榮的屍體回營向岳飛覆命。

岳飛得知曹寧殺了自己的父親後非常吃驚。他說：「你父親不願意歸降，你回營就行了，怎麼能夠將他殺死呢？這實在是大逆不道❶。本元帥不敢收留你這樣的人。」

曹寧也知道自己做出這種大逆不道的事情，根本沒臉活在世上，於是大

曹榮聽後更加氣憤，他大罵道：「畜生！竟然這樣辱罵你的父親！」說著，他就舉起大刀向曹寧砍去。

叫道：「曹寧沒有早些遇到元帥，受到元帥的教誨，以至做出不忠不孝的事情來，無顏再活在世上。」說著，他就拔出腰間的佩刀自殺而死。

岳飛雖然為失去一名英勇的將領而惋惜，但為了警示手下兵將，就命人把曹寧的頭顱砍下來掛在軍營前，然後將他厚葬。曹榮是賣國求榮的奸臣，岳飛命人把他的頭顱砍下來送到臨安。

金兀朮聽說曹榮被曹寧所殺後，才知道曹寧歸宋與曹榮沒有關係。他認為如果岳飛仍然收留曹寧這大逆不道的人就有些不明事理了，根本算不上名將。就在這時，他的手下報告說曹寧的頭顱被掛在宋營前。金兀朮聽後，拍手叫道：「這才是讓人敬佩的元帥。」他又對眾將說：「大宋有這樣的人，想奪大宋的天下就不那麼容易了。」

❶【大逆不道】指行爲違背某種觀念或道德標準。逆：背叛；道：道德規範。

第四十八回　「連環馬」

就在金兀朮與眾將議論曹寧之死這件事時，手下士兵報告說完木陀赤和完木陀澤兩位元帥帶著「連環馬」在營外等候召見。金兀朮聽後非常高興，立即召他們進帳相見。不一會兒，完木陀赤和完木陀澤就來到軍帳中。金兀朮說：「我們演習『連環馬』已經好幾年了，現在總算成功了。明天二位元帥就領兵去捉拿岳飛吧！」

第二天，完木陀赤和完木陀澤領兵來到岳飛的軍營前挑戰。岳飛得知金國將領在營外叫陣，就問眾將有誰願意出戰。董先、賈俊、陶進、王信、王義五名將領都願意出戰。岳飛就派董先率領其餘四位將領出營。

董先等人來到陣前，看到完木陀赤和完木陀澤長得像凶神惡煞❶十分嚇人。董先催馬向前，大叫道：「金國小將，趕緊報上姓名。」

對方答道：「我們是金國元帥完木陀赤、完木陀澤。四太子命我們來捉拿岳飛。你可是岳飛？」

董先怒罵道：「混帳東西，我們元帥怎麼會與你們這樣醜陋的惡賊交手？先吃你董爺爺一鏟吧！」說著，他就舉起月牙鏟向對方打去。完木陀赤舉起鐵杆槍與董先打了起來。打了幾個回合後，完木陀澤看哥哥漸漸處於下風便上前助戰。陶進等人看到完木陀澤上前幫忙，也都舉起大刀去幫董先。雙方七人展開廝殺，場面十分壯觀。完木陀赤和完木陀澤兩個人打不過董先等五人，很快就騎馬而逃，完木陀赤一邊跑還一邊大叫道：「我們在前面布下了陷阱，你們千萬不要追來。」

董先聽後，非常氣憤地說：「我們才不怕呢！」他們五個人率領五千兵馬在後面緊緊追趕，一直追到金兵大營前。突然一聲炮響傳來，完木陀赤和完木陀澤向左右分開，中間三千人馬便從金營中衝出。只見這群隊伍的馬身上披著駝皮鎧甲、頭上戴著鐵鉤和鐵環，每三十匹連在一起排成一排；馬上的士兵身上和臉上都戴著牛皮做的護具，只有一對眼睛露在外面，共有一百排，前面一排士兵拿著弓箭，後面一排士兵拿著長槍。董先等五名將領及五千士兵被包圍起來，面對著雨點般的箭和不斷刺來的長槍毫無還手之力，除了幾個士兵僥倖帶傷逃出外，其他人全都喪了命。

那幾個逃出去的士兵回到軍營向岳飛報告，說：「除了我們幾個人外，其餘將士們全部

---

❶【凶神惡煞】比喻非常凶惡的人。

戰死了。」

岳飛急忙讓他們講清原委。那幾個士兵就把敵人使用「連環馬」陣殺死五千人馬之事詳細地講了出來。

岳飛聽後，熱淚盈眶地說：「董將軍他們死得太慘了！對方使用的陣法叫『連環馬』，以前呼延灼曾使用過，要想破解這個陣法只有徐寧[2]流傳下來的『鉤鐮槍』。五位將軍就這樣丟掉了性命，實在讓人心痛。」說完後，立即命人準備祭祀用品，對著金營祭奠了五位將領及那些死去的士兵。為了破解「連環馬」，他派張顯和孟邦傑各自帶領三千名士兵去演練「鉤鐮槍」，命張立和張用各自率領三千名士兵去演練「藤牌」。

金兵的「連環馬」雖然讓宋軍吃了大虧，但金兀朮仍然十分煩惱。一天，他對軍師哈迷蚩說：「我有這麼多兵馬，卻依然無法侵入中原，只能在這裡拖延。軍師有什麼好辦法能讓我軍盡快挺進中原嗎？」

哈迷蚩回答說：「岳飛用兵如神，而且手下能將頗多，我們的確很難在短時間內打敗他。我有一個計策，四太子可以派一名將領悄悄地渡過夾江去攻打臨安。岳飛得到消息後，一定會派兵趕去救援。我們派大軍切斷他的後路，讓他前後無法兼顧。如此一來，我們就有勝算了。」金兀朮覺得這個計策可行，就派鶻（ㄏㄨˊ）眼郎君率領五千士兵悄悄地攻打臨安。

鶻眼郎君領命，率領士兵出發，在半路上遇到了押送糧草向朱仙鎮趕來的王俊。王俊是秦檜手下的走狗，因為奉承秦檜而被提拔為統制。秦檜為了給他創造立功的機會，就派他率領三千人馬押送糧草到朱仙鎮。

鶻眼郎君想要斷絕岳飛的軍糧，就領兵攻打王俊率領的部隊。王俊打不過鶻眼郎君，只好逃跑。這時，負責催促糧草的牛臯領兵趕到，殺退鶻眼郎君的軍隊救了王俊。牛臯由於還要去其他地方催糧，就把自己押解的軍糧交給王俊，讓王俊一起交給岳飛，並讓王俊把鶻眼郎君的頭顱送到岳飛那裡報功。王俊急於立功，便請求牛臯把殺死鶻眼郎君的功勞讓給他。牛臯知道王俊是一個令人厭惡的奸佞小人，就把功勞讓給他，想著等到回營後再向岳飛講明此事，從而讓王俊出醜。

王俊押解糧草來到岳飛的軍營。他對岳飛說在半路上遇到牛臯被金兵圍困，便領兵殺死金兵將領鶻眼郎君救了牛臯。岳飛仔細詢問之後發現王俊冒功❸，但由於他是秦檜的走狗就沒有揭穿他，還記了他的功勞。

孟邦傑、張顯、張立和張用按照岳飛的指示，領兵操練陣法，很快就操練得十分純熟。岳飛派他們去破陣，又派岳雲、嚴成方、何元慶和張憲領兵在周邊接應。

---

❷【徐寧】《水滸傳》中的人物，綽號「金槍將」，其金槍法、鉤鐮槍法天下無雙。
❸【冒功】別人立下功績，說是自己立下的。

孟邦傑等四名將領來到金營前挑戰。對方迎戰的是完木陀赤和完木陀澤。雙方交戰後，完木陀赤和完木陀澤假裝敗退逃回大營，孟邦傑等人在後面追趕。快追到金營前，三千「連環馬」氣勢洶洶地衝了出來。張立看到後就命令士兵用藤牌將四周遮擋起來，敵人的弓箭和長槍頓時失去了作用。孟邦傑和張顯領兵施展「鉤鐮槍」，接連鉤倒了大量「連環馬」。那些馬都是連在一起的，只要其中幾匹倒下，其餘的就會自相踩踏無法行動了。就在「連環馬」陣形大亂的時候，岳雲等人領兵從左右兩側殺入，殺得金兵毫無還手之力。

金兀朮期待著「連環馬」再次取勝，卻收到了「連環馬」被破的消息。金兀朮急得大哭。哈迷蚩安慰金兀朮說：「四太子，你就不要難過了！等我們的『鐵浮陀』到來，就可以讓岳家軍全軍覆沒。」

金兀朮聽後說：「但願如此吧！」

牛皋催糧回到岳飛的軍營後，就對岳飛說起解救王俊之事，還說將鵂眼郎君的頭顱和糧草交給王俊帶回，問岳飛是否收到。岳飛說：「鵂眼郎君的頭顱和糧草收到了，不過王俊說他救了你，功勞應當歸他。我已經把他的名字記在功勞簿上了。」

牛皋聽後非常氣憤，說：「王俊竟然冒領我的功勞，實在可惡。」

王俊在旁邊聽到後，說：「做人要講良心。明明是我救了你的性命，你為什麼要來搶我的功勞？」

牛皋說：「我和你比武，如果你能打敗我，我就把功勞讓給你。」

就在他們爭功時，喧鬧聲從營門前傳了進來，原來是有幾百名士兵在外面嚷著要退糧。岳飛派人叫來幾個士後詢問，才知道最近發給士兵的糧食分量不足，一斗只有七八升。岳飛派人叫來負責發糧令的錢自明問話，才知道這都是王俊搗的鬼。岳飛非常生氣，命王俊將克扣的糧食如數補齊，並聲色俱厲地說：「王俊，你冒領別人的功勞、克扣軍糧，本來應該把你斬首！不過本元帥念在你是奉旨前來就不殺你，只打你四十軍棍，把你押回臨安交給秦丞相處置。」隨即吩咐手下將王俊拉下去受罰。

牛皋上前說道：「小將打敗金兵救了他一命，這個可惡的奸賊竟敢冒領我的功勞。此外，他還克扣軍糧，況且又是秦檜的黨羽，元帥為什麼不將他處死，反而把他押到奸臣那裡去呢？」

岳飛無奈地說：「他是秦檜派來的，秦檜現在當上了丞相位高權重，我們盡量不與他結仇。」

第四十九回　大破金龍絞尾陣

自從「連環馬」被岳飛破掉之後，金兀朮便一直悶悶不樂。一天，有士兵報告說「鐵浮陀」到了。金兀朮聽後異常欣喜，急忙傳令：「先把『鐵浮陀』推到一邊，等天黑後推到宋軍大營前向宋營開炮，就算岳飛他們再厲害也一定會被炸死。」隨即吩咐準備火藥等物，只等天黑後向宋營開炮。

陸文龍知道此事後心裡非常著急，趕忙去找王佐，說：「今天金國送來了『鐵浮陀』，這種大炮非常厲害，金兵今天晚上就要炮轟宋營，這可怎麼辦呢？」

王佐說：「必須暗中給宋營送信，讓岳元帥做好準備。」

陸文龍說：「那好，我寫一封信用箭暗射到宋營，讓岳元帥知道此事。明天早上我和將軍一起回到宋營，將軍覺得如何？」

王佐聽後就開始做準備。快到傍晚時，陸文龍騎馬悄悄地離開金兵大營，來到宋軍營前大叫道：「宋軍聽好了，我這裡有一封機密書信，你們立即送給岳元帥。」說完，他就用箭

把書信射向宋軍營中。

岳飛收到信後，打開一看十分震驚。他忙下令讓岳雲和張憲領兵去埋伏，又傳令各營虛設營帳，命各營將領帶領本部人馬去鳳凰山躲避。

天黑後，金兵就悄悄地把「鐵浮陀」推到宋軍營前向宋營發炮，頓時山崩地裂、煙霧瀰漫。岳飛及各位將領在鳳凰山上看到這番景象無不慶幸逃過一劫，他們說多虧陸文龍及時送信，否則後果不堪設想；王佐斷了一條手臂，卻換回了數萬人的性命。

岳雲和張憲按照岳飛的吩咐，領兵埋伏在半路。金兵放完炮回營後，他們摸黑來到大炮前，用鐵釘把火炮的火門釘死，又命令士兵把火炮全都推進小商河內。

岳飛重新領兵回營。過了不久，王佐、陸文龍等人就來了，他們受到了熱烈歡迎，眾將都感謝他們的救命之恩。岳飛讓陸文龍和王佐回營休息，派人將陸文龍的奶媽送回潞安州。

金兀朮在營前看到岳飛的軍營被大炮轟得毫無亮光後，非常高興地對哈迷蚩說：「這次終於大功告成了！」眾將也都十分興奮，紛紛向金兀朮道賀。金兀朮心情大好，吩咐士兵擺酒與眾將喝了起來，一直喝到天亮。有士兵來報告說陸文龍帶著奶媽與王佐一起投奔宋營去了。

金兀朮聽後又氣又惱，無奈地說：「算了，沒想到我留下禍根，最後卻害了自己。」他的怒氣還沒消，又有士兵報告說岳飛的軍營內又樹起了旗幟。金兀朮感到難以置信❶，立即出營觀看。他看到岳飛的軍營果然恢復如初，心中充滿了疑惑，只好傳令馬上整理「鐵浮陀」，以便夜裡再去炮轟宋營。

金兵發現「鐵浮陀」都被推到小商河內，趕緊向金兀朮彙報，金兀朮氣得火冒三丈。過了一會兒，他歎了一口氣，說：「這岳飛竟然能夠讓手下將領自斷手臂來騙我。曹寧肯定也是受到他的蠱惑❷，才導致父子二人丟掉了性命。如今連陸文龍也被他說服投降了大宋，『鐵浮陀』被毀，實在太可恨了！」

哈迷蚩看到金兀朮情緒失控，趕緊上前安慰道：「四太子，請不要擔心。明天我擺下一個『金龍絞尾陣』引誘岳飛來破陣，必定可以將他活捉。」

第二天哈迷蚩領命，從此加緊操練兵馬。

十幾天過後，岳飛看到金兵大營沒什麼動靜，就在夜裡帶著張保悄悄地來到鳳凰山邊茂密的樹林裡，爬到一棵大樹上觀看金兵操練陣法。近百萬人馬擺成兩條「長蛇陣」，這兩個陣勢首尾相連，所以稱為「金龍絞尾陣」。岳飛正在仔細觀看，突然聽到有一枝箭向自己射來，他躲避不及肩膀中箭。張保看到後，急忙上前把箭頭拔出來，撕下一角戰袍包住岳飛受傷的肩膀，扶著岳飛騎馬回營。

回到軍營後，岳飛拿出牛皋留下的丹藥服下，並讓張保悄悄地把戚方叫來。戚方進帳後，岳飛說道：「戚方！你在我領兵去洞庭湖平定叛亂時違抗軍令，我命人打了你幾下，你卻一直耿耿於懷❸，想用箭把我射死。你這樣心狠手辣，我實在無法留你。」說完岳飛就給後軍都督張俊寫了一封信，讓戚方帶著信去投靠張俊。戚方無話可說，只好帶著信連夜出營。沒想到，他剛出營就遇上了巡夜的牛臯。牛臯見他夜裡逃走，不由分說就把他打死了。

又過了幾天，哈迷蚩演練好了「金龍絞尾陣」。金兀朮馬上派人給岳飛下戰書。岳飛回覆第二天迎戰，並請韓世忠、張信、劉錡三位元帥前來商議對策。最後商定由岳飛和張信領兵攻打左側的「長蛇陣」，韓世忠和劉錡領兵攻打右邊的「長蛇陣」，岳雲、嚴成方、羅延慶、余化龍等人從中路殺進去。

第二天，雙方展開了決戰。岳雲等人領兵從中路殺入「金龍絞尾陣」中，殺得金兵慘叫連連。金兵將領看到形勢不利連忙變陣，左右兩條「長蛇陣」向中央圍攏。這時，岳飛率領牛臯、王貴、張顯、施全等將領殺入左邊的「長蛇陣」，韓世忠率領韓尚德、韓彥直等將領殺入右邊的「長蛇陣」。「金龍絞尾陣」是由兩條「長蛇陣」演化而來，首尾呼應像剪刀一樣一層一層把入陣者包圍起來。

---

❶【難以置信】事情發生得太突然，讓人覺得太奇怪，從而無法相信。置：使得。信：相信。
❷【蠱惑】迷惑，使人心意迷惑。
❸【耿耿於懷】記在心裡，無法忘掉。耿耿：有心事的樣子。

宋軍在陣中奮力拼殺，殺了一天一夜也沒有殺出陣去。危急時刻，金門鎮的先行官狄雷、岳飛手下將領孟邦傑的小舅子樊成及岳雲的結拜兄弟關鈴領兵前來助陣。他們領兵從「金蛇絞尾陣」的正中間衝了進去，直殺得金兵難以抵擋。

正在指揮臺上看哈迷蚩指揮的金兀朮收到消息後，立即騎馬趕去支援。關鈴迎上前去與金兀朮打在一起，狄雷和樊成也一起上前助戰關鈴。金兀朮以一敵三，很快就落入下風，只好落荒而逃。他擔心關鈴等人衝亂陣勢，只得繞陣而逃。關鈴等人在後緊緊追趕，把「金龍絞尾陣」衝得支離破碎。

岳飛等四位元帥看到敵人的陣腳大亂，就指揮眾將四處追殺。關鈴殺得興起，突然看到岳雲，大叫道：「岳大哥，小弟來了。」說完就同岳雲會合。狄雷殺入金兵陣中看到了岳飛，高聲叫道：「岳元帥，小將狄雷來投奔元帥了。」岳飛說：「將軍奮勇殺敵，本元帥自有封賞。」狄雷聽後便更加勇猛地向金兵殺去。

宋軍將士越戰越勇，金兵漸漸站不住陣腳，只好倉促逃竄，金兵逃了二十多里才甩掉追兵。金兵剛想休息一下，卻又遇到劉錡的埋伏。劉錡早就領兵從小路趕到這裡，釘下木樁擋住金兵的路，並在兩邊埋伏了大批弓箭手。他一聲令下，萬箭齊發射死了大量金兵。

金兀朮立即下令從左路逃跑，逃了十幾里後來到金牛嶺前。金牛嶺山勢陡峭極難行走，金兀朮上前觀看，打算尋找其他道路。就在這時，後方又傳來了宋軍追兵的吶喊聲，而且聲音越來越近。金兀朮心中暗暗叫苦：「想當年我率領六十萬大軍入侵中原，如今兵敗如山倒，我哪還有臉面對眾將？還不如乾脆死在這裡吧！」想到這裡，他大叫一聲：「天要亡我啊！」隨即向一頭向石壁撞去。不料，那石壁竟一聲轟響便倒了下去，閃開一條路來。金兀朮見自己命不該絕，就立即招呼眾將登上山嶺。那些金兵蜂擁而上，反而把道路堵住了，只有五六千人爬上了山嶺。宋軍追兵隨後趕到，把沒有爬上山嶺的金兵全部殺死。

金兀朮在山嶺上看到自己的士兵慘死，不禁痛哭起來。他對哈迷蚩說：「這岳飛實在厲害，我進入中原時，手下有六十萬人馬，如今被他殺得只剩下這五六千人。我沒臉回去見父王了，還是以死謝罪吧！」說著，他就拔出腰間的佩刀打算自殺。

哈迷蚩趕緊抱住金兀朮的雙手，眾將一齊上前把金兀朮手裡的刀奪了下來。哈迷蚩說：「打仗原本就有勝敗，四太子何必這樣做呢？四太子先回國去，我悄悄地潛入臨安城，找到秦檜，讓他找機會除掉岳飛，那樣我們就可以奪得大宋天下了。」

金兀朮聽後就寫了一封信裝在蠟丸內交給哈迷蚩，並叮囑他一定要小心。哈迷蚩把蠟丸藏好，向金兀朮道別後就去了臨安。

第五十回　奸臣弄權

哈迷蚩悄悄地潛入臨安城後，便四處打聽秦檜的消息。一天，他得到消息說秦檜與夫人王氏在西湖上遊玩，便向西湖趕去。來到西湖，他看到秦檜夫婦坐在一條船上，一邊喝酒一邊欣賞風景。他沒有立即上前去見他們，而是在岸邊不停地高聲叫道：「賣蠟丸了！賣蠟丸！」

王氏聽到叫賣聲後就向岸邊看去，看到了哈迷蚩。她趕忙對秦檜說：「相公你看，那個人不是哈軍師嗎？」

秦檜看了一眼，說：「的確是哈軍師。」隨即吩咐家人把哈迷蚩叫上船來。

哈迷蚩隨秦檜的家人上船，跪在秦檜面前。秦檜問道：「你的蠟丸能治我的心病嗎？」

哈迷蚩回答說：「我這蠟丸專治心病，而且裡面還有妙方。不過，心病要早治，晚治的話，我的藥丸就會失去功效。」

秦檜聽後，就命哈迷蚩把蠟丸留下，讓家人給他十兩銀子把他打發走了。秦檜打開蠟丸，發現裡面裝的是金兀朮寫給他的信，信中責備他違背誓言導致金國大敗，並讓他想辦法除掉岳飛。

秦檜讀過信後，把信遞給王氏，並說：「四太子讓我除掉岳飛，我該怎麼辦呢？」

王氏非常歹毒，她讓秦檜一邊慢發糧草，一面召岳飛收兵，以後再找機會將岳飛父子害死。秦檜決定按照王氏的話去做。

哈迷蚩把信送給秦檜後就回營去見金兀朮，說：「我在西湖上見到了秦檜夫婦，並把蠟丸交給了他們。我估計秦檜一定會施展手段，幫助四太子

他看到秦檜夫婦坐在一條船上，一邊喝酒一邊欣賞風景。他沒有立即上前去見他們，而是在岸邊不停地高聲叫道：「賣蠟丸了！賣蠟丸！」

剷除岳飛。我們先返回金國，再派人打探消息。」金兀朮接受了哈迷蚩的建議，領兵出關去了。

岳飛大破「金龍絞尾陣」，打得金兀朮落荒而逃後，就在金牛嶺下安營紮寨，一面向朝廷報捷，一面催促糧草，打算領兵攻打金國。可是他等了很久也沒有等到糧草。他正打算派人去催糧，忽然有聖旨到來。岳飛率領眾將出營接旨，才知道高宗讓他暫回朱仙鎮休養，等到秋收之後再去攻打金國。

送走欽差後，岳飛回到軍營。韓世忠說：「大元帥率領十萬兵馬攻破金兵百萬大軍，實在不是一件容易的事情。現在眼看著就能平定金國，可朝廷卻不發糧草，讓元帥回到朱仙鎮駐紮，這不是要毀了一件大功嗎？這肯定是朝中奸臣弄權，不希望大將建功立業。元帥要好好考慮一下，千萬不能輕易回去。」

岳飛說：「我怎麼能只想著立功，違背皇上的旨意呢？」

劉綺說：「元帥這樣說就不對了。古人說：『將在外，君命有所不受。』現在金兵士氣低落，我軍士氣高漲，收復失地指日可待。依我看，元帥一面催糧，一面領兵攻打金國，滅亡金國後再去面見皇上將功贖罪。」

岳飛說：「我母親在我的後背上刺了『精忠報國』四個大字，我一生只希望為國盡忠，如今皇上下達了旨意，我就要堅決服從，顧不上奸臣弄權了。」說完後，他就傳令大軍返回朱仙鎮。

回到朱仙鎮後，岳飛對岳雲說：「現在朝廷裡奸臣玩弄權術力主議和，皇上聽信讒言不想復國。現在你留在這裡也沒用，不如和張憲返回家中，看望母親、教兄弟們武藝。」岳雲和張憲領命而去。

一天，岳飛正在和韓世忠等幾位元帥商議軍情，突然叫張保上前，對眾元帥說：「張保本來是李綱太師的家將，李太師讓他追隨我，以求將來能夠有個好前程。他這麼多年來一直跟隨我南征北戰，各位元帥也知道他的功勞。皇上曾賜我一個名冊，讓我隨意任免官職，我打算任命張保為濠梁❶總兵，不知道各位覺得怎麼樣？」

眾元帥紛紛表示，張保立下了無數大功，完全可以出任濠梁總兵。

岳飛取來名冊填上張保的名字，然後交給張保讓他帶領家人去赴任。

張保說：「我願意留下追隨元帥，不願去做官。」

岳飛便勸說道：「男子漢一定要求取功名。你不要再說了，趕緊去赴任吧！」

張保見岳飛主意已定，只好向岳飛及眾元帥道別，出營赴任去了。

張保走後，岳飛又把王橫叫到面前，對他說：「王橫，我打算讓你也去做個總兵，你覺得怎麼樣？」

---

❶【濠（ㄏㄠˊ）梁】地名，在今安徽鳳陽縣境內。

王横趕忙叩頭，說：「我是一個粗人，不知什麼總兵總將的，只想追隨元帥。元帥如果非要叫我去做官，我情願死在元帥面前。」

岳飛看到他的態度如此堅決，只好讓他留在營中。

這時聖旨突然到來，讓岳飛在朱仙鎮駐紮，在那裡種田養馬；命令三位元帥和各位節度使領兵返回以前駐守的地方。岳飛等人領旨謝恩，之後便按照聖旨分頭行動。

岳飛在朱仙鎮練兵種田，專等高宗派他去征剿金國。可是秦檜力主議和，經過幾次談判後終於與金國簽訂了和約。和約簽訂後，岳飛也就沒有留在朱仙鎮的必要了。因此，高宗下達聖旨，召岳飛領兵返回臨安。

岳飛接到聖旨後，對手下眾將說：「皇上召我回臨安，我必須回去。可是朝廷裡奸臣作亂，我擔心此去九死一生❷。因此我決定把大軍留在這裡，一人回臨安。如果皇上聽信奸臣讒言，我可能就性命不保了。我死之後，兄弟們一定要齊心協力擊敗金國，救回徽宗和欽宗。如果你們能夠做到這一點，我就死而無憾了。」

眾將聽後，紛紛勸說岳飛不要回臨安，岳飛說這是皇上的旨意，根本沒有商量的餘地。

這時又有欽差帶著金牌來催促岳飛啟程。岳飛接過金牌後，第二道金牌又到了。此後，朝廷又派人送來十道金牌。欽差說：「皇上命元帥立即啟程，如果再拖延就是違抗聖旨了。」

岳飛把帥印交給牛皋和施全，讓他們暫時執行中營，只帶著四名家將及王横出發。眾將不忍岳飛離去，全都出營跪在地上為岳飛送行，岳飛安慰了他們一番就騎馬離開了。朱仙鎮的百姓聽說岳飛要離開，全都跪在大街上哭喊著讓岳飛留下來。岳飛也流下了眼淚，他對百姓們說：「皇上連發十二道金牌讓我回到臨安，我一定要走。不過你們放心，過不了多久我就會回來，到時候將金兵徹底消滅，你們也就不用再過提心吊膽❸的生活了。」百姓們聽後，只好讓出一條路讓岳飛過去。

岳飛帶領王横等人一路上快馬加鞭來到了平江，遇到了錦衣衛指揮馮忠和馮孝，他們帶領二十名侍衛來捉拿岳飛。馮忠和馮孝看到岳飛後，便打開聖旨宣讀起來。聖旨稱：岳飛身居顯位，卻不思為國盡忠，反而拒絕執行朝廷的命令，私自克扣軍糧，縱容手下士兵搶奪百姓，因此派錦衣衛押解回京。

岳飛剛要領旨謝恩，王横怒髮衝冠❹，提著鐵棍大叫道：「我是岳元帥的侍衛王横。我跟隨岳元帥多年，這些年元帥為國家立下了多少汗馬功勞？別的不說，就說岳元帥帶領我們在朱仙鎮與二百萬金兵廝殺，光憑這一點朝廷就沒有理由抓岳元帥。你們要敢動手，我手中

---

❷【九死一生】形容十分危險。九：表示極多。
❸【提心吊膽】形容非常害怕。提：提防，小心防備。吊：懸掛。
❹【怒髮衝冠】指憤怒得頭髮直立，把帽子頂了起來。形容憤怒到了極點。

的鐵棍就不客氣了。」

岳飛說道：「王橫，這是朝廷的命令，不得無禮，如果你敢阻攔，就是讓我落得一個不忠的罵名。算了，我不如自殺以表明心跡。」說著，他就拔出寶劍打算自殺。四個家將看到後，趕緊上前緊緊抱住岳飛，把他手中的劍奪走。

王橫跪在地上哭著說：「難道元帥就這樣讓他們捉去？」

馮忠見狀就舉刀向王橫砍去，王橫看到後正打算站直來抵擋，卻遭到岳飛的呵斥，只好重新跪在地上。馮忠一刀砍在王橫頭上，眾侍衛一起上前將王橫砍死。四個家將見此，就撿起岳飛的寶劍及王橫的鐵棍騎著岳飛的馬逃走了。

岳飛看到王橫被亂刀砍死，痛哭不已。他請求馮忠準備一口棺材，好好地將王橫埋葬。馮忠答應下來，就命地方官辦理此事，之後便把岳飛裝進囚車向臨安而去。來到臨安後，他們把岳飛囚禁在大理寺[5]監獄裡。

---

❺【大理寺】官署名，負責審理刑事案件，相當於最高法庭。

第五十一回　張保探監

岳飛被關進大理寺的第二天，秦檜假傳一道聖旨，命令大理寺正卿周三畏審問岳飛。周三畏接到聖旨後，就派人把岳飛帶到大堂上審問。他問道：「岳飛，你身居要職，為什麼不思攻打金國以報國恩，反而在聖旨下達後仍不發兵，而且還克扣軍糧，你有什麼話說？」

岳飛說：「大人，我並沒有按兵不動。我剛剛領兵打敗上百萬金兵，眼看著就要平定金國了，卻突然接到聖旨讓我回到朱仙鎮養馬。關於這一點，韓世忠、張信、劉綺三位元帥都可以作證。」

周三畏又問道：「那你為什麼克扣軍糧？」

岳飛說：「岳飛一輩子都非常愛惜軍士，所以打仗時他們才會拼盡全力。我克扣了什麼人的軍糧，請大人告訴我。」

周三畏說：「你手下軍官王俊的告狀書就在這裡，他說你克扣了他的口糧。」

岳飛說：「我們共有三十萬人馬，在朱仙鎮紮了十三座大營，為什麼我只克扣了王俊的

軍糧？希望大人明察。」

周三畏暗暗想道：「這明明就是秦檜這個奸賊要陷害岳飛，岳飛既然無罪，我又怎麼能夠屈打成招呢？」於是對岳飛說：「請元帥暫時先回到獄中，等我把這件事告訴皇上，讓皇上來決定。」

周三畏回到家裡後，心情十分抑鬱，歎息著說：「岳元帥為國家立下無數功勞，如今卻遭到秦檜這個奸賊的陷害。我只是大理寺正卿，受秦檜的管制，如果讓岳飛被冤死，我一輩子都會良心不安。但如果我不聽秦檜的話，一定性命難保，真是進退兩難。不如乾脆棄官隱居起來，遠離朝廷。」想到這裡，他就悄悄地吩咐家人收拾行李。到了半夜，他就脫下官服，寫了一封辭呈，帶著家人逃離了臨安城。

秦檜得知周三畏棄官而逃後十分惱火。他命令發下文書，通知各地捉拿周三畏。此外，他還吩咐家人悄悄地去把万俟卨（ㄇㄛˋ ㄑㄧˊ ㄒㄧㄝˋ）❶和羅禹節叫來。万俟卨和羅禹節是秦檜門下的走狗，他們聽說秦檜召見忙不迭地前來拜見。秦檜命他們審理岳飛的案件，並交代一定要嚴刑拷打，逼迫岳飛認罪。

第二天，秦檜任命万俟卨為大理寺正卿，任命羅禹節為大理寺丞。他們赴任後，立即審問岳飛，罪名還是按兵不動和克扣軍糧。岳飛極力辯解，還讓王俊來對質。他們看岳飛不肯招認，就命人打了岳飛四十大板，把岳飛打得昏死過去。岳飛醒來後仍然不肯招認，他們就對岳飛施加各種酷刑。

岳飛知道自己必死無疑，但他擔心岳雲和張憲得知自己被害死後會為他報仇，所以就迷迷糊糊地說道：「我死了也就算了，只是不希望岳雲和張憲為我報仇，毀我一世忠名。」

万俟卨和羅禹節聽後嚇得直冒冷汗。這二人十分清楚岳雲和張憲的本領，擔心他們在岳飛死後會為他報仇，所以就說謊話贏得岳飛的信任，讓岳飛給岳雲、張憲寫信要他們別去臨安為岳飛申冤。岳飛給岳雲寫了一封信，交給了万俟卨。

万俟卨和羅禹節拿信去見秦檜，對秦檜說連續審問了岳飛好幾天並施加各種酷刑，但岳飛依然不肯招供，秦檜聽後非常氣憤。万俟卨和羅禹節就把岳飛昏迷時所說的話講了出來，並說岳雲和張憲本領高強，如果他們前來為岳飛報仇，秦檜及他們二人都難逃一死；又把騙取岳飛信任，讓岳飛寫信給岳雲之事說了出來。秦檜聽後非常高興，就派人模仿岳飛的筆跡和口氣偽造了一封信，騙岳雲和張憲立即來臨安。

張保擔任濠梁總兵已經一年多了。一天，他得知岳飛突然被聖旨召回臨安。他心中疑惑，連續好幾天都心神不寧。他與夫人商議後就辭去官職，悄悄地帶著家人和三四名家將來到湯陰縣岳飛家中。岳夫人看到張保後說：「張總兵來得正好。我在一個月前聽說老爺被聖

❶【万俟】複姓。

旨召回臨安，前天突然又有人把大公子岳雲和張將軍叫了去。我這幾天心神不寧，想麻煩張總兵去臨安打探消息，不知道總兵是否願意前去？」

張保答道：「就算夫人不讓我去，我也一定會去的。」

第二天，張保向岳夫人及眾人道別，就帶著行李向臨安而去。來到臨安後，他四處打聽岳飛的消息，但連續幾天都打聽不到任何消息。一天早上，他偶然從一座破廟前經過，聽到廟裡有人說話。他從門縫向裡看去，看到兩個乞丐正躺在草鋪上聊天。其中一人說道：「現在這世道，做官還不如我們乞丐自在。我們要到飯就吃，要不到飯就餓著，這個時候還可以自由自在地睡在這裡。那岳元帥做了那麼大的官，卻還比不上我們呢！」另外一個說：「趕緊別亂說了！要是被別人聽見，你就沒命了。」

張保聽後，一腳把廟門踹開衝進廟裡，那兩個乞丐看到他後嚇得站起來就想逃。張保忙對他們說：「你們別害怕，我是岳元帥家派來打聽消息的，你們既然知道岳元帥的消息，就請告訴我吧！」

那兩個乞丐都是膽小怕事之人，哪裡敢說。張保一怒之下將他們拎起來，衝著其中一個大叫道：「你要是不說，我現在就殺了你。」

那乞丐一邊求饒，一邊對張保說：「秦檜陷害岳元帥，還派人去他家中把他的大公子岳雲及手下將領張憲騙來一起關押在大理寺監獄裡。現在只要誰提一個『岳』字，就會被抓走，連性命都難保，因此我們不敢說。將軍千萬不要對別人說是我們告訴你的啊！」

張保聽後，給了乞丐一塊銀子就離開了破廟。

張保買了幾件舊衣服穿在身上，又買了一個竹籃，準備了一些點心酒菜放在裡面，來到大理寺門監獄門前，輕輕地叫道：「裡面的大人，小人有句話要說。」

獄卒聽到喊聲後向張保走來，問道：「你有什麼話要說？」

張保低聲說道：「裡面的岳元帥曾經是我的主人有恩於我。我今天特意準備些食物給他吃。我這裡有一些銀子，您買茶吃吧，請您行個方便。」說著，他就把三四兩銀子遞到獄卒手中。

獄卒接過銀子後對張保說：「岳元帥是秦丞相的眼中釘，秦丞相不時派人來了解情況。我放你進去，你不要大聲說話，否則連我們也會受連累。」說著，他就開門放張保進去。

張保來到岳飛的牢房，見岳飛被折磨得神形憔悴，便跪在地上哭道：「老爺，他們怎麼把您弄成了這個樣子？」

岳飛看到張保平靜地說：「張保，你不在濠梁做官，來到這裡做什麼？」

張保答道：「小人到這裡來，就是想救老爺出去。」

岳飛大聲說道：「張保！你跟隨我多年，難道還不知道我的性格嗎？沒有朝廷的聖旨，我是不會出去的，你也不要再說什麼了。既然你是來送飯的，就把酒飯端上來吧！我不想辜負你一番心意，你放下飯後就走吧！」

張保趕緊把酒飯端到岳飛面前。岳飛喝了一杯酒，就催促張保趕快離開。

張保走到岳雲和張憲面前，說：「你們也不想出去嗎？」

岳雲回答說：「作為臣子，我要為朝廷盡忠；作為兒子，我要為父親盡孝。父親不出去，我們怎麼能出去呢？」

張保看到他們態度堅決，說：「是小人說錯話了。小人也敬兩位一杯酒。」

岳雲和張憲說：「多謝你的好意。」

岳飛再次催促張保出去。張保說：「小人還有話要說。」於是他又跪到岳飛面前，說：「老爺一向看得起張保，但我卻不能服侍老爺一輩子。小人雖然愚蠢，但難道連王橫都不如嗎？今天看到老爺和公子受屈，我實在痛心。不如我先去陰間報到，等老爺到來後再服侍老爺吧！」說完他就向牆壁撞去，當即斃命。

岳飛見狀大聲叫道：「好個張保！好個張保！」一會兒，他又放聲大哭起來，在場的獄卒看到後也都流下了眼淚。

岳飛哭過之後，請求獄官將張保的屍體好好安葬。獄官也十分佩服張保的氣節，便叫家人將張保的屍體裝進棺材，之後將棺材放在西湖邊的螺螄殼內。

第五十二回　風波亭

万俟卨和羅禹節兩個奸賊用酷刑拷打岳飛父子及張憲，逼迫他們招供。兩個月後，岳飛等人仍然沒有招認。臘月二十九那天，秦檜和他的夫人王氏在火爐邊喝酒，突然得到一張傳單。傳單是一個不怕死的百姓劉允升所寫，寫的是為岳飛父子申冤的理由。傳單被分派到每一戶百姓家裡，並約定好了日期一起上表請求皇帝饒恕岳飛。

秦檜看過傳單後，臉色頓時變得非常難看。秦檜把傳單遞給王氏，說：「我假傳聖旨將岳飛父子關押在監獄裡，派万俟卨和羅禹節兩人施加酷刑，逼迫他們招認反叛的罪名，現在已經兩個月了他們依然沒有招供。現在百姓都說岳飛是被冤枉的，要上萬民書為岳飛求情。如果高宗知道了這件事，我可就有麻煩了。如果將岳飛釋放，又無法向四太子交代，所以非常煩惱。」

就在這時，下人稟告說万俟卨送來黃柑❶給秦檜解酒。秦檜將黃柑收下，王氏問道：「相公，你知道黃柑有什麼用處嗎？」

秦檜回答說：「黃柑能夠敗火消毒，可以讓丫鬟剝來下酒。」

王氏說：「這黃柑就可以要了岳飛的命。」

秦檜不解地問道：「夫人是什麼意思？」

王氏說：「相公把這黃柑掏空，寫一封信放在裡面，讓人交給万俟卨，讓他今天夜裡就在風波亭將岳飛等人殺死。如此一來，這件事就了結了。」

秦檜聽後非常高興，立即寫了一封信放進掏空的黃柑內，派人給万俟卨送去。

除夕夜晚，獄官倪完準備了酒席，先派人送到岳雲和張憲的牢房裡，又親自帶著來到岳飛的牢房與他喝酒聊天。岳飛喝酒時聽到外面有聲音，就問獄官道：「外面是什麼聲音？」

獄官站起身向外望去，答道：「是下雨的聲音。」

岳飛一驚，說道：「果然下雨了。」

獄官說：「下雨而已，大人為何吃驚？」

岳飛答道：「我奉旨進京的路上，去金山拜訪了道悅禪師。他說我這次到臨安來，一定會有牢獄之災，還多次勸我不要再做官了，讓我跟隨他一起修行。我一心想著為國效勞，沒有聽他的話。在我離開時，他對我說了幾句偈語❷，我一直也無法理解，今天下雨就有些應驗了。」

獄官問道：「是什麼偈語？」

岳飛說：「前四句是『歲底不足，提防天哭。奉下兩點，將人害毒。』今天是臘月二十九，正是『歲底不足』；外面又下雨了，正是『天哭』；『奉』字下面加兩個點，不就是『秦』字嗎？『將人害毒』，就是說他要害我了。後四句是『老柑藤挪，纏人奈何？切記切記，提防風波。』我還無法理解這四句是什麼意思。算了，大人能借我紙和筆嗎？」

獄官派人取來紙和筆。岳飛寫好一封信遞到獄官手裡，說：「恩公請將這封信收下。如果我真的被害，希望你去一趟朱仙鎮。我那軍營之內每個人都是英雄好漢，也是我的好兄弟。如果他們得知我被奸人所害一定會為我報仇，從而損害我的名節。恩公將這封信交給他們，既可以保全我的名節，還可以解救朝廷。」

獄官說：「如果您真的遭遇不測，我就帶著家人回到家鄉過隱逸的生活。我家鄉離朱仙鎮不遠，到時候就把這封信給送過去。」

兩個人一邊喝酒一邊聊天，突然有獄卒到來，悄悄地在獄官耳邊說了幾句話。獄官聽後臉色驟變。

---

❶【黃柑】一種水果，又名腫皮柑、瑪瑙柑、泡柑、皺皮柑，爲橘橙的天然雜交種，分布於中國的湖南、湖北、四川、陝西漢中等地。

❷【偈（ㄐㄧˋ）語】佛經中的唱頌詞。附綴於佛經的一些讀後感或修行中得到的體悟寫成的語句。

獄官跪在地上，對岳飛說：「皇上下達了聖旨。」

岳飛問道：「我猜肯定是讓我去死了？這是皇上的命令，我無話可說。不過我擔心岳雲和張憲會抗旨，你去把他們給我叫過來。」

獄官答應下來，派人去請岳雲和張憲。他們到來後，岳飛說：「朝廷下達了聖旨，不知道是吉是凶。我們要被綁起來接旨。」

岳雲道：「為什麼要綁我們去接旨？難道皇上要殺我們？」

岳飛說：「我們都是犯官，接旨當然要受綁了。」說著，他親自動手把岳雲和張憲綁了起來，然後叫獄卒把自己綁起來，問道：「在哪裡接旨？」

獄官答道：「在風波亭。」

岳飛聽後，無奈地說：「道悅和尚的偈語是『謹防風波』。我還以為是揚子江的風波，沒想到這監獄中也有『風波亭』，真是沒有想到我們三人會死在這裡。」

岳雲和張憲說道：「我們為國血戰立下汗馬功勞，朝廷卻要殺我們。我們為什麼不打出去呢？」

岳飛呵斥道：「胡說！自古忠臣在死亡面前都毫不畏懼。大丈夫當視死如歸，有什麼好怕的？我們就在地府裡看著這群奸臣能猖狂到什麼時候！」說著，他就邁開大步向風波亭走去。

岳飛呵斥道：「胡說！自古忠臣在死亡面前都毫不畏懼。大丈夫當視死如歸，有什麼好怕的？我們就在地府裡看著這群奸臣能猖狂到什麼時候！」說著，他就邁開大步向風波亭走去。

岳飛等三人來到了風波亭，兩旁的獄卒二話不說就拿起麻繩把他們勒死了。當時岳飛只有三十九歲，岳雲二十三歲。三個人死的時候，突然颳起了狂風，燈光都被狂風吹滅，黑霧籠罩天空、沙石亂舞。

獄官倪完看到岳飛父子慘死，大哭了一場，吩咐獄卒買來棺材，把岳飛等人的屍體從牆上吊出去，裝進棺材並做好記號，抬出城埋在西湖邊的螺螄殼內。倪完當天夜裡就收拾行李出城去了。

万俟卨知道岳飛等人已死，就與羅禹節一起去見秦檜報告此事。秦檜非常高興。万俟卨和羅禹節還勸說秦檜假傳聖旨，召岳飛的家屬來到臨安將他們一網打盡。秦檜覺得有道理，就命馮忠和馮孝第二天就去相州捉拿岳飛的家人。

自從張保走後，岳夫人更加擔岳飛和岳雲的安危。一天，她與兒媳婦、女兒銀瓶及張保的妻子洪氏正在談論岳飛等人的安危，岳雷、岳霆、岳霖、岳震帶著岳雲的兒子岳申和岳甫一起過來。岳震說：「母親，今天是元宵節，為什麼不叫家人把花燈掛上呢？」

岳夫人生氣地說：「你父親及你哥哥、張將軍現在都生死未卜，哪有什麼心思看燈呢？」

岳震聽後就站到一邊去了，岳雷走上前，說：「請母親不要擔心。我明天就去臨安找父親，讓他給您捎口信。」

岳夫人說：「張總兵去了這麼多天都沒捎回任何消息，你這麼小，去了有什麼用？」

就在這時，家人岳安進來報告說外面來了一個道士要面見岳夫人。岳夫人讓岳雷去外面看看。

岳雷來到門口，看到一個道士，問道：「師父從哪裡來？」

道士也不答話直接向裡走，來到大廳上行了一個禮，問岳雷說：「你是什麼人？」

岳雷答道：「我是岳雷，岳飛是我的父親。」

道士說：「既然是岳元帥的兒子，我可以告訴你。我是大理寺正卿周三畏，由於秦檜指使我審問你父親，並命我一定要處死他，所以我就辭官了。後來，秦檜又派万俟卨審問並施以各種極刑，但岳元帥一直不肯招認。我聽說有個叫張保的總兵在監獄中撞牆死了。去年臘月二十九，岳元帥父子及張憲全都在風波亭被害了。」

岳飛的家人及洪氏在屏風後面聽到這個消息無不放聲大哭，周三畏連忙勸阻道：「裡面的夫人們，你們先不要哭。我並不是來送信的，而是為了保住岳元帥的後代。你們趕緊收拾東西逃命去吧！不用多久，朝廷就會派人來捉拿你們。貧道告辭了。」

岳夫人聽說周三畏要走，連忙帶著眾人一起走出來道謝。

周三畏說：「夫人趕緊打發公子們逃到別的地方去，讓岳家的香火得以延續下去。」說完後就離開了。

岳夫人帶領兒媳婦把別人所欠的帳目及家人的賣身契找出來之後全部燒毀，又讓所有家人趕緊離開。岳安、岳保、岳成、岳定四個老家人不願離去，岳夫人就讓他們留了下來。岳夫人又寫了一封信讓岳雷去寧夏投奔留守宗方，之後便與家人留下來等候聖旨。

第五十三回　牛通千里追岳雷

牛皋娶了金氏後，金氏為牛皋生了一個兒子，取名為牛通。轉眼間，牛通已經十五歲了。他渾身上下都非常黑，臉上長滿了黃色的毛髮，連頭髮也是黃色的，因此被稱為「金毛太歲」。他雖然年紀不大，卻身材魁梧、天生神力。

正月初十那天，金氏帶著牛通給姐夫金總兵祝壽。喝過壽酒後，眾人一起閒聊。金總兵說：「我看牛通已經成大，武藝也還不錯。我聽說岳元帥奉旨去臨安後，讓牛皋掌管帥印。牛通應該去那裡求取功名。不過昨天有探子報告說岳元帥被秦檜誣陷謀反，在去年臘月二十九那天被處死了。我也不知道這件事是真是假就派人去打聽了，等那個人回來後就有確切的消息了。」

牛夫人聽後大吃一驚，說道：「如果岳元帥以謀反罪名被定罪，朝廷必然會殺他全家。我想叫牛通去相州讓岳元帥的兒子到這裡避難，不知道姐夫是否同意？」

金總兵說：「我當然同意。等我派去打聽消息的人回來，確認此事後再派牛通去。」

牛夫人說：「相州距離此地有八九百里，如果這件事是真的，朝廷一定會派人火速去捉拿岳元帥的家人，等到探子回來就晚了。」

這時，牛通上前說道：「孩兒今天夜裡就出發。如果沒有此事，我就當去探望岳伯母；如果真有此事，我就把岳家的兄弟接到這裡來。」

金總兵讓牛通等到第二天再去，牛通救人心切，當天傍晚就收拾好行李，提著一條短棒出發了。他日夜兼程，很快地就來到了湯陰縣岳飛家中。他來到大廳，看到岳夫人一家都在，就上前拜見表明身分。

岳夫人哭著說：「賢侄，多謝你前來探望。奸臣把你伯父和大哥害死在監獄裡了。」

牛通說：「伯母，請不要再傷心了。我母親聽說這件事後十分掛念你們，所以特意派我前來，讓我帶兄弟去我們那裡避難。大哥已經不在了，趕緊叫二兄弟與我一起走吧！等聖旨到來想走也走不了了！」

岳夫人說：「你二兄弟已經去寧夏投奔宗公子去了。」

牛通說：「伯母，您怎麼能讓他去如此遙遠的地方呢？他是什麼時候走的？」

岳夫人答道：「今天早上。」

牛通急匆匆地說：「這也不要緊。我追上他後就帶他去藕塘關不再回來了。」說完後，他就與岳夫人及眾人道別，尋找岳雷去了。

牛通走後不久，欽差馮忠和馮孝就帶領人馬來到湯陰縣把岳府包圍起來。岳安趕緊向岳夫人彙報。岳夫人正打算出門接旨，張保的兒子張英卻攔住了她。張英雖然只有十三四歲，卻長得非常魁梧，而且力氣極大。他對岳夫人說：「夫人先不要出去，讓我先去問個明白。」

張英出門看到那些士兵正準備打進府來，便大吼一聲：「住手！」這一聲猶如旱地驚雷，把眾人嚇得都停了下來。

馮忠問道：「你是誰？」

張英答道：「我是張保的兒子張英。我知道是奸臣派你們來捉拿岳元帥的家人，只是想問你們是文捉還是武捉？」

馮忠問道：「什麼是文捉？什麼又是武捉？」

張英答道：「如果是文捉，就一個進府宣讀聖旨，準備好車輛等候我家夫人、小姐及所有家屬動身；如果武捉，就是要給夫人、小姐戴上鐐銬裝上囚車。那樣的話，我定會先把你們這些毛賊打死，然後去臨安面見皇上。採取哪種方式由你們決定，有不要命的就過來吧！」說著他從門旁取來一根二尺粗細的門閂❶往膝蓋上一磕，門閂立即折為兩段。

馮忠看到張英氣勢逼人，就滿臉堆笑道：「張管家請不要動怒。我們只是受公家指派，只要帶著人去臨安就行，與他們並無冤仇。請管家進去通知岳夫人出來接旨，我們則派人到地方官那裡準備車輛。」

張英聽後丟下折成兩段的門閂，進去請岳夫人接旨。岳夫人出來接了聖旨，就把家中的東西收拾好、把各個門鎖好，一家老少三百多人一起向臨安進發。湯陰縣令派人用封條把岳府的府門封好。

二公子岳雷自從離開湯陰縣後，一路上非常淒涼。一天，他來到七寶鎮上，那裡雖然不大，倒也很熱鬧。他走進一家客棧，隨便叫了一些吃的，吃完後就走向櫃臺前將銀包打開，對店家說：「店家，銀子在這裡，你只管拿吧！」門口正站著一個員外，他看到岳雷的舉動便想道：「這個年輕人一定很少出門，如果路近還好，路遠的話恐怕連性命都難保。」想到這裡，他就主動走上前去，請岳雷到自己家裡喝茶。

岳雷跟隨員外來到一所大莊園內。那員外名叫韓起龍，他得知岳雷是湯陰人士後，便問岳雷是否知道岳飛家裡的情況。原來，韓起龍的父親本是宗留守的偏將，因為貽誤❷戰機而獲罪，岳飛為他求情，宗留守才沒有治罪；他死之後，叮囑韓起龍不要忘記岳飛的大恩大德。韓起龍牢記父親的遺言，在家裡供著岳飛的長生牌位。岳雷知道後，就把岳飛被殺、母親逼

❶【門閂（ㄕㄨㄢ）】門關上後，插在門上使門無法打開的木棍或者鐵棍。
❷【貽（ㄧˊ）誤】耽誤。

迫他去寧夏投奔宗留守等事說了出來。韓起龍邀請岳雷留在莊上居住，並與岳雷結為兄弟。

牛通得知岳雷去了寧夏便一路追趕，兩三天都沒有休息。一天他來到一個鎮上，感到腹中饑餓，就走進一家酒店，拍著桌子要酒肉。吃完後，他背上行李、提起短棒就要往外走。店小二趕緊上前攔住，說：「客官，您還沒付錢呢！」

牛通說：「我因為急著追趕兄弟，忘了帶銀子。你先記在帳上，等我回來再還你。」

店小二說：「我又不認識你，怎麼給你記帳？你還是快把飯錢付了吧！」

牛通說：「我就要回來再還你，你能夠把我怎麼樣？不要把小爺我惹惱了，否則我把你這個店砸爛。」

店主人聽到後，就走上前來，說：「你這個人實在太不像話了，吃飯不給錢，還要撒野？趕緊把飯錢付了，否則我讓你好看！」

牛通聽後異常氣憤，大罵道：「我就不付飯錢，看你能把我怎麼樣？」

店主人被惹惱了，揮拳向牛通打去。牛通站在原地根本沒有動，反而大笑著說：「你的力氣實在太小了，只夠給我撓癢的。」

店主便招呼酒店裡的幫工一起上前打牛通。牛通也不還手，那些人打在牛通身上，自己的手和腳反而打得生疼。

這時，一名員外帶著二三十個家丁從酒店門口經過也上來打牛通。牛通被打得有些生氣了，把員外攔腰抱起來扔到大街上。員外爬起來指著牛通大罵，道：「你不要狂妄！」說完後就被家丁攙著離開了。牛通背上行李、提起短棒離開了酒店，店主人不敢追，只好看著他離開。

牛通走了沒多久，遭到了剛才那位員外的埋伏，並被繩索捆起來帶到一個莊園。那個員外還派人拿藤條抽打牛通，打得牛通大叫不止。牛通的叫聲驚動了隔壁的一位員外，就是韓起龍。原來抽打牛通的員外叫韓起鳳，是韓起龍的弟弟。

韓起龍和岳雷去隔壁觀看，韓起龍把岳雷介紹給韓起鳳。牛通聽後非常高興，便表明了自己的身分，還把他去湯陰縣等事告訴給岳雷，讓岳雷與他一起去藕塘關。韓起龍說他已經派人去湯陰縣打聽消息，等有消息後再做打算。岳雷和牛通只好暫時住在那裡。

不久後，他們又結識了寧夏留守宗方的兒子宗良。宗良邀請岳雷去寧夏，牛通又讓岳雷跟他去藕塘關，岳雷一時拿不定主意，韓起龍就讓他們暫時先住在自己的莊園裡。

第五十四回　棲霞寺埋忠骨

自從岳飛死後，大理寺獄官倪完十分悲痛。新年過後，他就帶著家人逃出了臨安，帶著岳飛的遺書來到朱仙鎮。

施全讀過岳飛的遺書後大哭起來，對牛皋說：「牛兄弟，出大事了！元帥、公子及張將軍全都被秦檜害死在監獄裡了！」

牛皋聽後，大叫道：「來人，把這個送信的人拉出去殺了！」

施全說：「他是元帥的恩人，你為什麼要殺他？」

牛皋說：「我不知道他是元帥的恩人，還以為是秦檜派他來送信，得罪了。」

施全詢問岳飛被害的過程，倪完便把岳飛被害的經過一五一十[1]地講了出來。施全、牛皋及眾將領聽後無不痛哭流涕。哭過之後，施全派人取來五百兩銀子送給倪完。倪完再三推辭，然後就帶著家人回鄉去了。

牛皋對眾兄弟說：「奸臣把大哥害死了，我們殺向臨安把奸賊碎屍萬段，為大哥報

仇！」眾人都義憤填膺，便吩咐手下打造白色的盔甲，率領三軍向臨安殺去。朱仙鎮的百姓聽說岳飛被害後都非常悲痛，準備酒肉犒賞三軍，無不想為岳飛報仇。

牛皋等人率領大軍很快地來到了長江口，眾兵將一起乘船渡江。船行到江心時，突然颳起了大風，雲霧遮天蔽日，空中出現兩面繡著「精忠報國」的大旗，岳飛站在雲端，岳雲和張憲一左一右站在他身邊。眾人看到後，全都站在船頭哭著說：「大哥英靈❷沒有走遠！兄弟們為大哥報仇雪恨，希望大哥保佑！」

岳飛在雲端連搖了幾次手，示意施全領兵回去不要去報仇。牛皋報仇心切，命令士兵馬上開船，士兵聽到命令後急忙搖船向前。這時，岳飛顯得非常氣憤，把袖子一甩，江上頓時掀起巨大的風浪把三四條兵船打翻，其他的船都無法前進。

余化龍大叫道：「大哥不讓小弟們為你報仇，我們哪還有臉活在世上！」他大吼一聲，拔劍自刎而死。

何元慶看到余化龍死了也大叫道：「余兄既然死去，小弟也不活了！」隨即舉起銀錘擊碎了自己的頭顱。

---

❶【一五一十】比喻敘述得十分完整，沒有遺漏。

❷【英靈】指人死後的靈魂。

牛皋看到他們自盡後，大哭一聲也縱身跳進了長江裡。

眾兵將紛紛說道：「既然元帥不讓我們報仇，我們就坐船上岸返回家鄉去吧！」

於是，戰船調轉船頭向岸邊駛去。來到岸上，眾兵將紛紛散去，只剩下施全、張顯、王貴、趙雲、吉青、梁興、周青七名將領及三千八百名士兵。施全問那些士兵，道：「你們為什麼不離開呢？」

他們回答說：「元帥的大恩大德，我們沒齒難忘❸。雖然元帥遭到奸臣陷害，但那奸臣也活不了多久。等到奸臣死後，我們要去元帥的墳前拜祭。現在我們希望追隨將軍做一番事業，所以不肯離去。」

施全說：「現在我們連去哪裡都不知道。」

吉青說：「依我看，我們先駐紮在太行山，派人打聽岳夫人及公子的消息再圖報仇。」

施全等人都覺得吉青的話很有道理，就率領三千八百名士兵去了太行山。

牛皋跳下長江後，被風浪捲到一個山腳下，聽到有人在他耳邊說：「牛皋快醒過來。」牛皋醒了過來，嘴裡吐出幾口白沫，睜開雙眼看到鮑方道長站在自己面前，一個拿著一套乾衣服的小道童站在道長身後。

鮑方道長說：「牛皋，你命不該絕，趕快把身上的濕衣服脫下來，換上這套乾衣服。」

牛皋哭著說：「師父雖然救了我，可是我無法為大哥報仇，哪還有臉活在世上？」

鮑方道長說：「你無須為岳飛悲傷。施全等人去了太行山，你去那裡與他們會合，日後還需要報效國家。」說完後，一陣清風吹來他就消失了。

牛皋休息了一會兒，就換上乾衣服向太行山而去。

馮忠和馮孝把岳家三百多口帶到臨安後，就去向秦檜覆命。秦檜假傳聖旨，將岳家人全部處斬。當時韓世忠與夫人梁紅玉就在臨安，他們得知此事後都十分震驚。梁紅玉就讓韓世忠去法場救人，自己則帶領二十名女將去相府找秦檜，要拉秦檜去高宗面前理論。秦檜看到梁紅玉氣勢洶洶，便說已經在高宗面前為岳飛的家人說情免除了他們的死罪，改為發配雲南。梁紅玉這才放下心來，騎馬去驛站見岳夫人。

梁紅玉對岳夫人說她一定會盡力保全岳家，使岳家免於發配。岳夫人擔心留在臨安早晚會遭到奸臣陷害，不如去雲南。不過她想留在臨安一個月，找到岳飛等人的屍體安葬。

梁紅玉說：「這件事並不難。不如寫一張告示貼在驛站門前，如果有人知道屍體的下落並來這裡報信，就賞給他一百兩銀子；有人收藏屍體，就給他三百兩銀子。告示貼出去後，一定會有屍體的下落。」

岳夫人覺得這個辦法非常好，就派人貼出告示。當天夜裡，梁紅玉就陪岳夫人在驛站休

---

❸【沒齒難忘】一輩子也忘不了別人的恩情或關懷。齒：年齡。沒齒：終身。

息，她們很談得來便結為了姐妹。

第二天，驛卒開門看到有人寫了字條貼在告示旁邊，趕緊向岳夫人報告。岳夫人接過字條，看到上面寫著：「欲覓忠臣骨，螺螄殼內尋。」

梁紅玉說：「這一定是仁義之人看到元帥為國盡忠，所以把他的屍體藏在什麼螺螄殼內。妹妹可以派人去找一找。」

岳夫人立刻派岳安等人四處查找。岳安聽一個老人說西湖上堆積著大量螺殼，就讓岳夫人去那裡找一找。岳夫人在梁紅玉的陪伴下，帶著家人來到西湖，果然看到一個地方堆積著許多螺螄殼，岳夫人忙令家人扒開，發現裡面有一口棺材，上面寫著「濠梁總兵張保棺木」。

岳夫人說：「張總兵的棺木既然在此，那老爺三人的棺木也一定在這裡。」說完，她就命令家人繼續往裡扒。

不久果然看到三口棺材，上面分別寫著岳飛、岳雲和張憲的名字。岳夫人吩咐家人搭起奠棚、擺上祭禮，全家人無不大哭。

銀瓶小姐想道：「只恨我身為女子，無法為父親和哥哥報仇，留在世上也沒什麼用，不如死了吧！」她見路邊有一口井就縱身跳了下去。岳夫人連忙叫家人把小姐撈上來，但銀瓶小姐已經斷氣了。

岳夫人非常傷心，梁紅玉也極其難過。百姓知道此事後，全都稱讚小姐孝順、忠烈。岳夫人哭過後，就派四個家人在棚內看守又派人去尋找墳地，好將五口棺材埋藏。

兩天後，岳安對岳夫人說：「本城李財主在棲霞嶺下有一塊空墳地，他說大老爺一家都是忠臣孝子，所以情願讓出那塊墳地。」岳夫人看後十分滿意，就選擇吉日將岳飛等人的棺木安葬在那裡。

不久後，秦檜就派人來催促岳夫人出發去雲南，岳夫人收拾好行李後就帶著家人上路了。梁紅玉派四名家將護送，還親自送到城外。

岳夫人走後，秦檜派馮忠率領三百士兵守在岳飛的墳前，如果有人前來祭拜立即抓捕；又派馮孝領兵去湯陰抄岳飛的家；還派人四處張貼告示捉拿岳雷。

第五十五回　上墳

韓起龍派去臨安打聽消息的家人回來了，他把知道的事情一一講了出來。

岳雷聽後傷心地大哭起來，暈倒在地。眾趕緊用薑湯把他救醒。醒來後，他哭著說：「父親啊！你一生盡忠盡孝、為國為民，不但沒有獲得封賞，反而遭到奸臣陷害。一家人又被發配到雲南，我什麼時候才能為你報仇雪恨呢？」

眾人聽後無不傷悲。岳雷說：「我打算去臨安祭奠父親，然後去雲南探望母親。」

韓起龍勸說岳雷不要去，因為秦檜派人在岳飛墳前巡視，而且各地都貼著畫有岳雷相貌的告示。宗良提議，他們五個人一起去。大家都覺得可行，就收拾行李帶著兵器向臨安而去。

一天，他們五個人來到江都，從諸葛錦的帳篷前走過。諸葛錦是岳飛手下將領諸葛英的兒子。他的父親託夢給他，讓他幫助岳雷去岳飛的墳前祭拜，因此他就在路邊搭個帳篷、寫個招牌，表面上是給人相面，其實是在等候岳雷。

牛通看到諸葛錦的帳篷前圍著很多人就走上前去，大聲說道：「原來是個相面的。有什

麼新鮮的，怎麼會有這麼多人圍在這裡？」

岳雷聽到後，說：「我們也去相一相吧！」說著，他就帶領眾人走進帳篷裡。牛通看到帳篷裡人太多，就大聲喊道：「你們這群可惡的傢伙！要相就相，不相的為什麼要擠在這裡？」眾人看到牛通粗魯都紛紛離開了。

岳雷走到諸葛錦面前把手伸出來，說：「先生，給我看一下吧！」

諸葛錦抬頭看了岳雷一眼，說：「你絕對不是普通人！請跟我去我的住處吧，到那裡我給你慢慢相。」

諸葛錦把岳雷等人帶到了馬王廟。大家都坐下後，諸葛錦對岳雷說：「你是不是岳二公子？」

岳雷趕忙說道：「先生認錯人了，我姓張。」

諸葛錦說：「我叫諸葛錦，我父親諸葛英是岳元帥麾下舊將。我父親託夢給我，讓我幫助你去岳元帥墳前祭拜。」

岳雷聽後非常高興，問道：「大哥從來也沒有見過我，怎麼會認得我呢？」

諸葛錦答道：「我從家鄉來到這裡，看到一路上都貼著榜文，看你與榜文中的畫像非常相似，所以就認得了。」

牛通說：「既然有了軍師，我們為什麼不殺上臨安將昏君和奸臣殺掉，二兄弟當皇帝，我們都當大將軍？」

岳雷急忙制止道：「牛兄不要亂說，如果被別人聽到，咱們就有麻煩了。」

當晚他們就在廟裡住了一夜。第二天，他們六人離開馬王廟向臨安而去。走了一天，他們來到瓜洲❶並在那裡休息一夜。第二天，他們出了瓜洲城門，看到前面有一個金龍大王廟。諸葛錦說：「我們先帶著行李到廟裡休息一下，麻煩一位兄弟去江口叫船，我們好一起過江。」

岳雷說：「讓小弟去吧，你們去廟裡等我。」

岳雷一人來到江邊，見一隻船停在岸邊，就上前請求船主載他過江。船上的兩個人是當地的公差，得知岳雷的真實身分後，就把他押解到了知州衙門。知州叫王炳文，他聽說抓住了岳雷後非常高興，打算第二天就把岳雷押送臨安。

牛通等人在廟裡等了很久，岳雷沒有回來，眾人都擔心起來。韓起龍和韓起鳳去江口尋找才知道岳雷被抓進了州衙，第二天就會被押解到臨安。牛通非常著急，打算夜裡去劫牢。諸葛錦算了一卦，說有人自會救岳雷出牢，只需要在城邊等候就行。眾人也沒有好辦法，只好跟隨他去了城邊，沒想到岳雷真的在那裡出現了。原來岳雷在牢裡遇到了一個叫歐陽從善的人，那人十分仰慕岳飛，聽說岳雷被抓後就混入牢房裡，尋找機會把岳雷救了出來。眾人聽後都非常感激，不住地道謝。

此後，岳雷等人渡過長江來到北新關外。一家客棧的老闆看到他們在路邊張望，就把他們迎入客棧。店家在客棧裡後屋的一張桌子上供著的一個牌位，上面寫著「都督大元帥岳公之靈位」，眾人都很吃驚。

諸葛錦問店主人說：「這裡為什麼會有岳公的牌位？」

店主人答道：「你們都是外地人，所以告訴你們也沒關係。我原本是大理寺的獄卒王德，岳元帥被奸臣害死，倪獄官看透了世事返回家鄉去了。我想來想去，覺得在監獄裡做事賺的都是黑心錢，早晚會遭到報應就不幹了，幫著兄弟在這裡開了一個客棧。岳元帥是大英雄，所以我在這裡設了牌位早晚祭拜他。」

諸葛錦說：「原來是一家人，請放心，我們絕對不會把這件事說出去。」他又指著岳雷說：「他就是岳元帥的二公子，特意到這裡來上墳。」

王德聽後大驚，忙說：「小人拜見岳公子了！你們儘管放心，我因為在衙門任職，所以認識很多人，不會有人來查。不過秦丞相派人在岳公墳前巡察，白天去上墳很危險，只能半夜悄悄地去。」

第二天夜裡，岳雷等人帶著祭禮，悄悄來到棲霞嶺岳飛的墳前。他們把祭禮擺好，岳雷

---

❶【瓜洲】地名，位於今天江蘇省揚州市。

與眾兄弟們一一上前祭拜。

有人看見一群人祭拜岳飛，就偷偷告訴領兵駐紮在昭慶寺的馮忠。他得知後便馬上率領人馬向棲霞嶺趕去。諸葛錦等人見有官兵前來立即向後山逃去，慌亂之中岳雷與眾人跑散了。

岳雷正在烏鎮尋找眾人，卻不小心被當地巡檢呂柏青抓住關進了大牢。諸葛錦等人打聽到消息後，就闖入大牢將岳雷救了出來。後來他們來到一座古廟，並在那裡遇到了一個人。那個人仔細打量岳雷等人一番，然後對岳雷說：「你就是岳二公子吧？」

岳雷擔心他是壞人，說道：「我並不是什麼岳二公子，我姓張。」

那個人說：「二公子莫慌，我是岳元帥的家將王明。我們四個人一起陪元帥去臨安，剛走到平江就被人抓了起來，王横被砍死，我們四個逃走了。我在這裡遇到了我哥哥，所以就在這個廟裡安身。那天上街聽說呂巡檢抓住了二公子，明天就要押赴臨安，所以就召集眾人，打算明天把二公子救出來。你的樣子與大公子一模一樣，而且與畫像上的人也十分相似，不是二公子，還能是誰呢？」

岳雷聽後十分難過，就把上墳被抓、被呂巡檢關進大牢以及諸葛錦等人把他救出來等事講了出來。

王明說：「二公子不必難過。秦檜派馮孝去你家裡抄家，馮孝把你家的財物裝了幾船，今天夜裡正好從這裡經過。我們要想個辦法，不能讓你家的財物落入奸臣的手裡。」

夜裡，眾人來到湖邊。王明讓小船上的漁人帶上引火的物品搖到馮忠的大船旁邊，然後把引火的東西點著扔到大船上。大船很快就燒著了，船上的人不是被大火燒死，就是跳入水中被淹死，馮忠也被燒死。

王明等人回到廟時天已經快亮了，宗良問岳雷說：「現在我們已經上了墳，馮忠和馮孝也已死了，二弟要去哪裡呢？」

岳雷答道：「我的家人都被流放到了雲南，我打算去雲南找他們。」

牛通聽後，提議大家陪岳雷一同前去。諸葛錦說：「前些天聽說牛皋叔叔率領數千人馬在太行山駐紮，官兵都不敢前去圍剿。我們不如去太行山找牛叔叔，向他借兵去雲南。」

牛通聽後，氣沖沖地說：「這個老傢伙！原來他仍然在那裡做強盜啊！我一定要問問他，為什麼不領兵為岳伯父報仇？」

眾人商量好後就各自睡下了。第二天一大早，岳雷等人辭別了王明向太行山而去。

第五十六回　岳霆打擂

岳雷等兄弟七人走了數天，來到太行山下。突然聽到鑼聲大作，二三十個嘍囉❶攔住了他們的去路，大叫道：「趕快把買路錢拿出來！」

岳雷看到他們打算動手，趕緊上前說道：「不要動手！我是岳雷，特意到這裡投奔大王，麻煩你們通傳一聲。」

眾嘍囉聽說是岳雷後，急忙上山向牛皋報告。

牛皋得知岳雷到來後非常高興，忙與施全、王貴、張顯、梁興、吉青、周青、趙雲等人下山迎接。岳雷見過牛皋等人後，就把家人被捉到臨安，幸虧梁紅玉相救改為發配雲南及自己與眾兄弟到岳飛的墳前祭拜等事說了一遍。牛皋聽後非常難過，痛哭不止。

牛通怒氣沖沖地走上前，指著牛皋大罵道：「牛皋！你不為岳伯父報仇雪恨，卻在這裡做了強盜，過得如此快活，讓岳二哥受這麼多委屈！現在還裝腔作勢❷地哭什麼？」

牛皋看到牛通數落❸自己並沒有理會，問岳雷有什麼打算。岳雷說：「我打算去雲南探望母親，由於路途艱險，所以想向叔叔借幾千人馬，不知道叔叔是否同意？」

牛皋說：「我們也正想去雲南呢！」說著，他就吩咐準備酒宴與岳雷等人開懷暢飲。然後他命令手下打造盔甲和兵器，讓岳雷率領三千兵馬前往雲南，中軍豎起一面寫著「雲南探母」四個大字的旗幟。

岳雷向牛皋等人辭行，與牛通、宗良、歐陽從善、諸葛錦、韓起龍、韓起鳳領兵向雲南進發。牛皋傳令各地供應糧草，如果有地方違令立即領兵征剿。那些地方官，要麼害怕牛皋，要麼佩服岳飛的忠義，因此都全力支持。

岳雷領兵一路急行，很快就來到了雲南。他得知母親與柴王母子居住在王府後，就安頓好人馬與眾兄弟一起去拜見母親。岳雲看到母親、嫂子及各位兄弟非常高興，把此前發生的事情詳細講了一遍，又把眾兄弟一一介紹給母親。岳雷沒有看到三弟岳霆，就問道：「我沒有看到三弟，他去哪了？」

岳夫人答道：「你走之後，我放心不下，就在一個月前讓他去寧夏找你了。」

---

❶【嘍囉】古代指佔據地盤的強盜的手下。
❷【裝腔作勢】比喻故意做做樣子。
❸【數落】指責、批評。

岳雷說：「三弟年紀尚小，如果路上發生了什麼不測，那可如何是好？」

柴王說：「二兄弟儘管放心，我給了他一道護身批文，路上不會有人盤問的。」

岳雷聽後才放下心來。當天，柴王派人準備酒席與岳雷等人開懷暢飲，一直喝到後半夜。

岳霆帶著柴王的護身批文，一路平安地趕到寧夏。來到宗方府中，岳霆跪在宗方面前將岳夫人的信遞上。宗方讀過信後，連忙扶起岳霆，說：「你哥哥並沒有到這裡來，我也放心不下他，所以特意讓我兒子宗良前去尋找，直到現在也沒有音信。前天有人報告說你哥哥去臨安給你父親上墳，之後跟幾個人去了雲南。我已經派人去打聽消息了，你先在我這裡住幾天，等打聽消息的人回來後再回去告知你母親吧！」

岳霆說：「多謝老伯父了！我也想去臨安給父親上墳以盡孝心。」

宗方說：「你要盡孝心我不攔著。不過奸臣在臨安，不能去！要不這樣，你假扮成我的兒子，我才能放心讓你前去。」

第二天，宗方派四名家將陪同岳霆去臨安，並叮囑路上如果遇到盤問就說是他的兒子。岳霆辭別宗方後，就帶領四名家將上路了。

在一座山前，岳霆遇到了羅延慶的兒子羅鴻、吉青的兒子吉成亮，羅鴻和吉成亮都打算去臨安給岳飛上墳。岳霆非常高興便與他們結為兄弟，一起向臨安而去。

不久之後，岳霆又遇到了王貴的兒子王英、余化龍的兒子余雷，他們也打算去臨安給岳飛上墳，於是一起上路。幾天後，他們來到武林門外挑了一個乾淨的旅館休息。店主人送來晚飯，問他們說：「各位客官一定是到這裡來打擂臺❹了？」

余雷說：「我們都是販賣雜貨的商人，並不知道這裡有什麼擂臺，麻煩店主給我們講講。」

店主人說：「後軍都督張俊的兒子張國乾（ㄑㄧㄢ）十分喜愛武藝。幾個月來，他請來兩個老師，一個叫戚光祖，一個叫戚繼祖，這兄弟二人本是岳元帥手下統制官戚方的兒子。張公子聽說這兩人武藝高強，就請他們來教自己武藝。如今他武藝學成，在昭慶寺前搭了一個擂臺，要打遍天下英雄。現在二十多天過去了，沒有人一個人打得過他。你們來得正好，這樣的熱鬧該去看一下。」

這時，店小二說有客人到了。店主人聽後，連忙去招呼。過了一會兒，有三個人帶著行李走了進來。他們問店主人說：「擂臺搭在哪裡？」

店主人笑著答道：「在昭慶寺前。你們要去看嗎？」

那三個人說：「我們是特意前來打擂臺的。」

店主人說：「客官如果能打敗他，倒也能做官。」

---

❹【擂（ㄌㄟˋ）臺】舊時比武所搭的臺子。

三人中的一個說：「我們可不想做官，只想打倒他，讓大家看看。」

余雷看到這三個人儀表不凡估計有些本事，就想會會他們。岳霆主動上前，一問才知道他們是伍尚志的兒子伍連，何元慶的兒子何立、鄭懷的兒子鄭世寶。岳霆十分高興，把吉成亮、羅鴻、王英、余雷四人叫過來與他們相見。眾人行過禮後，便商議去打擂臺。

第二天，岳霆等人吃過早飯後走出旅館，探清了去昭慶寺的路。回來後，岳霆吩咐店主人買來一些祭品和四個大筐，並把祭品裝在筐內。店家人當天晚上就把東西準備妥當了。

又過了一天，八個人吃過早飯後分頭行動。羅鴻、王英、吉成亮帶著四個家將抬著四筐祭品去棲霞嶺邊等候，岳霆、余雷、伍連、何鳳、鄭世寶一起去打擂臺。

岳霆等五人來到昭慶寺前，那裡擠滿了看熱鬧的人，一座擂臺高高地搭在寺門口。過了一會兒，張國乾帶著戚光祖、戚繼祖走上擂臺。張國乾打了一套拳，然後就坐到了臺邊的座位上。戚光祖衝著臺下高聲說道：「臺下眾人聽著，張公子在這裡擺下擂臺已經二十多天了，並沒有遇到敵手。三天過後，擂臺就撤了。你們如果覺得自己本領高強，可以上臺來與張公子比試，如果能夠戰勝張公子，張大老爺就會保奏做官。」

有幾個人上臺與張國乾比武，沒幾個回合就被張國乾打下臺去。戚光祖非常囂張地衝臺下大叫道：「還有人敢上臺來嗎？」他連叫了好幾聲，沒有一人敢上。

伍連打算上臺，岳霆拉住他的手，說：「哥哥請等一下，先讓小弟上去比試，如果輸了哥哥再上去也不遲。」說著，他就走到擂臺邊，縱身跳上擂臺。

張國乾看到來打擂的是一個瘦弱的小孩子，根本沒有放在心上，隨便擺出個姿勢迎戰。岳霆搶上一步向張國乾打去，張國乾轉身讓過岳霆，回身攻出一拳。他們兩個人一來一往，打了十幾個回合。張國乾看出岳霆身手不凡再也不敢大意，揮出一拳打向岳霆的胸口。岳霆向下一蹲讓過張國乾，來到了張國乾的身後，一手抓住左腳，一手抓住脖子，把張國乾扔下擂臺。臺下的眾人看到後無不為岳霆喝采。張國乾被扔下擂臺還沒有爬起來，伍連一

張國乾看到來打擂的是一個瘦弱的小孩子，根本沒有放在心上，隨便擺出個姿勢迎戰。岳霆搶上一步向張國乾打去。

腳踹在他的心口上，把他踹得口吐鮮血，不一會兒就氣絕身亡。

戚光祖和戚繼祖來抓岳霆，岳霆已經跳下了擂臺，余雷揮舞一對大錘將擂臺打倒。張國乾的家將舉著兵器要來抓岳霆，岳霆從鄭世寶手中接過腰刀與他們廝殺起來。戚光祖和戚繼祖也來幫忙卻被余雷和何鳳打敗，不知逃到哪裡去了。

岳霆五人殺退張國乾的家將，趕到棲霞嶺下與羅鴻等人會合。他們八個人來到岳飛的墳前祭拜，擺上祭品，燒了紙錢。之後岳霆讓宗方的四個家將回寧夏向宗方覆命，自己與七個兄弟一起向雲南而去。

張俊聽說兒子被打死後，急忙派人追趕岳霆等人，又派人張貼布告捉拿戚氏兄弟。

第五十七回　報應

秦檜害死岳飛後，又打算除掉韓世忠、張信、劉綺等忠良。一天，他獨自一個人在萬花樓上寫奏摺。突然一陣陰風吹來，岳飛的魂魄在張保和王橫的陪同下來到萬花樓，一錘將秦檜打倒，並大罵道：「奸賊，你做盡了壞事命不久矣，居然還在這裡陷害忠良！」

秦檜看到岳飛，大叫道：「饒命！」

秦檜的夫人王氏聽到丈夫的叫聲，趕忙叫家人何立前去觀看。何立來到萬花樓，看到秦檜跌倒在地上神志昏迷，嘴裡不停地喊饒命。過了一會兒，秦檜清醒過來，何立扶著他下樓。

王氏問道：「相公這是怎麼了？」

秦檜答道：「我剛才在樓上寫奏摺，岳飛的魂魄突然出現，還打了我一錘。」

何立說：「小人剛才看到太師跌倒在地上，便說去靈隱寺上香，太師這才醒過來。」

秦檜聽後，便讓何立帶著二百兩銀子去靈隱寺拜佛，並說：「明天我就與夫人一起去靈隱寺上香。」

第二天，秦檜夫妻來到靈隱寺。來到大殿先向佛像跪拜，然後讓僧人及家人迴避，默默祈禱佛祖保佑他們夫妻二人長命百歲，岳家父子不要再來糾纏。祈禱過後，他們就在住持❶的帶領下，在寺院裡四處觀賞。

在一面牆壁上，秦檜看到有人寫了一首詩，墨跡還未乾。詩是這樣寫的：「擒虎容易放虎難，無言終日倚欄杆。男兒兩點悽惶❷淚，流入胸襟透膽寒。」秦檜非常吃驚，暗暗想道：「這首詩的第一句，是我在東窗下寫給夫人看的，沒有人知道，怎麼會寫在這裡呢？實在太奇怪了。」

想到這裡，秦檜便詢問住持這首詩是何人所寫。住持說：「寺院裡最近來了一個瘋和尚，喜歡在各處亂寫，可能是他寫的。」秦檜便叫住持把那個瘋和尚叫來。瘋和尚來到秦檜面前，暗中指出秦檜受到金兀朮的指使陷害岳飛等事。秦檜和王氏聽後臉色都變了。

施全在太行山上一直想著為岳飛報仇。一天，他以打探消息為由，辭別了牛皋向臨安而去。他來到臨安後悄悄去岳飛的墳前祭拜，之後打聽到秦檜去靈隱寺上香，回府時必然經過眾安橋，就躲在橋下打算殺死秦檜為岳飛報仇。

秦檜離開靈隱寺後，一路上都在想：「我與夫人所做的事情，為什麼這個瘋和尚全都知道呢？這實在是太奇怪了。」來到眾安橋前，他所騎的馬突然因受驚而跳起來，他趕緊勒住轠繩，馬便往後退了幾步。施全看到秦檜就在面前，便舉起刀向秦檜捅去。他突然感到手臂又酸又麻，連手都抬不起來了。秦檜的家將連忙拔刀向他砍去，把他砍倒在地、捉住帶回丞相府。

秦檜雖然逃過一劫，但受到了很大的驚嚇。他休息了片刻就吩咐家將把施全押上來，問道：「你是什麼人？為什麼要行刺我？是誰指使你的？」

施全大罵道：「你這個陷害忠良的賣國賊！天下人無不想吃你的肉！我是岳元帥帳下大將施全，今天特地來刺殺你為岳元帥報仇！今天你命不該絕，但總有被碎屍萬段的一天！」

秦檜十分氣憤，派人把施全押進大理寺監獄，並於第二天押赴去陽市處斬。

自從施全下山之後，牛皋十分擔心，便派兩個嘍囉下山打探消息。那兩個嘍囉探聽到消息後，急忙回山向牛皋報告。牛皋聽後異常憤怒，打算領兵去臨安誅殺秦檜為施全報仇。

王貴連忙勸阻道：「岳大哥死後，我們領兵為他報仇，他的英靈不讓我們這樣做。現在施大哥不聽岳大哥的勸告被秦檜所殺，我們不能再輕舉妄動了。」

牛皋只得作罷，眾人都十分傷心。王貴和張顯由於過度悲傷，當天夜裡生了一場大病，由於不肯服藥幾天後相繼去世。牛皋便把他們二人安葬了。

---

❶【住持】主管一個寺院的和尚或一個道觀的道士。

❷【悽惶】悲傷。

不久，秦檜舊病復發，王夫人十分擔心。一天，她對秦檜說：「前些天我們去靈隱寺上香，那個瘋和尚曾說：『如果見到施全，必死無疑。』這施全一定是瘋和尚的同黨，受他的指使來行刺你的。」

秦檜覺得夫人的話非常有道理，便讓何立率領家將去靈隱寺捉拿瘋和尚。何立等人來到靈隱寺，卻根本找不到那瘋和尚的蹤影。

岳霆等八人來到雲南後，見到了岳夫人及眾位兄弟，大家都安心了。柴王爺看到眾位兄弟都是忠義之人便提議結為異姓兄弟，大家無不同意，於是柴王爺柴排福、韓起龍、韓起鳳、諸葛錦、宗良、歐陽從善、牛通、湯英、施鳳、羅鴻、吉成亮、王英、余雷、伍連、何鳳、鄭世寶、岳雷、岳霆、岳霖、岳震共二十位小英雄在香案前起誓結為弟兄。他們每天練武習文，感情比親兄弟還要融洽。不久後，岳家四公子岳霖被當地苗王李述甫招為附馬。岳夫人經常去苗王府看望自己的兒媳婦雲鑾公主，日子過得十分愜意❸。

苗王李述甫的外甥黑鑾龍曾在朱仙鎮與岳雲結拜為兄弟，他得知岳飛和岳雲被奸臣秦檜所害便領兵殺向臨安，打算殺死秦檜為岳飛和岳雲報仇。各地官員得知此事後，不但不加以阻攔反而送給他糧草。

張俊、万俟卨、羅禹節得知此事後非常驚慌，一同去丞相府見秦檜。秦檜的後背本來只是隱隱作痛，但他聽說黑鑾龍領兵要為岳家報仇，背瘡就裂開了，疼得他昏迷不醒。張俊等人看到秦檜病重，便自作主張派人去雲南假傳聖旨，要求岳夫人寫信勸說黑蠻龍退兵。

高宗得知秦檜病重後，親自去丞相府探望。得知皇上到來，秦檜微微張開雙眼，喘著氣說：「臣罪該萬死，讓皇上親自來探望。臣被岳飛打了一錘，恐怕再也見不到皇上了。」說完，他再次昏了過去。

岳夫人接到假聖旨後，立刻給黑蠻龍寫信讓他馬上退兵。黑蠻龍接到信後，便領兵返回雲南去了。張俊入朝對高宗說：「微臣殺退了敵人，因追趕不及讓他們逃走了。」高宗聽後十分高興，加封張俊為鎮遠大都督，並賞賜給他很多財物。

張俊退朝後就去丞相府看望秦檜，他見秦檜臉色蠟黃、牙關緊咬，便問道：「丞相的身體如何？這幾天服藥了嗎？」

秦檜的養子答道：「丞相服藥已經沒有任何效果了，只是每天不停地喊疼，還經常昏迷。」

張俊輕輕地對秦檜說道：「丞相保重身體，我已經把黑蠻龍殺退了。」

秦檜睜開雙眼，看到張俊後大叫道：「岳爺爺不要殺我！」

張俊看到秦檜這樣知道他活不長了，便轉身離開。秦檜的養子把張俊送走後，來到秦檜

---

❸【愜意】心情愉快而感到舒暢。

的床前，看到秦檜的頭搖了兩下，似乎有話要說卻又說不出來。過了一會兒，秦檜突然把舌頭伸出來不停地吐血，沒一會兒就斷氣了。

秦檜死後，王氏整天心神不寧。一天，突然一陣陰風吹來，她看到牛頭馬面帶領一群小鬼領著披枷帶鎖的秦檜向她慢慢走來。小鬼舉起鐵錘向王氏背上打去，王氏痛苦地大叫一聲就摔倒在地上。丫鬟在門外聽到動靜，趕緊進來觀看。她們趕緊扶起倒在地上的王氏，王氏嘴裡不停地大叫：「饒命！」過了一會兒，她的兩隻眼睛爆出眼眶、舌頭伸出來兩三寸，死在了床上。

第五十八回　金兀朮再興兵

金國皇帝完顏阿骨打死後，他的弟弟吳乞買登基為帝。吳乞買死後，又立粘罕的長子完顏亶（ㄉㄢˇ）為帝。金兀朮因為沒有當上皇帝而悶悶不樂。一天，他想道：「現在岳飛已經死去，大宋已經沒有人能夠阻擋我了，這是搶奪宋室江山的最好時機。」於是他入朝向新君請旨，便率領五十萬大軍鋪天蓋地地向中原而來。

高宗得知金兵來犯受到了驚嚇，幾天之後便一命嗚呼❶。眾大臣擁立高宗的侄子趙昚（ㄕㄣˋ）為帝，史稱孝宗。

張信聽說高宗去世、孝宗即位後，就來到臨安朝賀。叩拜過孝宗後，張信啟奏：「陛下剛剛登基，如今金兵又來進犯，請問陛下有什麼退兵的良策？」

孝宗年紀尚小，哪裡有什麼良策，便說：「老元帥有何高見？」

---

❶【一命嗚呼】指人或動物丟掉性命。

他想道：「現在岳飛已經死去，大宋已經沒有人能夠阻擋我了，這是搶奪宋室江山的最好時機。」於是，他入朝向新君請旨，便率領五十萬大軍鋪天蓋地地向中原而來。

張信說：「只要陛下答應我提出的五件事，就一定可以擊敗金兵。第一，懲治奸臣，平復百姓的情緒；第二，派人修建岳王墳，建立祠堂；第三，赦免岳飛家人的罪，並派人去雲南接他們回來，讓岳雷繼承岳飛的職位領兵抵擋金兵；第四，去太行山招安牛皋等將領，讓他們輔佐岳雷；第五，讓那些被秦檜陷害的老臣官復原職。」

孝宗聽後，急忙派人按照張信所說去做。張信領兵捉拿了万俟卨、羅禹節、張俊等人，把他們關進天牢；張九思在棲霞嶺修造岳王祠；李文升前往太行山招安牛皋等人；孝宗派人去雲南請岳家一門回朝，又下旨宣布凡是因受岳飛父子一案牽連的在逃者一律免罪。

岳夫人接到聖旨後非常高興，帶領一家人返回臨安。牛皋、吉青、周青、梁興、趙雲五人也都來到臨安。眾人來到皇宮，孝宗說：「先帝誤聽了奸臣的讒言，導致忠臣受屈而死。朕封李氏為一品鄂國夫人，岳雷、岳霆、岳霖、岳震全都封侯；封牛皋、吉青等五人為滅虜將軍，封宗良、韓起龍等為御前都統制。」眾人領旨謝恩。

幾天後，孝宗得到金兵已經快到朱仙鎮的消息，形勢十分危急。孝宗便封岳雷為掃北大元帥、牛皋為監軍都督、諸葛錦為軍師，率領大軍出征。岳雷等人領旨，率領二十萬大軍向朱仙鎮進發。

來到朱仙鎮後，岳雷傳令安營紮寨。金兵探子向金兀朮報告說：「宋朝派岳飛的兒子岳雷率領二十萬大軍前來，目前大軍已經駐紮在朱仙鎮了。」

金兀朮聽後，說道：「那宋朝皇帝竟然讓小毛孩子來拒敵，看來他的江山坐不穩了。」

第二天，岳雷率領三千人馬來到金營前挑戰。歐陽從善提著一對大斧走上前，大叫道：「趕緊派幾個有本事的出來。」金兀朮派土德龍出營迎戰。雙方互通姓名後，土德龍便揮舞著鐵棍向歐陽從善打來，歐陽從善舉直雙斧抵擋。雙方打了十幾個回合後，歐陽從善右手一斧子就將土德龍劈死了。

金兀朮得知土德龍被殺後，又派土德虎、土德彪、土德豹三兄弟出戰。土德虎等人領兵來到宋營前叫陣，岳雷派吉青、余雷、宗良三人領兵迎戰。六個人廝殺在一起，土德彪手裡的刀稍微鬆了一下，宗良看準時機一棍將對方打下馬來。宋軍看到後全都吶喊起來，土德虎心裡一慌，被吉青的狼牙棒打在腦袋上斷氣身亡。土德豹看到兩個哥哥被殺死，趕緊逃回金營向金兀朮報告。

金兀朮聽後非常氣憤，便詢問眾將：「誰願意領兵向宋軍挑戰？」

大元帥粘得力主動請戰，金兀朮高興地說：「如果將軍肯前去，一定能夠成功。」粘得力手提重達一百二十斤的紫金錘、騎著駱駝來到宋營前挑戰，岳雷派羅鴻與牛通二人出營迎戰。

羅鴻與牛通領兵出營，來到陣前。牛通大叫道：「你是何人？」

粘得力說：「我是金國大元帥粘得力。你是什麼人，竟然殺死我的先鋒？」

牛通答道：「老爺叫『金毛太歲』！你撞見太歲爺就再也活不成了，先吃我一刀！」說著，他就舉刀向粘得力砍去。

粘得力舉起紫金錘招架又向牛通打來一錘，牛通急忙舉刀來擋，只聽「咣噹」一聲，牛通的兩條胳膊被震得發麻。粘得力又攻來一錘，牛通趕緊躲避卻掉下馬來。羅鴻看到後，立即催馬上來與粘得力交戰，宋軍士兵趁機將牛通救了回去。羅鴻與粘得力只打了幾個回合，就因無法招架而敗回。

岳雷在營中得知牛通與羅鴻不敵粘得力後，急忙派歐陽從善、余雷、鄭世寶、宗良四將出營接應。宗良等人出營後，與粘得力廝殺在一起。粘得力毫不畏懼，揮舞紫金錘奮力拼殺，而且越戰越勇，四將難以抵擋只好敗回。粘得力看到天快黑了就領兵回營向金兀朮報功。金兀朮非常高興，說：「元帥今天辛苦了，先回營休息吧！」

第二天，粘得力領兵來到宋營前挑戰。岳雷知道粘得力武藝強高，便派吉成亮、施鳳、王英、余雷、伍連、岳霆、湯英、韓起龍、韓起鳳、何鳳十名將領出戰。吉成亮等人來到陣前把粘得力包圍起來與他廝殺。

粘得力大叫道：「你們還有多少人？乾脆一起來吧，我一併將你們殺死！」說著，他就揮舞紫金錘與那十名將領交戰。

金兀朮得知宋軍派出十名將領與粘得力交戰後，急忙派孔彥舟、撒離罕、鶻眼郎君、孛堇哈哩四名將領前去助戰。四人上陣後，宋軍十名小將有些抵擋不住只好敗走回營。粘得力領兵追殺，宋營將士不斷地放箭，迫使粘得力只得收兵。

第二天，岳雷召集眾將商議對策。諸葛錦說：「元帥不用擔心，我推測很快就會有將領前來幫助我們了。」

不一會兒，有士兵進來報告說粘得力又來叫陣。岳雷無計可施，吩咐道：「先掛出『免戰牌』，等我們定下退兵之計後再與對方交戰。」

牛皋聽後，大叫道：「你父親當年領兵出征，從來沒有打過敗仗。今天你做了元帥，竟然連一個金國將領都降服不了，怎麼能去平定金國呢？你真是丟了你父親的臉了！讓我出去擒拿此賊！」

說著，他就提著雙鐗來到陣前，大喊道：「你就是什麼粘得力嗎？」

粘得力說：「既然知道我的大名就應該趕緊逃跑！你是什麼人，竟然如此大膽，不想活了嗎？」

牛皋說：「你竟然連牛皋爺爺都不認識，怎麼做元帥的？先吃我一鐗吧！」說著，他就舉起鐵鐗向對方打去。

粘得力舉起紫金錘撥開牛皋的鐗，一錘向牛皋的頭上打來。牛皋架起雙鐗抵擋粘得力的錘，卻沒想到那一錘竟生生地將他的虎口震開。他知道自己不是粘得力的對手，只好騎馬逃走。他想起自己在岳雷面前誇下海口，覺得沒臉回營只好向其他地方逃去。

粘得力喊在後面緊緊追趕，並喊道：「姓牛的！看你逃到哪裡！」

牛皋催馬狂奔，但仍然難以擺脫粘得力，而且雙方越來越近。就在這個時候，大刀關勝的兒子關鈴及時出現了。關鈴自從在朱仙鎮與眾人分別後，一直想要為岳飛報仇雪恨，由於勢單力薄只好作罷。後來他聽說孝宗繼位並赦免了岳飛的家人，他便邀請樊成、嚴成方、陸文龍、狄雷四人一起來到朱仙鎮。

關鈴看到牛皋被粘得力追殺，就讓過牛皋並舉刀迎戰粘得力。他們打了三十多個回合也沒能分出勝負，狄雷看到關鈴無法戰勝就舉起大錘上前幫忙。粘得力毫無畏懼，揮舞著紫金錘與他們交戰。三個人打了十幾個回合後，陸文龍拍馬向前舉槍刺向粘得力。粘得力急忙躲避，卻沒想到這一槍刺中了他騎的駱駝眼睛，粘得力從駱駝上摔了下來，樊成上前一槍就把他刺死了。

牛皋看到粘得力被殺非常高興，便帶著他們五人回營去見岳雷，並把他們殺死粘得力的過程詳細地說了一遍。岳雷非常高興，派人把粘得力的頭顱掛在軍營前以壯聲勢。

第五十九回　攻破牧羊城

金兀朮得知粘得力被殺後，歎息道：「真是沒有想到，宋軍這群小將竟然比此前那些老將還要厲害，我怎麼才能夠搶奪中原呢？」

就是這時，士兵進營報告說國師普風到來。金兀朮非常高興，急忙命人把普風請進帳中。普風進帳後，問金兀朮說：「四太子與宋軍交戰幾次了？結果如何？」

金兀朮歎了一口氣，說：「宋軍這群小將比此前那些老將還要厲害，雙方交戰了幾次我方全都失敗，我手下多名上將被殺死。這可怎麼辦呢？」

普風說：「四太子不用擔心。我明天出戰，擒來幾個宋將讓四太子出氣。」

普風是一個妖僧，他使用妖術接連打傷宋將，又擺出駝龍陣讓宋軍難以應付。後來諸葛錦用計破了駝龍陣，普風覺得沒臉回去見金兀朮便回山修煉去了。

岳雷趁金兵大敗，便領兵向金兵大營殺去。金兀朮雖然兵多將廣，但無法抵擋宋軍從四面八方殺來，最後五十萬大軍一大半被殺死。金兀朮率領殘兵敗將向關外逃去，岳雷率領大

軍追擊，過了界山向牧羊城❶挺進。

牧羊城的守將叫完顏壽，他使用一把九耳連環刀，武藝十分了得。他手下有兩員副將，分別叫戚光祖和戚繼祖。戚氏兄弟是戚方的兒子，當年在臨安被岳霆等人打敗後就歸降了金國，做了完顏壽手下的副將。

歐陽從善、余雷、狄雷三人率領宋軍第一隊人馬率先趕到牧羊城下，安營紮寨後就領兵前來挑戰。

完顏壽率領戚氏兄弟出城迎戰。來到陣前，完顏壽大叫道：「宋將是什麼人，竟然來攻我的城池？」

歐陽從善答道：「我是大宋掃北大元帥帳下先鋒『五方太歲』！我家元帥派我來搶你這牧羊城。你是什麼人，趕快報上名來，我好記到功勞簿上。」

完顏壽說：「我是金國皇帝的王叔完顏壽。你如果及時退兵，我還可以讓你多活幾天；如果不聽勸告，我讓你有來無回。」說著，他就舉起九耳連環刀向歐陽從善砍去，歐陽從善舉起雙斧相迎。雙方打了二三十回合後，歐陽從善的手鬆了一下，完顏壽一刀將他斬落馬下。

余雷和狄雷見歐陽從善被殺，立即催馬上前與完顏壽打在一起。宋軍連忙搶回歐陽從善

---

❶【牧羊城】位於今遼寧省旅順市。

的屍體，余雷、狄雷與完顏壽打了幾個回合也打馬回營去了。

第二天，牛通率領第二隊人馬趕到。他得知歐陽從善被殺後怒不可遏，打算領兵強攻牧羊城。眾人連忙勸他不要心急，等岳雷大軍到來後再做計較。

完顏壽雖然首戰告捷，但他知道宋軍大隊人馬一到，牧羊城遲早會被攻破，所以急忙派人去黃龍府請救兵。金國皇帝得知此事後，急忙請金兀朮商討退敵之策。金兀朮提出立即調派鷂（ㄧㄠˋ）關元帥西爾達領兵增援牧羊城，他則去萬錦山千花洞請烏靈聖母助陣。

鷂關總兵西爾達接到命令立即領兵增援牧羊城。完顏壽把他迎入城內。

第二天，岳雷率領大軍與前隊人馬會合，並派岳霆去牧羊城前挑戰。西爾達領兵出城迎戰。

二人打了三四十個回合，西爾達雖有萬夫莫敵之勇，但武藝終究比岳霆差一些。岳霆持槍不停地進攻，打得西爾達難以招架。西爾達手中的刀不覺一鬆，岳霆看準時機一槍刺中西爾達的肩膀。西爾達受傷跌到地上，岳霆上前再補一槍將西爾槍挑死，然後將西爾達的腦袋砍下來。宋軍將士一齊向牧羊城衝殺過去，經過一番激戰終於攻下了牧羊城。

第六十回　牛皋罵死金兀朮

金兀朮前往萬錦山千花洞請烏靈聖母幫他抵擋宋軍，烏靈聖母答應下來。他們在前往牧羊城的路上，遇到了從牧羊城逃出來的金兵，得知牧羊城已經被宋軍佔領。金兀朮大吃一驚，烏靈聖母對他說：「四太子不要擔心，我在蜃（ㄕㄣˋ）華江邊擺下一陣，保證岳雷無法過江。」金兀朮聽後非常高興，就領兵渡過蜃華江，在江邊安營紮寨。

沒過多久，岳雷率領大軍趕到了離蜃華江五十里的地方，並在那裡安營紮寨。烏靈聖母在蜃華江邊擺了一個「烏龍陣」，並讓金兀朮派人給岳雷送戰書，約定第二天決戰。

第二天，雙方擺開陣勢準備決戰，金兀朮出陣叫岳雷上前答話。金兀朮說道：「岳雷，我三次領兵進入中原，一路勢如破竹，完全是因為你們宋朝皇帝昏庸、大臣奸佞。現在大宋皇帝既然安坐臨安，我們應當各自守衛疆土互不侵犯。如今你侵佔我國城池、殺我國大將，實在欺人太甚！而且大宋皇帝剛剛登基，還派大臣與我國講和。你如果不趁此時退兵享受功

名，一味地貪功冒進，等到失利時一定會追悔莫及❶。」

岳雷說：「金兀朮！你無緣無故地侵犯大宋城池，擄走徽宗和欽宗、殺我大宋百姓，就連宋朝的小孩子也想著要報仇雪恨。我們岳家一向講究忠義，更不能容忍你的行為。如果不把大金國踏平，怎麼能夠報二帝的仇呢？」

金兀朮聽後，大罵道：「小畜生！我好心好意勸你，希望兩國和好，你卻如此放肆！不要再說了，放馬過來吧！」

岳雷剛要上前，關鈴攔住他，說：「元帥，讓我去擒他。」隨即舉起大刀向金兀朮砍去，金兀朮連忙舉起金雀斧相迎，兩人廝殺起來。打了十幾個回合後，金兀朮逐漸難以招架便向陣中逃去。關鈴騎馬在後面緊緊追趕。突然一個老道姑走出來，大叫道：「小子！不要放肆，我來了！」

關鈴說：「你是何方來的出家人？在此多管閒事？」

烏靈聖母說：「我是萬錦山千花洞的烏靈聖母。膽敢入侵我國，我特地來收服你們。」說著，她揮舞雙刀向關鈴砍去，關鈴舉刀相迎。三四個回合後，烏靈聖母作法召來魚鱗兵，只見他們從頭到腳都包在用鯊魚皮做的盔甲裡，只有兩隻眼睛露在外面，手持大刀不住地揮舞。關鈴抵擋不住只得騎馬逃走。金兀朮領兵向宋軍殺去，殺得宋軍落荒而逃。這一戰，宋軍損失了兩三千人，還有大量士兵受傷。

第二天，岳雷率領所有兵馬來到金營前，命牛皋出陣討戰。金兀朮親自出陣迎戰。看到牛皋後，金兀朮大叫道：「你這個黑臉傢伙！我今天一定要殺了你！」說著，他舉起金雀斧向牛皋砍去，牛皋舉鐧相迎。雙方打了十幾個回合後，關鈴、陸文龍、嚴成方、狄雷、牛通、樊成一齊出陣，金國幾員大將也出營與他們交戰。雙方混戰在一起，宗良趁金兀朮沒有防備，一棍打在他的肩膀上，打得他險些落馬。金兀朮大叫一聲，騎馬向金營逃去。金國其他大將看到金兀朮受傷都不想再戰，關鈴和狄雷各殺死一人，其餘全都逃走了。

宋將乘勝追擊，一直追到金營前。此時看見烏靈聖母騎著黑牛、手提雙刀，大叫道：「宋將不得無禮！你們去叫岳雷來破我的陣吧！」

牛皋非常氣憤，舉鐧向烏靈聖母打去。烏靈聖母招架了幾個回合，便故伎重演召出魚鱗兵。宋將知道魚鱗兵的厲害，連忙紛紛後退。牛皋見無法破陣，就請來了自己的師傅鮑方道士相助，破了「烏龍陣」、收服了烏靈聖母。

宋軍將士看到「烏龍陣」被破士氣頓時高漲，奮勇地向金營殺去。金兵抵擋不住只好紛紛逃竄。宋軍追到釐華江邊，那些金兵爭先恐後地上船逃回了北岸，來不及上船的全都被殺死。

---

❶【追悔莫及】後悔都晚了。

牛皋在陣中廝殺，意外地遇到正在召集殘兵敗將逃命的金兀朮。金兀朮看到牛皋後，立即回馬逃走。牛皋興奮地大叫道：「金兀朮，這下看你還往哪裡逃？」隨即催馬追來。

金兀朮火冒三丈，調轉馬頭，舉起金雀斧就向牛皋砍來，牛皋舉起雙鐧迎戰。雙方打了三四個回合，金兀朮由於左臂疼痛只能使用右手與牛皋交戰。牛皋單手抓住了金兀朮的斧柄，隨即把鐧扔下，雙手來奪金兀朮的金雀斧。他用力一扯把金兀朮扯下馬來，而他自己也因為失去平衡而落馬，正好壓在金兀朮的身

金兀朮火冒三丈，調轉馬頭，舉起金雀斧就向牛皋砍來，牛皋舉起雙鐧迎戰。

上。

金兵看到金兀朮處境危險打算上前營救，宋軍迎上前去與金兵廝殺。牛皋騎在金兀朮身上，壓得金兀朮無法動彈，大笑著說：「金兀朮，你也有今天！」

金兀朮回過頭來，兩隻眼睛死死瞪著牛皋，嘴裡不斷噴出鮮血，最後氣絕身亡了。

牛皋見宿敵死在自己手上，哈哈大笑起來。誰知這一笑也耗盡了他的氣數，牛皋就這樣死在了金兀朮的身上。

岳雷鳴金收兵後，陸文龍、伍連、關鈴等人前來報功。不久牛通哭著前來說他父親殺死了金兀朮，但兩個人都死了。岳雷聽後非常傷心，命令軍士厚葬牛皋。

幾天後，岳雷率領大軍渡過蜃華江，來到距黃龍府五十里處安營紮寨。金國無人能夠擊退宋軍，只好向岳雷求和。岳雷對金國使者說：「你們想要求和，必須立即將徽宗和欽宗送回大宋，此後每年都要向大宋進貢。如果不從，我立即率軍踏平金國。」

金國使者說徽宗和欽宗已經去世了，欽差張九成還活著。幾天後，金國使者就把張九成及兩位皇帝的棺材送出城，岳雷率領眾將接回軍營，讓張九成與金國使者護送兩位皇帝的棺材先回臨安，他率領大軍隨後返回。

不久後，岳雷率領大軍高奏凱歌回到臨安，孝宗命令大臣出城迎接。岳雷進城後，率領手下將領進宮面聖。孝宗激動地說：「多虧元帥出力，朕才能報先帝之仇，迎回徽宗及欽宗的棺材。元帥為國家立下了汗馬功勞，請元帥暫時先居住在城裡等候封賞。」岳雷謝恩後，就率領眾將出朝等候聖旨了。

孝宗下令，將秦檜的丞相府改造成王府賜給了岳雷，又派人在棲霞嶺下修建岳王及各位忠臣的廟宇。

幾天後，孝宗頒下聖旨。追贈岳飛為鄂國公，加封武穆王，賜謚號❷忠武；封岳飛之妻李氏為鄂國夫人；追贈岳雲為左武大夫安邊將軍忠烈侯；封岳雲之妻鞏氏為忠烈夫人；封岳雷為兵馬大元帥平北公；封岳霆為智勇將軍；封岳霖為仁勇將軍；封岳震為信勇將軍；封銀瓶小姐為貞烈孝義仙姑；牛通、宗良、韓起龍、韓起鳳、陸文龍等跟隨岳雷出征的眾將都被封為總兵，諸葛錦被封為禮部侍郎。從此以後，岳家子孫繁盛，世代享盡尊榮。

---

❷【謚（ㄕˋ）號】古代皇帝或大臣死後，評定其一生事蹟與品德修養的稱號。

巧讀岳飛傳 /（清）錢彩原著；高欣改寫. -- 一版.-- 臺北市：大地, 2020.09
面： 公分. --（巧讀經典：11）

ISBN 978-986-402-340-0（平裝）

857.44 109012560

巧讀岳飛傳

巧讀經典 011

作　　者	（清）錢彩原著、高欣改寫
發 行 人	吳錫清
主　　編	陳玟玟
出 版 者	大地出版社
社　　址	114台北市內湖區瑞光路358巷38弄36號4樓之2
劃撥帳號	50031946（戶名：大地出版社有限公司）
電　　話	02-26277749
傳　　眞	02-26270895
E - mail	support@vastplain.com.tw
網　　址	www.vastplain.com.tw
美術設計	成樺廣告印刷有限公司
印 刷 者	博客斯彩藝有限公司
一版一刷	2020年09月

大地

定　　價：280元